クロイドン発12時30分

F・W・クロフツ

チャールズは切羽詰まっていた。父から受け継いだ会社は不況のあおりで左前、恋しいユナは落ちぶれた男の許へ来てはくれまい。母の弟アンドルーに援助を乞うも、駄目な甥の烙印を押されるばかり。チャールズは考えた。叔父の命か、自分と従業員全員の命か。これは「無用な一つの命」対「有用な多くの命」の問題だ。我が身の安全を図りつつ遺産を受け取るには——念入りに計画を立て、実行に移すチャールズ。快哉を叫んだのも束の間、フレンチ警部という名の暗雲が漂い始める。計画はどこから破綻したのか。『樽』と並ぶクロフツの代表作、新訳決定版。

登場人物

チャールズ・スウィンバーン……クラウザー電動機製作所社長
アンドルー・クラウザー……チャールズの叔父
エルシー・モーリー……アンドルーの娘
ピーター・モーリー……エルシーの夫、農場経営者
ローズ・モーリー……モーリー夫妻の娘
ジョン・ウェザラップ……アンドルーの世話係兼執事
ペネロピ・ポリフェクス……アンドルーの妹
マーゴット・ポリフェクス……ペネロピの娘
パーシヴァル・クロスビー……アンドルーの顧問弁護士
ユナ・メラー……チャールズの求婚相手
アプルビー……コールドピッカビー警察警部
ルーカス……同警視
ジョーゼフ・フレンチ……スコットランドヤード警部
アレクサンダー・クイルター……チャールズの顧問弁護士
ルーシャス・ヘプンストール……勅選弁護士
エヴァラード・ビング……法廷弁護士

クロイドン発12時30分

F・W・クロフツ
霜島義明訳

創元推理文庫

THE 12.30 FROM CROYDON

by

Freeman Wills Crofts

1934

目次

クロイドン発12時30分

1　アンドルー飛行機に乗る

父親と祖父、祖父の使用人と一緒にヴィクトリアの空港バス乗り場へ着いたとき、ローズ・モーリーは昂奮していた。何しろ生まれて初めて飛行機に乗るのだから。

感情を昂らせる出来事は、昨夜、母親がパリでタクシーにはねられて重傷を負ったという恐ろしい知らせが届いてからずっと続いていた。ローズはヨークシャーのサースクという小さな町の同級生の家に泊まっていた。ベッドでうとうとしかけたとき、そっと部屋へ入ってきたブレッシントン夫人が、お父さまがいらっしゃったから起きて着替えなさいと言った。こんな夜中にどうしたんだろうと思いながら、ローズは言われたとおりにした。階下の応接間へ行くと父親が一人で待っていた。いつものように笑みを向けてくれたが、顔を見たとたん本当はひどく動揺しているのがわかった。父親はすぐに事情を説明した。いつでもローズを大人扱いして、包み隠さず話してくれる――そういうところも父親を好きな理由の一つだ。母さんがパリで交通事故に遭った。父さんとお祖父さんはこれから母さんに会いに行く。ローズ、お前も一緒に行くかい？

行く、とローズは答えた。母が苦しんでいる姿を想像すると胸の潰れる思いだったが、次から次へ刺激の強いことが起こって、初めに感じた辛さは次第に和らいだ。まず父の運転する車の助手席に坐って真っ暗闇の中を家へ向かった。朝の二時半にもう一度起きて——そんな時刻に目を覚ましたことはなかった——食堂でコーヒーとサンドイッチを口にし、ヨークまでの長い道のりを車で走った。駅に着いてもまだ眠く、がらんとして寒々しい大きな駅舎は怖かった。でもじきに汽車が来て、小さいけれどとても心地よい車室のちゃんとしたベッドでぐっすり眠ることができた。父親にそろそろ時間だよと言われて目を覚ますと、汽車はロンドンに着いていた。ローズは急いで着替えて、朝食を食べにホテルへ向かった。祖父が泊まっているホテルだ。しばらくしてからタクシーに乗り、市内の景色を物珍しげに眺めながら走ったあと、ようやく空港バス乗り場へ着いた。いよいよ空の旅の始まりだ！

昂奮が頂点に達すると、着いた先で待ち受けることへの思いは頭の中から消えてしまい、目の前のことしか考えられなくなっていた。無理もない。ローズに父親や祖父のような物の見方はできない。まだ十歳なのだ。

父親のピーター・モーリーは四十がらみ、中背で痩せていて猫背、やや胃が弱い。顔に差す憂いを帯びた影は、偶然の女神の善意をほとんど信じていないことの表れにも見える。ピーターは農業に強い関心を抱いていて、エルシー・クラウザーと結婚したとき、長年切望していたささやかな地所を手に入れた。オッタートン農場は、義父アンドルー・クラウザーが暮らすコールドピッカビーの近くにある。小さいが魅力的な古い屋敷、作業に打ってつけの中庭、納屋や馬小屋などが付属する建物、百エーカーほどの肥えた土地を備えた農場で、ピーターの経営は手堅く上々の成果をあげていた。しかし、それも不況が始まるまでのことだった。今はどこの農場主も苦しんでいる。夫妻には一男一女があり、十三歳の息子ヒューは、ローズと同じくこのとき家を離れていた。

エルシーの父アンドルー・クラウザーは、工場経営を引退して裕福に暮らしていた。歳はまだ六十五だが、傍目に映る姿は老人そのものである。髪は真っ白、皺の寄った顔は頬も目も落ち窪み、いつからか剃るのをやめてしまったひげが、顎と口の回りにだらしなく伸びている。義父を見るとピーターはいつも、かの名優ヘンリー・アーヴィングの当たり役——鉤鼻で、背中を丸め、摑んだものは放さない鉤爪のような指を持つシャイロックを思い出す。それも、暖炉に屈み込んで骨と皮の両手を燃えさかる炎にかざしている場面が目に浮かぶ。もともと頑健な美丈夫だった義父は、五年ほど前に大病を患い、一命は取りとめたもののすっかり生気を奪われて、病室を出たとき以前の姿は見る影もなかった。そんな義父が旅に出るのはどうかとピーターは思ったが、一人娘のエルシーを案じて、どうしても行くといって聞かない。心臓が弱っているので、かかりつけ医に電話して長旅に耐えられる状態か診てもらうことにした。グレゴリー医師は心配ないでしょうと言った。それでピーターの不安が消えたわけではなかったが、幸い今のところ義父に疲れている様子はない。

一行の四人目は、アンドルー・クラウザーの世話係兼執事ジョン・ウェザラップで、浅黒く気難しい顔の、陰気な雰囲気を漂わせる中背の痩せた男だった。アンドルーが自宅で療養することになったとき、資格と経験を具えた看護人として雇われ、アンドルーがともかくも健康を回復し看護が要らなくなっても、そ知らぬ顔で「使用人」として居坐った。ピーターならこの男を世話係には選ばなかっただろうが、適任とみえて雇い主の機嫌を巧みに取り結んでいる。

空港バス乗り場へ早く着かないものかとピーター・モーリーはやきもきしていた。そこへ妻の容態を電報で知らせてもらう手筈だったからで、四人を乗せたタクシーが市内を走っている間ピーターは気が急いて胸が苦しいほどだった。タクシーが完全に停まるまで待っていられず、車を飛び出した。

ピーターが建物の中に姿を消すと、ぱりっとした青い制服姿のポーターが二人やってきた。

「座席の予約はお済みですか」

昨晩のうちに済ませたとウェザラップが答えた。すると二人は荷物を手に取り、興味津々に眺めるローズの目の前で、壁の穴へひょいと放り込んだ。トランクは、金属ローラーを並べた平らな長い階段のようなものの上を、不思議な動きをしながらゆっくり下りていく。ローズがこの驚異を祖父に知らせようとしたとき、ピーターが黄褐色の紙片を振りながら現れた。

「お義父さん、吉報ですよ。心配していたほどではありません。『ケサノグアイヨシ ケガハカルイモヨウ』ありがたいじゃありませんか。ローズ、よかったねえ」大喜びするあまりタクシーの運転手に料金を払い忘れるほどだった。「よかった、よかった」建物へ通じる歩道を渡りながら繰り返した。「四時間後には会える。命を失くしていたかもしれないのに」

ほかの者も安堵の声を洩らしながら中に入った。設計は現代的、調度は快適な、待合室を兼ねた広い部屋だった。片側にあるカウンターの向こうできちんとした身なりの若い男たちが立ち働き、反対側に並ぶ長椅子には搭乗前の客が腰かけている。アンドルー・クラウザーは長椅子組に加わり、ピーターとローズはカウンターへ向かった。

「搭乗券はお持ちですか」

「こちらに預けてあります。昨晩電話で予約したピーター・モーリーです」

搭乗券は間違いなく用意されており、次にパスポートの提出を求められた。「クロイドンでお返しします」こざっぱりした若い係員が言った。「では、秤に乗ってください――手荷物も一緒にお願いします」

計量は整然と行われた。ローズはみんなの目方を知りたかったが、会社の広告にあるとおり、他人に知られたくないこの件は極秘扱いで、数字は係員の頭の中にだけ収められる。フライト情報が載った地図入りの冊子を渡されて間もなくアナウンスがあった。「パリ行きのお客さま、ご搭乗ください」はやる気持ちを隠し切れない顔から大儀そうな顔まで、さまざまな表情を浮かべながら乗客が扉に向かい始めた。外で待っていたクロイドン行きのバスは、全員が乗り込むとおもむろに走り出した。

ヨークを発つときは晴れていたのに、空模様は次第に怪しくなって今は陰気な雨が落ちていた。雨に濡れ、くすんだ薄汚い建物の並ぶ通りを何マイルも走っているうちに、ローズの昂奮状態はいくらか弱まった。面白くも何ともない道中だったが、クロイドンが近づくと少しましになった。雨は上がった。もっとも、雲は厚く、いつまた降り出してもおかしくない。

とうとう飛行場だ！　道路に面して立ち並ぶ建物の向こうに、格納庫や高い四角の塔、緑の滑走路、飛行機の姿がちらちら見えた。バスはぐるりと回って狭い門から入り、大きな建物のポーチの前で止まった。全員がバスを降り、いくつかのグループに分かれて広いロビーへ歩いた。そこでパスポートが返却され、係員の誘導で別の扉からコンクリート舗装された場所へ出た。

待ちに待った瞬間が来た！　目の前に飛行機がいる。乗客がぞろぞろと出てきたとき、ローズには、建物から三、四十ヤード先に駐まっている大きな機械しか見えていなかった。なんて大きいんだろう。ごちゃごちゃして重たそう。翼とやや上反りした長い胴体を筋交いにつなぐ支柱を見つめながら思った。鳥にはちっとも似てないけど、何かに似てる。何だっけ？　ああ、トンボだ。特別長い首を、でっかい鼻みたいに翼のずっと先まで突き出した、大きなトンボ。あの四つのこぶはエンジン。左右の翼に二つずつ、翼の前の端っこに埋め込まれていて、大きなプロペラが前でぐるぐる回ってる。頭に名前が書いてある。H、E、N、G、I、S、T。HENGIST。ヘンギストとは、五世紀半ば弟ホルサと共にブリテン島へ侵入しケント王国を建てたとされるジュート族の首領である。聞いたことのある名だが、どういう人物なのかローズはよく知らなかった。

珍しい機械をじっくり眺めている時間はなかった。主翼と尾翼の中間に片開きの扉が外側に向かって開き、その前に据えてある階段に気づく間もなく、ローズは父親について階段を上っていた。出入口をくぐると客室だった。

学校へ行くのに何度も乗ったバスの車内とそっくりで、中央の狭い通路の左右に座席が二つずつ。ローズの席は扉のすぐ前で、父親の隣だ。窓側だが、今は開いた扉の背が塞いでいて外は見えない。代わりに客室内を見回すことにした。

目の前に祖父が坐っていて、ウェザラップはその隣。客室に十八ある座席はすぐに全部埋まった。ローズは翼の前方にあるもう一つの扉からもっと大勢の人が乗り込んだことに気づいた。正面の扉はたぶんそっちの客室に通じているんだろう。

席に着いて窓の上の棚に手提げ鞄などを置くと、みんな新聞や雑誌を広げ始めた。これから空を飛ぶことを誰も不思議に思っていないらしい。どうしてだろう？　そうだ、きっと前にも乗ったことがあるんだ。

ローズの後ろの扉が閉まると、窓を塞いでいたものが消えて外の景色が見えるようになった。真っ先に目に入ったのは下側の翼だ。間近にあるから大きく見える。そこから筋交いの支柱が上の翼へ伸びているが、上の翼は体を曲げて下から覗き込まないと見えない。それとは別の支柱が下に伸びて着陸脚につながっている。車輪の空気タイヤはローズの全身よりずっと大きかった。

車輪の両側に置かれていた大きな木のくさびを、近づいてきた作業員が取り外した。洒落た青い制服姿の職員が機内の誰かに合図を送る。同時にエンジンのうなりが高まって、ちらちら見えていたプロペラの羽根が円《まる》く霞んだ輪になった。地面が動き始めた。出発だ！

大きなタイヤに付いた泥の染みがぐるぐる回るのが面白い。飛行機が右へ向きを変えると、空港ビルと見物客の姿は後ろへ去って見えなくなった。すぐにコンクリート舗装を外れて芝地へ出た。飛行機の走り方はとても滑らかで、自動車に似ているとローズは思ったが、がたがたする揺れはない。飛行場の真ん中あたりに来ると速度が落ちて、向きが変わった。風上に向かうほうが飛びやすいんだよと父親が説明してくれた。突然エンジンの音がやかましくなった。巨人の手が機体を摑んで前へ引っ張っているようだった。急に速度が上がったせいで体が座席に押しつけられ、身動きできない。ますます速くなっていくタイヤの泥染みの回転をローズは食い入るように見つめた。

滑走路を走る飛行機の速度が急行列車並みに上がって車輪の回転が激しくなると、泥染みがあることさえわからなくなった。ローズは緊張して両手を握り締め、息を凝らして見ていた。次の瞬間、驚くべきことが起こった。

特別な感じはしなかったのに、ほんの少し、数インチ程度の隙間が、大きな車輪の下に空いたのだ。隙間はどんどん広がっていく。一フィート、一ヤード、三ヤード……飛んでる！

「うわっ」ローズは息を呑んだ。嬉しいけれど、ほんのちょっぴり怖かった。

「離陸したね」父親は言わずもがなのことを口にしたが、ローズの耳には届いていなかった。クロイドンの町を見下ろすのに夢中だったからだ。どういうわけか、自分たちが昇っているのではなくて、地面のほうがぐんぐん落ちていっているように思えてならない。二、三百ヤード下に眺めるクロイドンは、ロンドンから来る途中で見たときよりもはるかにきれいだ。小高い丘や窪地、くねくね曲がった道路、家と家の間に広がる緑。バスから見えたのはせいぜい道路沿いの景色と店ぐらいだった。

次の瞬間、ローズはぎくりとして恐怖に駆られ、目の前の座席の背にかじりついた。大型船の船尾が波を滑り落ちるように、ヘンギスト号がすーっと降下したのだ。まるで綱の切れたエレベーターだ。昇降路《シャフト》の底に着いたかのように、降下はすぐに止まった。しばらく姿勢は落ち着かず、これまでローズが乗ったどのエレベーターよりも速く、上がったり下がったりを繰り返した。機体は前後左右に揺れるのではなく、水平を保ったまま上下に動く。厭な感じだった。それも長くは続かず、そのうち安定した飛行に戻った。

窓ガラスを水滴の細かな筋がふわふわ走ったかと思うと、霧の中に入った。ローズの目に映るのは大きな翼と車輪だけで、地上は見えない。翼と車輪のほかはどこもかしこも真珠のように光る白い霧だ。

「霧だわ、お父さん」下が見えなくなったのでがっかりした。

「雲だよ。雲の中に入ったんだ。不思議だろう?」と言って身を乗り出し、「空の旅はいかがです、お義父さん。乗り心地は不快ではありませんか」

「楽しんどるよ。飛行機に乗るのは初めてだが、面白いもんだな。車と変わらん」

「ええ、揺れも収まりましたし、それほどうるさくありませんからね。ずいぶん改良されたものです。前は耳に脱脂綿を詰めてもやかましかったんですよ」

「汽車並みと聞いとったが、そのとおりだな」

穏やかな口ぶりながら、祖父も自分と同じくらい夢中なのがローズにはわかった。たしかにそれほどうるさくない。エンジンはものすごい音を立てて回っているというのに。耳が馴れてしまったせいかしら。

「あそこに小さいダイアルがあるだろう」父親が指差した。前方の客室へ通じる扉のそばに、計器が三つ並んでいる。一つは時計だが、あとの二つが何を示しているのかローズにはわからない。

「飛行機の高度と速度を示しているんだ。今は高度三千二百フィートを時速百二十マイルで飛んでいる。急行列車の倍の速さだよ。お義父さん、あそこをご覧になってください」ピーターはアンドルーに同じことを繰り返した。

どれもこれもすごいとは思っても、ローズは早く雲の中から出てほしかった。海を見たかったのに、どうやらその望みは叶いそうにない。それでも、退屈を覚える前に新しい出来事があった。昼食を召し上がりますかと客室乗務員が回ってきたのだ。

四人とも食べることにした。前の座席の背に付いている板を倒すとテーブルになり、グラス類はビリヤード台のチョーク皿のように引き出した金属の輪に置く。料理は四品で食後にコーヒーが出る。どれも美味しく、盛りつけもきれいだった。窓の外は相変わらず翼と車輪と真珠色の霧しか見えないこともあって、ローズは食べることに専念した。

食事中に霧の様子が変わってきた。どういうことかわからないでいると、父親が説明してくれた。雲を抜けて空気の澄んだところを飛んでいるという。けれど地面も太陽も見えない。飛行機の上にも下にも雲の層が広がっているからだ。高度が上がるにつれて、下の雲の姿がくっきりしてきた。雲の塊は小さな丘が波打つ平原のように見え、丘の稜線は擦り切れた綿に似て柔らかい。見渡す限り遠くまで広がっていて、峰の部分は明るいが谷間は暗い。一方、上の雲は平らで切れ目がなく、雨の日に見る空のようだ。

そのうち前方が明るくなってきて、上の雲の端に近づいているのがわかった。下の雲の水平線から太陽が輝いている。飛行機は光の中へ入った。見上げると空は青く、眼下の大平原では小さな丘の白さが強まり、谷間の部分は逆に暗さを増していた。

「今どのあたりかね？」皿を取り替えに来た客室乗務員に、ピーター・モーリーが訊いた。

「イギリス海峡の上でございます」

ローズは少しがっかりした。飛行機に乗ると聞いてからずっと楽しみにしていた、空からのイングランドの景色を見逃してしまったからだ。でも、雲の上側を見られただけましか。

しばらくしてローズは、下の雲の広い部分が色濃くなってきているのに気がついた。一瞬目を凝らしたがそれほど注意したわけではない。しかし、変化の意味に気づいたとたん、鼓動が高まった。

「お父さん、見て見て、陸よ！」

ローズの言うとおり、三千二百フィート下にフランスの大地が広がっていた。ピーターは身を乗り出した。アンドルーも興味津々らしく、陰気なウェザラップでさえ釣られて窓に顔を向けた。

なるほど見事な鳥瞰図だった。地面はいびつな四角に細かく分けられて、緑や茶や赤、様々な色合いの古切手をちりばめたように見える。緑色の羽毛状の塊は木立だろう。四方八方へ筋が走ってきれいな網を形作っているのは、道路や小道や水路だ。真っ直ぐだったり一様に曲がっていたりするのは、幹線道路や鉄道らしい。先頭から白く細長い帯を引いてのろのろ進む黒っぽい列は、一本の黒い線が何であるかをはっきり示している。家屋は小さな長方形で、村落は博物館などにある遺跡の模型を連想させた。マッチの頭ほどの小さな黄色い丸が何かわからなかったが、たぶん干し草の山だろうと少ししてから思いついた。もっと不思議なところもあった。昔風のミトンに施したビーズの刺繍のように、点々が一面に並んでいる。

「あれは何かしら、お父さん」ローズは指差して訊いた。

ピーター・モーリーは、よくわからないけれど、畑に撒く肥料を荷車から順々に下ろしたものではないかと答えた。

空から見る景色で何より目を惹いたのは影だ。あらゆるものの影が北へ向かって伸びていた。影だけが、物に高さがあることを示していた。建物、垣根、土手、それぞれに高さがある。羽のように薄ぼんやりしているまばらな木立でも、はっきりそれとわかるのは影があるからこそだ。

客室の反対側の窓から後方に目をやると、青黒く広がる海がかすかに見えた。

「あれは」地図を調べていたピーター・モーリーが言った。「ソンム川の河口だね。そして」ローズの側の窓を指差しながら、「あの真っ直ぐな黒い線はカレーからブローニュを通ってパリへ行く北部《ノール》鉄道。向こうに見える町はアブヴィルだ」

ローズは眺めに見入った。あらゆるものが感動的で素晴らしかった。この変わった景色の国がフランスなのね。家と家の間の細い筋みたいなものが道路で、あの中に人がいるなんて……

ちっちゃすぎて全然わからない。高い建物の上から蟻塚を見下ろすのと同じだった。

「お父さん、あの白い円《まる》は何？」はるか下の開けた地面の真ん中に文字を囲む円が見えた。

「ポワだよ」ピーターは再び地図を見て答えた。「飛行場があるんだ。もっと低く飛んでいたら円の中に書いてある名前が読めただろう。ああやってパイロットに降りる場所を知らせているんだ」

そのことに考えを巡らせているうちに、ローズは下のほうにできているちぎれ雲に気がついた。初めは小さくてかなり間隔が空いていたのが、みるみる大きくなって互いに近づき、地面の見える範囲はほんのわずかになった。その隙間もすぐに消えて、またしても波打つ雲を見下ろすことになった。くやしいなあ、とっても不思議な景色だったのに……。

　あれ、お祖父ちゃんたら寝ちゃってる。アンドルー・クラウザーは座席に背を預け、壁に頭をもたせかけていた。信じられない、こんなに面白いのに寝ちゃう人がいるなんて。でも、お年寄りだから仕方ないか。すぐ疲れちゃうし。父親も気がついた。

「眠っておられるようだね」ピーターはウェザラップに声をかけた。

「はい。昼食後はたいていしばらく休まれますから、習慣になっているのでしょう」

「まあ、それで困るわけではなかろう」

「はい。お歳とお体を考えますと結構なことかと」

そのとき客室乗務員がやってきた。

「当機は間もなくボーヴェに着陸いたします」と乗客一人ひとりに言って回る。理由は説明しなかったが、パリは霧が出ているらしいと小声で伝わってきた。

ほぼ同時に飛行機が降下を始めた。簡易リフトのような穏やかな降り方だ。エンジンは同じようにうなっているが、雲の層は次々と昇っていく。不快な動きは一切なく、ゆったりと徐々に下がっていった。そのうちにエンジンのうなりは弱まってプロペラの羽根の動きがローズにも見えるぐらいになった。やがて雲の中へ入ると、再び真っ白な濁りに包まれて、翼と車輪しか見えなくなった。

飛行機は、エンジンを切ったり入れたりしながら雲の中を降下し続けた。突然、地面が現れた。かなり近くに見える。せいぜい三、四百フィートの高さだろうとピーターは思った。エンジンは再びうなりを上げ、高度を保ちながら野原の上を飛び続けた。

もうすぐ着陸かと待ち構えていると、飛んでいる時間がいつまでも続くような気がする。だがローズにもやっと目的地が見えてきた。開けた地面にさっきと同じ白い円が描いてある。今度のはとても大きく、BEAUVAISという文字がはっきりわかった。それでも高度は同じで、飛行場を通り過ぎてしまいそうに思われた。ようやく飛行機は着陸する気を起こしたらしく、驚くほど急に高度を下げた。機体が傾く。翼と地面の角度は四十五度にもなり、飛行機はゆっくり大きな円を描いて、あっさりと降下した。みるみる地面が迫る。あと五十フィート、四十、三十、十。

景色がどんどん後ろへ流れているのはわかっていたが、ローズはこのときようやく本当の速さを理解した。目がくらみそうだった。地面の過ぎ去る速度は圧倒的で、今までに乗ったどの汽車よりも速かった。

　飛行場の端に達したとき、高度は四、五フィートもなさそうだった。直後に大きな車輪が地面に触れて、クロイドンのときと同じく回り始めた。けれども回転が速すぎて泥染みは見えない。飛行機は着陸した。が、着陸の衝撃や振動はまったくなかった。むしろ速度を落としながら芝地を走っているときのほうが揺れを感じる。ごくゆっくりと空港ビルまで移動して――空の旅は終わった。

「ローズ、楽しかったかい？」父親は立ち上がって棚に腕を伸ばし、手提げ鞄とコートを探る。

「うん、とっても楽しかった。お父さん、帰りも乗れるといいな」

「たぶんね。コートを忘れずに持っていくんだよ」

　ローズも立ち上がってコートを取った。ほかの客も同じことをしている。祖父がまだ寝ているのでウェザラップは起こそうとしたが、急に体を起こし、慌てた様子で父親に話しかけた。

「何だと？」ピーターは強い調子で答えると、老人に目をやった。すぐにローズのほうを向いて早口で言う。「ほら、ローズ、さっさと降りなさい。もたもたするんじゃない。みんなを待たせるな」

　ローズはびっくりした。口調がいつもとまったく違うだけでなく、誰も待たせてはいないからだ。しかし只事ではない表情を見て、口答えするのはやめて言われたとおりにした。降りるとき父親が手を貸してくれた。

「ここで待っていなさい。それほど時間はかからないだろうから」と言い残して機内へ戻った。

けれどもローズはかなり待たされた。父親はほかの乗客が全員降りてからようやく姿を現した。険しい顔だった。

「お祖父ちゃんの具合が悪いんだ。みんなで飛行機から降ろさなくちゃいけない。先にロビーへ行って待っていてくれないか」

あとになってローズは、着陸時には祖父がすでに死亡していたことを知った。

2　チャールズ資金繰りに悩む

　アンドルー・クラウザーが空の旅で命を落とす四週間ほど前、甥のチャールズ・スウィンバーンは、コールドピッカビーにあるクラウザー電動機製作所の社長室の革張り椅子に坐って、薄汚れた部屋の壁を飾っているソープエンジニアリング社のカレンダーを見るともなく見ていた。きれいに「八月」と書かれた厚紙の上半分には、明るい単色の組み合わせと真っ黒な影で、絶壁のようにそそり立つ大型貨物船の舷側越しに、重量級機関車を持ち上げる巨大クレーンの勇姿が描かれている。しかしこの華々しい力業が作品の目論見どおりにチャールズの注意を惹いていたわけではない。八か月近く毎日目にしているものだし、何より今は差し迫った問題で頭がいっぱいだった。

　問題が深刻であることは、不安げな顔色にはっきり出ていた。チャールズはこれから働き盛り、このあいだ三十五回目の誕生日を祝ったばかりだった。卵形の顔の白い肌に気苦労の皺はまだ刻まれておらず、黒い髪に白いものは交じっていない。やや狭いが高い額の下には、知性の光を放ちながら世の中を怠りなく見つめる目がある。鼻も目と同じく整っている。ところが顔の下半分は評価が下がる。締まりのない唇、細すぎる顎。知力の高さと倫理的な弱さが共存する不思議な造作《ぞうさく》と言える。

チャールズ・スウィンバーンの不安な顔つきには理由があった。いや、不安な顔つきというだけでは済まない。考えていたのはおぞましいことだった。我が身の安全を確保しつつ、叔父アンドルー・クラウザーに死をもたらす方法を何としても見つけようとしていたのだ。叔父を殺害する――近ごろはこのことが頭から離れなくなっていた。絶望的な状況に陥ってじわじわ追い詰められた末に、叔父の命を奪わなければ自分が死ぬことになるという、恐るべき結論を下さざるを得ないところまできていた。

二週間前は犯罪に手を染めることなど露ほども考えなかった。二週間前は問題のこんなひどい解決法など思い浮かべさえしなかった。そのときも今と同じく不安な顔をしてこの椅子に坐っていたが、そのときの不安は名誉を重んじ法を遵守する人間の不安であった。

そのとき悩んでいたのもしかるべき理由があってのことだった。チャールズ・スウィンバーンはごくありふれた病、流行性という形容詞を付けても差し支えない普遍的な病、すなわち金欠病に罹っていたのである。数か月前から資金繰りが苦しくなり、今や倒産が現実味を帯びるに至っていた。

この工場の単独所有者としてチャールズは社長室の椅子に坐っている。工場では、クラクションや蓄音機、比較的安価な工作機械を駆動する小型電気モーターを製造している。父親から遺産として事業を受け継いだとき、会社は小規模ながら大いに繁盛していた。今も規模は同じだが、かつての勢いは見る影もない。不況に伴い注文は徐々に減った。利益も落ちて、とうとう一週間分の仕事の当てもなくなった。初めのうちは赤字を自分の預金で埋め合わせていたが、景気は悪くなる一方で、事業を続けられる見通しは立たなかった。チャールズ個人の財産はなくなったも同然で、事態が改善されなければ会社を畳まなくてはならない。

チャールズは、つと立ち上がってポケットから鍵束を取り出し、部屋の隅の金庫を開けた。部屋は広く、高い窓が二枚、チャールズのテーブル机の向かいにあって、机にはありふれた卓上ランプに電話機、枝編み細工の文書籠が並んでいる。暖炉脇のゆったりした革張りの肱掛椅子は、自分がくつろぐときに使ったり、大事な客に勧めたりする。並の訪問者は机の前の小さい椅子に坐らせる。調度は立派だが塗装に傷みが目立ち、壁紙も張り替え時期をとうに過ぎていた。

金庫から錠の付いた黒革装のノートを取って机に置き、小さな鍵で開けた。いわゆる秘密帳簿で、その存在は秘書も知らない。今懸命に知恵を絞っているのは、そこに記された不都合な事実ゆえだった。会社が左前であることは皆わかっていても、どこまで深刻か実際に知っているのはチャールズ以外にいない。

しばらく帳簿の計算をしていたチャールズは、扉を叩く音で手を止めた。素早く抽斗を開け、書類の間に帳簿を滑り込ませてから「どうぞ」と言う。擦り切れた黒い服を着た年配の痩せた男が、暗い貧相な顔で入ってきて、ためらいがちに机の前に立った。

「どうした、ゲアンズ」憂鬱な表情を振り払い、チャールズは陽気な声で言った。

ジェイムズ・ゲアンズは事務部門の責任者で、肩書きこそ秘書兼会計担当兼事務部長だが、実態は社長の使い走り兼付き人だった。チャールズはこの男に何でも相談するが、それは表向きで、重要な事柄は自分一人で決めている。ゲアンズは生真面目で信頼でき、決まった仕事はきちんとこなすが、率先して事に当たる性格《たち》ではないため、安心して権限を与えることはできない。チャールズが定石に外れるやり方をしても、最悪の事態を覚悟しながら諾々と従うだけである。ゲアンズは創業時からの社員で、職業人としての経験年数は会社の年齢と同じだった。十年間は平事務員だったが、あるときチャールズの父親が気まぐれで部長に昇進させ、以来二十三年にわたってその地位にいる。

「どうした、ゲアンズ」チャールズは繰り返した。

ゲアンズは右掌を左手の指先でゆっくりこすった。この癖がチャールズの癇に障る。

「ブレント・マグナス社から最近何か知らせが届いておりませんか」

「昨日ブレント氏と昼食を共にしたが」

ゲアンズは相変わらず手をこすっている。「では、あれは根も葉もないことなのでしょう」元気のない声で言った。

「何のことかね。きちんと話してくれないか」チャールズはゲアンズを前にすると鷹揚な気持ちになる。

「ティム・バンクスと会ったんです」バンクスはブレント・マグナス社の事務長である。「銀行へ出かける用がありまして。フリート社の小切手の件はご存じですね」

「知っている。それで?」

「帰りがけにティム・バンクスに会いました。向こうは銀行へ入ろうとするところでしたが、呼び止められてしばらく立ち話をしました」

「ほう、どういう話かね」

ゲアンズはまた手をこする。「ブレント氏から手紙が来ていないかと訊かれました。わたしは知らないと答えました。すると、そのうち届くだろうと言います。何かあったのかと尋ねましたが、初めのうちは答えようとしませんでした。わたしがしつこく迫りますと、『いいか、ヒントはやるが、手紙が届くまで何も知らないことにしておくんだぞ』と言いました」

「どういうヒントだった？」チャールズは辛抱強く訊いた。

「契約を逃しました」ゲアンズは悲しげに首を振った。

「何だと！　バンクスは本気でそう言ったのか」

「そのようでした」

チャールズはいきなり腕を振り上げた。「何てことだ。ゲアンズ、途方もなく悪い知らせじゃないか」

ゲアンズはうなだれて首を振った。

「うちの応札額がいくらか知っているか。千七百十ポンドだぞ。いいかゲアンズ、今のうちが千七百ポンドの契約を逃すわけにはいかんのだ。当てにしていたんだからな、その契約を」

チャールズは勢いよく立ち上がり、部屋の中を行きつ戻りつし始めた。思いも寄らぬ不愉快な知らせだった。ブレント・マグナス社は有力な玩具製作会社で、社員数も多い。玩具を作る機械はみな小型の、複雑な軸の組み合わせから成り、装置自体が消費する電力はほぼこれら軸の駆動に用いられる。この軸方式を捨て、それぞれの機構に個別の電気モーターを用いる方式に置き換えることを重役会は最近決定した。この仕事の入札が公示され、チャールズのところで作る一番大きなモーターがぴったりだったため、チャールズは応札した。価格を最後の六ペンスまで削って、落札は間違いないと思っていた。

　これが痛手であることは隠しようのない事実だ。チャールズは歩き回るのをやめ、再び椅子に背を預けた。「掛けたまえ、ゲアンズ」小さい椅子を示した。「話し合わなくちゃならん」

　ゲアンズはおずおずと椅子の端に腰を下ろし、チャールズの言葉を待った。難しい問題に対処するのは社長で、言われたとおりにして支えるのが自分の役回りだ。進言しようという考えは浮かばなかった。幸いなことにそのために坐れと言われたわけではなく、実のところ、ゲアンズに進言できる提案などなかった。話し合う材料があるとさえ思えない。注文を逃した。残念ではあるが、それに関してできることは何もない。

　しかし社長には別の考えがあった。

「こういう事態となれば、しばらく前から考えてはいたが、あまり触れたくない問題を検討しなくてはならない。ゲアンズ、二人の事務員、ホーンビーとサッターとではどちらが優れているかね？」

　ゲアンズはゆっくり手をこすった。「ホーンビーとサッターですか。そうですね、今どきの若者としては、二人とも優秀なほうだと思います」

「どちらが優れているか、と訊いている」

「帳簿にかけてはホーンビーのほうが優れています。記帳が丁寧で、間違いがない、と申しますか、あまり多くありません。ですが、特別な用をやらせるならサッターが向いています。ロンドンに派遣するとすればサッターでしょう」

はっきり言うほかあるまいとチャールズは思った。「訊いたのは、二人のどちらかに辞めてもらわなくてはならんからだ」

ゲアンズは慌てふためき、目を瞬かせながら上司を見た。「二人のどちらかを辞めさせる？そう簡単ではないでしょう、仕事は同じだけあるわけですから」社長が本気で言っているとは信じられなかった。タイピスト、雑用係の少年、事務員二人でやってきた、これまでのやり方を変えるなんて。

「容易でないことはわかる。わたしだって社員を辞めさせたくはない。二人ともよく働いてくれている。だが、如何ともしがたいんだ。このままでは立ち行かない。どこかで切り詰めなければならん。どこの会社でもやっていることだ、きみもよく知っているように」

ゲアンズは体を震わせていた。日ごろの滅私奉公ぶりから癇に障る癖を大目に見ていたチャールズは、老秘書が気の毒になった。

「仕方ないんだよ、ジェイムズ」優しい声で言った。「さあ、戻って事務員一人でやり繰りする段取りを考えてくれ。手紙のやり取りは前より減っているし、帳簿にリリングストン嬢の手を借りることもできる。雑用係のマクストンも今以上のことができるはずだ。二人のどちらを残すか考えて、一人は辞めてもらうことにしよう。不意打ちはしたくない。一か月前通告としてくれ」

チャールズは思いやりのある経営者で、よく働いてくれた者を路上へ放り出すのはどうしても厭だった。だが、ここのところ仕事が減って、人員過剰と考えざるを得なくなっている。ブレント・マグナス社への入札の失敗は、問題の決着を早めたにすぎない。

ゲアンズの話に疑う余地はなかった。こういう事態になる恐れはあったし、事務長のティモシー・バンクスはいい加減なことを言う男ではない。

ゲアンズが部屋を出ていくと、チャールズの顔に不安が再び根を下ろした。己の抱える悩みを社員の目から隠しつつ世間に笑顔を向けるのは疲れるものだが、それでも音《ね》を上げるわけにはいかなかった。クラウザーのところはうまくいっていないという噂が少しでも立ってはならない特別な理由、何ものにも勝る強力な理由があるのだ。チャールズ・スウィンバーンは狂おしいほどの恋情に身を焦がしていた。ユナ・メラーが金のない男と結婚するはずはない。

半年前、メラー大佐の一家がコールドピッカビーへ越してきた。チャールズがゴルフ場でユナと出会ったのはその一週間後だ。ユナはなかなかの腕前で、チャールズにも引けを取らず、その後も何度か一緒にラウンドする機会があった。いわゆる一目惚れだ。恋愛には縁がなかっただけに、いったん熱に取り憑かれると重症だった。ユナはすぐにそれを見抜き、一笑に付した。チャールズは頭を冷やすどころか、いっそう恋慕の炎を掻き立てられ、ユナと結婚することが生きる目的の一つになった。鼻であしらわれてから数週間すると、だんだん手応えを感じ始め、近ごろは自信を持っていいのではないかと思っていた。けれども、倒産はもちろん、資金繰りに苦しんでいる話が伝わったら、手の届かない世界の住人になってしまうのは間違いなかった。

チャールズはうなだれたまま、腑抜けのように机の上を見つめていた。やがて軽く肩をすくめて立ち上がると、帳簿を金庫にしまい、帽子を取って部屋を出た。

マクファーソンというスコットランド人の大男が工場長兼技師だが、実質的な工場長はチャールズである。工場が収入源なのは言うまでもないが、チャールズにとっては趣味であり手塩にかけた子どものようなもので、ぶらぶら見て回るのが楽しみになっている。だから、デスクワークに暇ができれば下の工場へ顔を出す。社長室で物思いに耐えられなくなると、安らぎを求めてそこで頭を休める。まさに今がその時だった。

チャールズは倉庫へ入り、管理係にうなずいてからあたりに目を走らせた。棚には線材、鋳型、ボルト、端子などの予備部品が大量に並び、それとは別に完成したモーターが大きさとコイルの巻き方に応じて置かれている。ここは自慢の倉庫で、チャールズが導入した連続カード表示方式によって、保管する品目ごとの正確な数量が一目でわかる。すべてがきちんと積み重なっているのを見るのは気持ちのよいもので、チャールズは管理係に床の掃除と棚の整頓ぶりを褒めた。

倉庫を抜け、狭い鋳造場を覗いて一人で仕事をしている鋳型工と言葉を交わすと、工場内を歩いて電機子と界磁石を巻いている作業場へ行った。チャールズは何をするでもなく小さな機械の前で立ち止まり、動きを見つめた。

機械が、毛髪ほどのごく細い銅線をコイルに巻いていく。繊細な糸が巻き枠から繰り出されたあと、絶縁塗料槽をくぐり、熱風で乾かされてコイルに巻かれるのを見ていると、機械が人間であるかのように思えてくる。コイルが回転しながら次第に層を厚くしていく様子に惹きつけられて、チャールズは必ずと言っていいほどそこで立ち止まって眺める。

「向こうでドルトンが取りかかってる距離継電器《リレー》用のやつです」スコットランド訛りの低い声が話しかけてきた。「ちっこいのによく働いてくれますよ、こいつは」

「一日中眺めていられるな」チャールズは言った。

「わたしもそう思います」マクファーソンはぼそりと言った。

「継電器《リレー》の製作ラインを仕上げて、検査が済んだら量産に入ってくれ」二人は技術的な問題を話し合った。

アレクサンダー・マクファーソンは、不定期貨物船の機関員として世界中の港町を訪れる日日を送った末に、グラスゴーで出会った娘に一目惚れして結婚した。とにかく定職を得なければと求人広告に救いを求めたところ、ちょうど技師が不在だったクラウザー電動機製作所が募集広告を出していた。マクファーソンは工場長兼技師となり、本人はもちろん、チャールズ・スウィンバーンにも利益がもたらされることとなった。

「ここだけの話にしてもらいたいんだが、サンディ」チャールズは話の終わりに言った。「悪い知らせがある。ブレント・マグナス社の契約を取り損ねた」

マクファーソンは目を瞠《みは》った。「取り損ねた？」驚いた声で鸚鵡返しにすると、大きな頭を横に振った。「そいつはうまくありませんね、社長、たしかに悪い知らせだ。この不景気にあれだけの仕事をふいにしたらやってけませんよ。ほんとなんですか」

「ああ、ゲアンズがティム・バンクスから聞いたそうだ。あれはいい加減なことを言う男ではない。正式な通知はまだ届いていないが」

「わかりました、バンクスが言うんなら間違いないでしょう。いやあ、残念です。あそこの仕事が入れば大型立削り盤《スロッター》を休ませずに済むと思ってたんですがね」

「わたしはそれ以上のことができると期待していたよ。こうなると縮小しなければならんな、サンディ」

「縮小と言いますと？」

「人減らしだ。やりたくはないが、ほかに手がない」

マクファーソンはうなずいた。「やはりそうですか。いつかは、と思ってました。ですが、追い出したい人間は一人もいません。いい連中ばかりです」

「わかっているから気の毒なんだ。わたしだってそんなことはやりたくない。しかしどうしようもない」

二人は曲がりくねった作業場を出て、中庭を行きつ戻りつした。

「でなければ賃金カットだな」チャールズは言った。

「無意味ですよ。仕事がないんですから。やっぱり何人か解雇しなけりゃならんでしょう。ブレント・マグナスの契約が取れてたらそんなことはせずに済んだんですが」

「まあ、じっくり考えて、案が浮かんだら教えてくれ。とにかくできるだけ切り詰めねばならん」

このときほど工場内の見回りを苦痛に感じたことはなかった。数日後に誰かが仕事を失くすとわかっていながら挨拶を受ける気にはなれない。機械と組み立て作業場の間から様子を窺う程度にとどめ、チャールズは力なく部屋へ引き返した。ブレント・マグナス社から手紙が届いていた。

弊社「製造装置転換計画」入札の件につきまして、遺憾ながら御通知申し上げます。昨日重役会の結果、貴社に落札とは参りませんでした。貴社の提示額は落札額と大幅な隔たりがありましたことを申し添えます。

ため息をついて手紙を籠の中へ押し込んだ。これで決まり、八方塞がりか。

しばらく、あえて夢想に身を任せることにした。頭の中は一瞬にしてユナ・メラーでいっぱいになった。まぶたに浮かぶのは、いつでも心優しく自分に会うのが嬉しいユナ、自分を受け入れたユナ、自分と結婚したユナの姿だ。焦がれるようにチャールズは自宅にいるユナの姿を思い描いた。そのとき我が家は楽園になる！　そこへ帰っていく自分は、喉が渇いて疲れ切った旅人が長い間追い求めたオアシスにようやくたどり着いた心持ちに違いない。ユナ……。

そのとき、ぎくりとして現実へ引き戻された。ノックの音だった。マクファーソンがそっと扉を閉め、机の前へ来て、指示を待たずに腰を下ろした。

「社長、改めて考えてみました」きっぱりとした口調だった。「前に申し上げたことですが、誰の首も切らずに済む手が一つあります。資金を少し工面してもらって例の装置を二、三台入れたら、パーキンソン社に勝てるはずです。今うちの価格は向こうとだいたい同じですから、その立削り盤と旋盤が二台あれば値下げできます」

前々からの課題だ。数か月前からマクファーソンは、現在使っている装置のうち三台を最新型と入れ替えるよう主張していた。その考えには賛成だが、チャールズは動かなかった。資金調達の目処がつかないからだ。

「正気か、サンディ」チャールズはおもむろに口を開いた。「このご時世に、誰がうちに投資する？　その装置があればいいのはわかるが、今それだけの余裕はない」

「べらぼうに高いものでもないでしょう。立削り盤で二百、旋盤二台で六百ぐらいじゃないですか。全部揃えたって千ポンドもかからないんですから」

「それがあったところでブレント・マグナス社の仕事が取れるかどうか」

どうしようもないお人だと言わんばかりにマクファーソンは首を左右に振った。「無駄だとおっしゃるんですか」こちらをたじろがせる口調だ。「仕事先はそこだけじゃないでしょう。価格が下がれば注文はたくさん取れますよ」

「わたしの言葉を信じてくれ、サンディ。手に入れられるものならそうするが、その可能性はまずないと思う」

それでもマクファーソンは退かなかった。「差し出口をするようですが、ご自分の懐から出すお考えはありませんか。社長のような方には千ポンドなんてはした金でしょう」

チャールズは顔をしかめた。少し前ならもっともな意見だと言えただろう。しかし、自分と取引銀行の支店長以外誰一人として、懐にあった何千ポンドという金のどれだけが事業の維持のために消え、いくら残っているかを知る者はいない。チャールズは首を振った。

「もうかなり注ぎ込んでいるよ」きっぱり言った。「だめだ、サンディ、わたしが言ったようにするしかない。誰を残し、誰に辞めてもらうか考えてくれ」そこで少し間を置いてから続けた。「装置を入れ替えれば問題が解決するとなぜ言い切れるのかね？」

マクファーソンは初めて満足げな顔をした。ポケットに手を突っ込み紙の束を取り出す。

「これをお見せしようと思って来たんです。ご覧ください。ハル社に応札したときの計算書で、総額千二百七十五ポンドです。残念ながらパーキンソン社に千二百五十ポンドで落とされました。あの装置を使っていたら、うちの数字は千百九十ポンドになったはずです。同じことがこちらの件にも言えます」

チャールズは目を輝かせ、身を乗り出した。三十分ほど話し合うとチャールズは打って変わった口調でもう少し検討してみると言った。

そのとき一時のサイレンが鳴った。マクファーソンは会釈して退出し、チャールズは金庫に鍵をかけて帽子をかぶり、社員たちのあとについて構内を出た。

3　チャールズ融資相談をする

クラウザー電動機製作所は、チャールズの叔父が今世紀初めに設立した。発明の才に富む若き日のアンドルー・クラウザーは、販売員として勤めていた電気用品店の窓に据える、動く広告パネルを考案した。上司たちはその思いつきに喜び、製作許可を与えた。パネルはすぐに仕上がったが、それを動かす十二分の一馬力のモーターを手に入れるのにひと苦労した。アンドルーの鋭敏な頭脳はこれを好機と見た。小型モーターの潜在的な需要は確実、かなりの規模に拡大する可能性がある、と。有望な方面を探ってみると、思ったとおりだったので、販売員を辞めて工場を創ることにした。まず技術を身につけるため電機メーカーに勤め、三年間低賃金で働いた。そのあと最大の問題——資金の調達に取りかかった。これは思ったより楽に運んだ。二年ほど前に姉と結婚していたヘンリー・スウィンバーンが、アンドルーの技術者としての能力を買っており、義弟の計画を聞きつけると、その事業に自分も参加したい、資金は出すと言ってくれた。千ポンドに届かない額だが、それで充分だった。二人の青年はヨークのスラム街に古い小屋を借り、最低限の、ほとんどが中古の装置を入れて仕事を始めた。アンドルーは機械にかけては天才でも経営には疎《うと》く、一方ヘンリーは数字に強く注文取りの腕は抜群だった。事業は順調で、設備と社員は少しずつ着実に増えていった。いくらもしないうちに小屋をあと二軒借り、機械を買い足して、社員は十二人になった。そこへ大戦が勃発した。当初は、会社を閉鎖して経営者も従軍するものと思われた。ところが、ちょうどそのころ戦場で用いる信号装置関係で小型モーターが大量に必要となり、陸軍省が調査したところクラウザー社の製品が最適であると判明した。それから四年間、仕事が途切れることはなかった。アンドルーとヘンリーが一番苦労したのは、注文に応じられる生産設備と労働力の確保だった。ヨークの小屋での生産はやめ、コールドピッカビーにある工場を買い取って設備に少し手を加えると、目的を適えることができた。

戦後の好景気で会社は儲けを出し続けた。好景気が去ったとき、仕事はやりきったと思ったアンドルーは、死ぬ前に世界を見たいと考えて経営から退き、自己出資分十九万ポンドを引き揚げた。近くのモート荘という古い屋敷を買って世界一周の旅に出かけ、そのあとは趣味の写真撮影に凝ったり、素人の手慰みながら市場に出す野菜を作ったり、悠々自適の生活に入った。一方ヘンリー・スウィンバーンは、一人息子のチャールズの手を借りて製作所の経営を続けた。チャールズは申し分ない教育を受け、リーズ大学で理学の学位を取得した。一九二七年にヘンリーが他界し、チャールズは遺産を相続した。母親を数年前に亡くしており、兄弟姉妹のないチャールズは天涯孤独の身となった。小さな家を借り、夫婦者を雇って身の回りの世話を任せ、事業に専念した。会社の経営はまずまず順調だったが、やがて世界恐慌が起こった。そうして今、破産が目の前に迫っているというわけである。

工場を後にしたチャールズは、マルトン通りへ足を向け、小さな町を望むゲイル川へ出た。

つかのま仕事から解放され、頭の中はいつもの夢想の対象——ユナ・メラーで満たされた。チャールズはこの川堤の小道を歩くのが好きだった。めったに人と行き合わず、気がねなく物思いに耽ることができる。夢想に遊んではいても、眼前に広がる田園風景に陶然とせずにはいられない。これまでたびたび経験しているが、八月の鮮やかな陽光に照らされる景色にはひときわ心惹かれる。細い川の流れは穏やかで、このあたりでは広々とした田園地帯を蛇行しているが、先へ行くと木立の帯に入って、木の間隠れに教区教会の葉形飾り《クロケット》を並べた尖塔の先端が見える。木立の右手には建物が雑然と並び、その奥、北西の方角で、田園模様は湿原の高台へと不規則に伸びている。

チャールズは川堤を歩いて木立を抜け、教会まで来ると、手入れの行き届いた敷地を曲がってマルへ出た。コールドピッカビーは明るく清潔な町で、住民の数は約八千、三角形をした町域の三つの頂点はそれぞれサースク、イージングウォルド、ヘルムズリーと接している。町の名を大いに高めているのは、真西の険しい岩山の頂を占める十二世紀の遺跡ピッカビー城で、一種独特の構造によって方々の考古学者を惹きつけている。また、年に一度、通りを動物たちが抗議の声を上げて流れる黒ずんだ川に変える羊市場と、エリザベス一世が泊まった館、一〇八六年ウィリアム一世の命により土地台帳《ドゥームズデイ・ブック》の編纂が行われた宿屋がある。

マルにはチャールズ・スウィンバーンの目指す場所——コールドピッカビー・クラブがあった。ここには町の実業界の名士が昼食に集まる。チャールズが入っていくと、ブレント・マグナス社のブレント、銀行支店長のウィザロー、事務弁護士のクロスビー、共に大商店主であるスティンプスンとヒューズ、五人の先客がいた。スティンプスンが資産運用について滔々《とうとう》とまくし立てている。

「八パーセントと言えば聞こえはいいが、あそこが去年十五パーセント出していたことを思えば事情は違う」

「どこが利益を半分に減らしたって？」チャールズは話の輪に加わった。

「ベンダー&トゥルーセットだよ。配当率が発表されたばかりでね。八パーセントだそうだ」

「そこだけじゃない」ウィザローが言った。「利益を半減させない会社があったら教えてもらいたいもんだ」

チャールズはぎくりとした。またしても！　残っている金の大半はベンダー&トゥルーセットに投資している。大した額ではなく時価での損失は高が知れているが、絶望的な境遇にある者にはどんなに小さなことも意味を持つ。

「ぞっとしない話だね」努めて気軽な口調で言った。「少しばかり株を持っている人間にとっては」自分が株主であることを知っている銀行支店長のウィザローには特に気取《けど》られてはならない。黙っていればかえって台所事情が危ういと受け取られてしまう。

「残念ながら、わたしもだよ」とクロスビー。「ベンダー&トゥルーセットは北東部で一番手堅いと思っていたんだが」

「手堅いほうさ」スティンプスンが言い返した。「去年より準備金を一万七千も増やすっていうんだから。いろんなことを考えれば、それほど悪くないと思うがね」

クロスビーが話しているとき、誰かがチャールズの腕に触れた。ブレントが目で部屋の隅へ行けと言っている。

「あのねえ」呟くような声だった。「手紙を出したんだ」決まり悪そうにぼそりと言った。

チャールズはしっかり自制して笑顔を見せ、「届いたよ」とあっさり答えた。

ブレントはうなずいた。「申し訳なかったと言いたくてね、スウィンバーン。ずいぶん悩んだんだよ、きみのところの見積りが最低額でなくて。大した開きはなかったんだ。うちとしてはきみに落札してもらいたかったよ。昔からの付き合いだし、仕事は町の外へ出したくないんだけど、こう景気が悪いとそうも言っていられなくて」

「それはそうだろう。仕方ないさ。残念でないと言ったら嘘になる。仕事がもらえればそれなりに助かったんだから。まあ、いい教訓になったよ。装置を入れ替えろとマクファーソンにうるさく言われていたんだが、そうしなくちゃな。新しい装置があったら、今回の仕事ができたはずなんでね」

ブレントはほっとした様子だった。「そう言ってもらえると助かる。あんまり影響がなかったみたいでよかった」

「そうは言わないが」チャールズはにやりとした。「それでうちが潰れるとは思わんよ」

しかし、それはまさにチャールズが思っていたことで、おれは平然と話の輪に加われる、昼食の席で軽口を叩くこともできると、自らに言い聞かせていた。その場はベンダー&トゥルーセットの配当についてのやり取りのあとしばらく景気の話が続いたが、誰かがクリケットのことを口にすると、たちまちその話題で盛り上がった。スティンプスンはほかの二人と今度の土曜にリーズへ行って、ヨークシャーがケントを――スティンプスン曰く――粉砕するのを観戦するそうで、皆は州《カウンティ》大会のことを中等学校生のように話した。

昼食後喫煙室へ移り、美人メイドがコーヒーを持ってくると、数人ずつ固まっておしゃべりに興じた。チャールズは、政治談義をしながら銀行支店長のウィザローを部屋の隅へ誘った。

「今日の午後きみのところへ行くつもりなんだけど」切りのいいところでチャールズは言った。「用事といっても短時間で済むから、ここで言えばお互い時間の節約になるかもしれない」

「来てくれるなら歓迎するよ」ウィザローは答えた。「まあ、今のほうがよければそれでも構わないけれど」

チャールズは葉巻をゆっくり吸った。「工場に新しい装置を三台入れなくちゃならない。前から考えてはいたんだが、時期尚早だと先延ばしにしてた。でもそれは間違いで、何か月も前にやっておくべきだった」

「きみのところの設備は新しいと思っていたが」

「古くはないが、よそに差をつけられるほどじゃない。ここだけの話、例のブレント・マグナス社の転換計画に入札したんだが、だめだった。原因はその三台の装置さ。それを入れていたら、うちが落札できたんだ」

ウィザローは声を落とし、それはお気の毒にと言った。

「自分の落ち度だから、ぼやいても始まらない」チャールズは続けた。「最新の機械を備えたパーキンソン社が落札したのは当然だ。装置さえあればうちはパーキンソン社に勝てた。輸送費一つ取っても、うちのほうが安くつく」

「優秀な人材が揃ってるんだろう？」

「ああ、とびきりの腕利きがね。誰が何と言ったって、ぼくが太鼓判を押す」

「入札の件は残念だよ。きみ自身のこともあるが、金が町から出ていくのがね」

チャールズはうなずいた。「ぼくも残念だ。だが、そのことはもう気にしない。どこでしくじったのかわかっているし、その失敗は取り返しがつく。そこで相談なんだが、ウィザロー。この話に納得してもらえたら、装置の購入費を都合してもらいたいんだ」

ウィザローの顔に影が差した。すぐには答えず、パイプに刻み煙草を慎重に少しずつ詰め、たっぷり詰まったところで顔を上げた。

「スウィンバーン、ほかならぬきみの頼みだ。聞きたいのはやまやまだが、ただでさえ相当な貸越額になっているからね」

「それは百も承知だよ。無理なことをやってくれとは言わない。金を作るだけならわけはないさ、死んだ親父の絵を二、三枚売ればお釣りが来るだろう。だが、わかってくれると思うけど、それは最後の手段にしたい」

ウィザローは音にならない口笛を吹いた。「装置は合わせていくらになる？」

「千ポンドぐらいかな。本体購入に八百、設置費用が二百というところだ」

「とてつもない額ではないんだな。もっとかかるかと思ったが」

「三台だけだから——旋盤二台に立削り盤が一台。ほかは充分使える。いや、今ある三台だってどこも悪いわけじゃないんだが、時間を短縮できる機構の有無が物を言うんでね」

ウィザローはまた少し間を置いてから言った。「それで——担保は？」

チャールズは肩をすくめた。「現在の借越に充てているのと同じさ。きみのところへ工場全体を担保に入れているから、新しい装置も含まれる。逃げ出したりはしない」

納得したようには見えなかったが、ウィザローはさほど間を置かずに、「重役会にかけてみよう。こういう案件を判断するのはそこだからね。できるだけ公平な形で提示しよう。結果は知らせる。文書にして送ってくれるかな、重役会に出せるように」

チャールズは肩をすくめた。「そのほうがやりやすいってことなら——そうするよ。それはそれとして、この件をきみに頼めてよかった」

「ま、できるだけやってみるよ」ウィザローの笑みは歪んでいた。「ただ、みんな同じことを言ってくるからね」

「だろうね」チャールズはうなずいて、話題を変えた。

チャールズは顔色を変えず、努めてさりげなく話を続けていたが、成り行きに幻想は抱いていなかった。融資は却下されるだろう。相手を刺激しない、ごく差し障りのない言い方であっても、却下に決まっている。ウィザローはこちらの本心に気づいただろうか。手に入れたいのは金であって、装置ではないことに。おれは頑張り続けるための金が欲しい。ユナ・メラーと結婚するまで、あるいはきっぱり断られて望みが潰えるまで、頑張り続けるための金が。

これが詐欺すれすれの行為であるという考えは念頭になかった。思いはただ一つ――ユナが欲しい。ユナと結婚できれば同時に金も手に入るが、目的は金ではない。ユナの愛を得られなければ、ほかのことは何の意味も持たない。我が身が沈もうが浮かぼうがどうでもよかった。

とにかく、打つ手がなくなったわけではない。ノーザンカウンティズ銀行以外にも頼る先はある。みるみる人の減っていく部屋をチャールズは急いで見回した。ボストックはもういなかった。少ししてから後を追うことにしよう。

アンソニー・ボストックは、コールドピッカビーでいくつも顔を持っている。表看板は株式仲買人だが、副業のほうが稼ぎはいいらしい。よろず相談屋というところだ。尋常ではないことを叶えたい人間はこの男を訪ねる。ボストックは人当たりがよく、てきぱきしていて口が堅い。世間からは安心して取引できる相手と思われているが、この男の記憶から自分の名前を消してしまいたいと思う人間は近所に大勢いるはずだ。

今のチャールズに関心があるのは金貸しの顔だ。噂では「手形を振り出すだけで」誰にでも融通してくれるという。「誰にでも」といってもどこかで線引きしているはずだが、自分が融通される側の人間であることは示せるだろう。

チャールズはクラブを出てマルから本通りを行き、町役場の角を曲がって細い路地へ入った。二軒目、ボストックの事務所の扉を押し開けた。

ボストックはずんぐりした小男で、物腰におもねる風がある。チャールズを見ると大げさな態度で迎えた。

「昼食後に声をかけようと思っていたんですが」チャールズは切り出した。「気がついたときにはもういらっしゃらなかったものですから。どうですか景気は？」

ボストックはあまりよくないと口では言うが、本音には聞こえなかった。「ベンダー＆トゥルーセットの配当率が下がったのには参りました。あそこの株をかなり持っていますので。まあ、かなりと言っても高が知れていますがね」

「わたしも少し持っています」チャールズは言った。「幸い大した額ではないですが、近ごろは小さなことだって馬鹿になりませんからね。伺ったのも実はそのことが原因でして」

「ご用向きはどうあれ、お運びくださって嬉しく思います。一服いかがですか」葉巻の箱を差し出した。

「すみません、紙巻きをいただけますか」

ボストックは別の箱を出し、二人は紙巻き煙草に火をつけた。「それでスウィンバーンさん、お役に立てるといいんですが、どういうご用件でしょう」

チャールズはふっと笑う。「何だと思います、ボストックさん。金ですよ、金が要るんです」

ボストックも笑みを浮かべ、「こんなときでもあるところにはたっぷりあります。そいつをどうやって手に入れるかが問題ですね。で、どうして金が入り用なんですか」

「新しい装置の購入資金です」チャールズはウィザローにした話を繰り返した。ボストックはまるで興味がないという顔だ。

「その装置があればライバルに勝てるんですね。しかし、スウィンバーンさん、仕事が次々に入ってくる見込みはあるんですか。そこのところが引っかかりますね。まったく仕事がないときですから」

「それは見込み違いですよ」チャールズは皮肉な笑みを浮かべた。「仕事がないのなら、いくら貸し借りしたって意味がありません。みんな一緒に倒れるだけです。あなたの考えは間違ってますよ、ボストックさん。次々にとは言えないまでも、仕事は必ず入ってきます」

「それは結構なお話ですが、事実に目を背けていては何も得られません。どこも注文がなくて頭を抱えているのはご存じでしょう」

「よくわかっています。だからこそ現に入ってきている仕事を逃すわけにはいかないんです」

「それはそうでしょう、おっしゃるとおりです。しかし、真面目な話」ばつが悪そうに間を置いて、「ほかならぬあなたの依頼ですから是非ともお役に立ちたいのですが、今伺った額を用立てられるゆとりがわたし自身にあるかどうか。話しませんでしたが、実はベンダー&トゥルーセット以外の出資先でも大損害をこうむっているのです。たとえばスウェーデンマッチ社や英国郵船にかなり注ぎ込んでいますし、戦時国債借換の件も大きく響いています。工場を担保にするつもりですか」

「ええ」

「とすると工場を抵当に入れてもらうことになります。もう抵当に入っているのでは？」

「そんなことはありません。銀行に借越があって担保になっていますが、微々たる額です」

ボストックはうなずいた。「どうでしょうね、スウィンバーンさん、ちょっと難しいかもしれません。いつまでに返事が必要ですか」

「いや、特にいつまでということは。急ぐわけではありませんが、都合がつき次第お願いできるとありがたいです」

「すぐに取りかかりましょう」やれやれという調子が声にはっきり出ている。「うちの収支を計算して、ご融通できるか、明日の午前中には必ずお知らせします」

「それは助かります。すみませんね、ボストックさん」

「さっきも言いましたが、あなたがこうして会いに来てくださるなんて嬉しいですよ。土曜は観戦に行かれないんですか」

チャールズは体裁よく会話に切りをつけて辞去した。ここも空振りか！　明日を待つまでもなく、ボストックがどう返事をしてくるかはわかる。またしても断られるのだ。ずけずけ言われたのと変わらぬ見え透いた返答にひどく傷ついた。

それでもまだ手は残っていた。文字どおり、最後の手が。うまくいけば一番有望だが、逆に、下手をすれば一番危うい手だった。

アンドルー叔父のことである。

アンドルー・クラウザーは好景気が去って工場を退いたとき、十九万ポンドもの大金を手にした。そのとき買ったモート荘に慎ましく暮らしており、今も資産家であることは間違いない。亡くなった場合、財産の半分はチャールズが受け取ることになっていた。アンドルー叔父がお前とエルシーを共同相続人にすると言ったのは一度や二度ではない。叔父が亡くなれば六、七万ポンドは必ず手に入るとチャールズは踏んでいる。ただし、物事が順当に運べば、だ。

もっとも、順当に運ぶ保証はない。叔父の一風変わった気性を勘定に入れなければならないからだ。吝嗇《りんしょく》というわけではないが、金銭の価値に崇高な観念を抱いていて、「資格なし」と見なした相手に遺さないことははっきりしている。アンドルー叔父の人生哲学において、事業をしくじる者は「資格なし」であろう。

叔父の気性からしても、実際の発言からも、工場を傾かせるようなら、自分がもらえるのははした金で、あとは従妹のほうへ行くことは明白だ。アンドルー叔父は会社をゼロから築き上げた。それを引き継いだ甥に繁栄を維持する才覚がないとわかれば容赦するまい。

叔父のもとへ出向き、ゆくゆくは自分の手に入るものから少し前渡ししてくれと頼む分には問題ない。それなら大した額ではないから、気取《けど》られることはまずなかろう。しかし、事情を調べもせずにアンドルー叔父が首を縦に振るとは考えられず、そうなると自分の将来にどんな影響があるか、まったく予想がつかない。

老人をどう扱うかが鍵だ。うまく説明できれば、欲しいものがあっさり手に入る可能性がある。一方、物別れに終われば、相続人から外されることも現実味を帯びる。そうなれば当然、ユナを失う。

こういう理由で叔父に相談するのをためらっていたが、ウィザローとボストックに断られたとあってはそうも言っていられない。

4　チャールズ結婚を考える

これも人生においてしばしば起こるささやかな巡り合わせであろう。チャールズが叔父に相談しようと肚を決めたあと最初に出くわしたのは、共同相続人エルシー・モーリーの夫だった。チャールズにすれば、共同相続人と出くわしたのとほとんど同じであった。エルシーとピーターはおしどり夫婦で、エルシー名義の金は夫が自由にできるからだ。

ピーターの農場経営は当初順調だったが、長年のうちに収益が大きく減っている。それもイギリスで農業大不況が始まる前のことだ。今は誰もが、ピーターは苦境にあると思っていた。しかし、傍目にそういう様子は見られず、その問題が二人の間で話題に上ったこともない。

チャールズはこの男とあまり顔を合わせない。そもそも、互いに惹き合うものがなかった。チャールズの目にピーターは自分のことにしか関心のない偏屈な厭世家に映り、ピーターのほうはチャールズのことを、真面目さに欠ける他者への共感の薄い人物と見ている。二人が疎遠であることに特別な理由はなく、それほど親しくないというにすぎない。

ボストックの事務所を後にして、工場へ戻る道すがら煙草屋へ寄ろうとしたとき、チャールズは店から出てくるピーターとばったり会った。

「やあ、ピーター。久しぶりだなあ。いい話はないかい？」

ピーターは前に会ったときより老けて見え、かなり疲れている様子だった。浮かない顔を横に振る。「さっぱりだよ、いい話なんて全然ない。そっちはどうだい?」

「いやあ、悪戦苦闘してる」チャールズが店に入ろうとするとピーターが踵《きびす》を返してついてきた。話したいことがあるらしい。「何か困ったことでも?」

ピーターはチャールズの買い物が済むまで答えず、店を出ると哀れっぽく言った。「トンプソンを辞めさせなけりゃならなくなった」

「トンプソン? 車の運転から農作業、庭の手入れ、何でもできる便利屋をかい? トンプソンといったら、きみのところで一番使える男だと思うが」

「あれほどの男はどこにもいない。だからこそ雇い切れなくなってしまって」

チャールズは振り向いた。「えっ、そんなに厳しいのか」

「どうしようもないほどね」ピーターは力なく言った。「本当に、どうしたらいいかわからないんだ」

「知らなかったよ」

「こんなにひどい年はないよ。作柄はよかったんだ。ほとんどの作物が平年以上の収穫を上げている。だけど、売ることができない。市場へ出そうにも価格が割に合わないんだ。この先ぼくらの身がどうなるのかさっぱりわからない」

「そいつは悲惨だな」

「きみはいいよ、農業とは無縁の仕事で。対策は何年も前から議論されていて、そのたびに政府が乗り出してくるけど」ピーターは首を振った。「下手にいじくり回すもんだから、そのうち農業をやる者がこの国に一人もいなくなってしまうよ」

「製造業も似たり寄ったりさ。ベンダー&トゥルーセットが配当率を半分に減らしたと聞いたばかりだ」

ピーターはチャールズの顔を覗き込んだ。「まさか、そんな！ だったら痛手じゃないか」

「ああ、痛手だよ。幸い、軽くて済んでるけどね。そんなには投資してないから」

「じゃあ、問題ないんだ。きみの会社は宝の山みたいなものだろうな。それに引き換えぼくときたら」ピーターはあたりを見回し、声を落として、「二進《にっち》も三進《さっち》もいかないもんだから、一か八かの手を打つことにしたよ。お義父さんに掛け合ってみようと思って」

チャールズは内心の動揺を悟られないよう努めた。そんなことをされてはたまらない。ピーターに先を越されたら、自分が叔父の助力を得る可能性はなくなる。何とか思いとどまらせなくては。

「アンドルー叔父さんに多くは期待できないだろうね」

「どうして。エルシーのためにもなるんだよ。そんなに要るわけじゃないし――いずれ彼女が相続する分をほんの少し前借りできればと思ってるだけだから」

「だったらエルシーに頼んでもらえばいいじゃないか」

ピーターは困った顔をした。「エルシーには詳しく話してないんだよ。余計な心配をさせたくないから」

チャールズは頭を振った。「ぼくだったらアンドルー叔父さんに金を貸してくれとは言わないね」

「なぜだい？　厭なら断るだけだろう」

「それは違うな、ピーター」チャールズは語気を強めた。「そういう気でいると、とんでもないことになるよ。ぼくと同じく、きみだってご老体の機嫌を損ねる真似はできない。きみがそんなことをしたら、エルシーがしたも同然なんだから。叔父さんはエルシーとぼくを共同相続人にするとは言ってるけど、ダニエル書に出てくるペルシア王の勅令じゃあるまいし、心変わりすれば簡単に取り消す」

「お義父さんはそんなことしないよ」

「そうかな、あっさりやるんじゃないか。いいかい、知ってのとおり叔父さんは効率至上主義者だ。きみが農場の経営が苦しくなりましたなんて訴えたらどうだろう。何て言われるかな」

ピーターは答えなかった。そんなふうに考えたことはなかったのだろう。だいぶ薬が効いたようだとチャールズは気をよくした。もうひと押し……。

「きみは叔父さんに可愛がられているからそう思うんだろうけど、安心はできない。『自分の商売の面倒が見られない男に金をくれてやったって、損の上塗りをするのが落ちだ』なんて、平気で言いかねない人だから。どうだろうな、ぼくなら叔父さんのところへ行くのは最後の手段にするね」

「ぼくにはもう最後の手段なんだ」

「いやいや、ピーター、思ってるほど悪くないはずだ。エルシーの相続予定分を担保に融資を受けられるんじゃないか」

「ぼくを大馬鹿者だと思ってるのかい？　そんなことは真っ先にやったさ。湊もひっかけられなかったよ」

自分も似たようなことをしてだめだったからわかる、とは言えない。「農場を売って当分食いつなぐっていうのはどうだい？　ご老体はいつまでも元気でいるわけじゃない」

「名案だ。完璧な計画だよ――買い手さえ見つかれば。売れる見込みなんてあるわけないだろう、チャールズ。北極を買ってくれって言うようなものさ」

「きみが言うんだからそうなんだろう。だとしても、ぼくがきみの立場だったら、アンドルー叔父さんに当たるのはやめとくね」

これだけ言えば充分だと思い、チャールズは話題を変えた。話を続ける間も、ピーターに意地悪をしてやろうとか、軽くあしらっておけばいいとかいう気にはならなかった。ピーターは要領が悪い。この調子で掛け合ったら、叔父は怒り出して目論見が台無しになる。自分ならうまく老人をあしらえるし、首尾よくいけばピーターの得にもなることだ。甥に用立てておいて、一人娘の連れ合いの頼みを断るわけにはいくまい。

では、共同戦線を張るか。いや、それはだめだ。第一、きみのほうがうまくやってくれるだろうから任せるよとピーターが言うはずもないし、たとえピーターであっても、こちらの窮状を打ち明けるのはうまくない。ピーターは軽々しく信頼を裏切る人間ではないが、何かの拍子に口を滑らせることは誰にでもある。秘密を守りたければ自分の胸にしまっておくに限る。

「そろそろ工場に着くけど」チャールズは言った。「よかったら、中で何か飲みながら、いい解決策がないか考えてみないか」

ピーターは立ち止まって時計を見た。チャールズの望みどおりの返事だった。「いや、クロスビーと会う約束があるからもう行くよ。何にしても、きみに会えてよかった。今度いつうちへ来てくれる？」

「いつとは言えないけど、そのうち寄らせてもらうよ。エルシーと子どもたちによろしく」

手を振って別れると、チャールズは真っ直ぐ工場に向かい、ピーターは町のほうへ引き返していった。

チャールズは思った。アンドルー叔父に助けを求めるのはよせと、それとなくピーターに冷水を浴びせたが、どこまで効いただろう。あそこで出会ったのは互いにとって幸いだった。運がよければ自分が先に掛け合うことになる。おれに無理なら誰がアンドルー叔父を説得できようか。

すぐにでもモート荘へ行って己の運を試したかった。しかし、少し考えると狂気の沙汰にほかならないと気づいた。ただでさえ叔父は急かされるのを嫌う。いきなり顔を出すのは、どれほど必要に迫られているか教えるようなものではないか。叔父は怪しんで、いっそう頑《かたくな》になるだろう。こういうことはしかるべき手順を踏まなければ。ただちに準備にかかろう。

社長室に入るとチャールズはモート荘へ電話をかけた。陰気な声を聞いてすぐ叔父の使用人だとわかった。

「やあウェザラップ、こんにちは。叔父さんのお加減はどうかな」

叔父の健康状態はいつもと変わらないらしい。書斎で本を読んでおられますが、電話に出るのは差し支えないと思いますとウェザラップは言った。おつなぎします。

すぐに叔父のか細い声が聞こえてきた。挨拶を交わしてチャールズは言った。

「仕事上の細かいことで叔父さんとお話ししたいと思っています。お電話したのは、ご都合を伺うためです。急ぐわけではありませんが、日程を決められたらと思いまして」

そう切り出すと、予想どおりの反応が返ってきた。

「こっちはいつでも構わんよ。立て込んでいるわけではないしな。お前はいつがいい？」

「来週は伺えませんが、明日ヨークで昼食会がありまして、帰りがけに寄らせてもらうことはできます。いかがでしょう」

アンドルーはそれでいいと言った。四時半がお茶の時間だから、それまでに来てくれという。

ここまでは順調だ。チャールズは軽く安堵の息をついて、昼食中に溜まった書類に向かった。

今夜、人生に大きな意味を持つ催しがある。のろのろとしか進まない午後の間にチャールズは落ち着きを失くし、神経を昂らせた。三日ぶりにユナに会う。二人とも、年に一度地元の名士淑女が集うクローラー伯爵夫人の慈善舞踏会に招かれていた。会場のクローラー城はコールドピッカビーから五マイルほどのところにある。顔を合わせたらユナは何と言うだろう。この前会ったときはいつもよりよそよそしく、悲しいかなユナの態度に真心を感じられなかった。

自分の立場がわかるかもしれない。

実際チャールズは、己の運命を試したい誘惑に駆られていた。宙ぶらりんの状態を我慢し続けるほど惨めなことはない。たとえ究極の不幸を意味するとしても、はっきりしたほうがましだ。

しかしそれは間違っているとすぐに悟った。きっぱり断られたらはるかにひどいことになる。今、自分は希望にすがって生きている。その希望を失ったら、一切が終わる。つまり、人生そのものの終焉だ。ユナといられぬ世に生きていたいとは思わない。

ユナさえそばにいてくれれば……。

終業のサイレンが鳴るとチャールズは家路に就いた。体を動かすのは健康によいと信じ、そう遠くない距離をいつも歩いて往復している。その心地よいことといったら！　道は湿原へ向かって上っている。ゲイル川の谷をしばらく行き、川と直角に折れて斜面を上り、榛《はしばみ》や樺《かば》の茂る林の中を曲がりくねって進む。やがてあたりはオークや楡《にれ》の木立に替わる。

チャールズはささやかな地所に一人で暮らし、身の回りの世話をロリンズ老夫婦に任せている。敷地は丘の斜面の絶好の場所にある。樹木に視界を遮られず、南に広がるコールドピッカビーの町の愛らしい景色や、西の岩山に聳える城の廃墟、その向こうの緩やかに起伏する肥沃なヨークの平原も望むことができる。北と東に寒風を防いでくれる鬱蒼とした森があり、その向こうには見事な湿原が広がっている。家も周囲の環境も、眺めも、丹精した庭も、チャールズのお気に入りだ。ユナ・メラーが来て独身生活を終わらせてくれれば、ここは地上の楽園になる。

軽く食事をして舞踏会へ出かける支度をしながら、チャールズは思うさま空想に耽った。ユナが承知してくれたら、まず何をしよう？　やはり建て増しか。この家は手狭だ。主な部屋がある建物の半分は今のままでいいが、玄関ホールや階段、家事室は貧弱だから、そちら側に広いホールと二部屋入る棟を付け加えれば完璧になる。

我が身に起ころうとしているもう一つのことを思うと震えが走った。ユナとの結婚。これぞ天国！　ほかの何ものにも左右されないこの世の楽園！　それだけではない、財産がついてくる。目下の懸案は解消されるということだ。ユナとおれ——小気味よい響きではないか——ユナとおれは増築工事のあいだ外国へ行く。霧と東風を逃れてエジプトかキプロスか、光溢れる暖かい土地でのんびり過ごすのだ。だから工事は冬にして、春になったら帰ってくる。一年で最高の季節に、完璧な環境の完璧な家へ、おれもユナも愛するこの田園地帯へ……。

もし、それが叶わなかったら？

叶わなければ、この身は希望を失った抜け殻だ。いや、生ける屍だ。ユナがいないのにどうして生きていたいと思えよう？　生き甲斐を、人生を闘う意味を失った世界で。破産したところで、それが何だ。すぐに片をつけてやる。おれは不眠症になる。医者に睡眠薬を数日分出してもらう。一気に全部飲む。おれは眠り、それで終わりだ。たやすいことよ……。

チャールズはめったにやらないことを——ユナと会う前にはなおさらやらないことをした。ブランデーをグラスに注いで一息に飲む。頭がしゃんとして、病的な妄想は消えた。車庫へ行ってサンビームのエンジンをかけたときには、沈着冷静な自分に戻り、さあ華やかなパーティを楽しむぞという気分になっていた。

　クローラー伯爵夫人の慈善舞踏会におけるチャールズの行動を追う必要はなかろう。この手の催しはどれも似たり寄ったりで、これも例外ではない。しかし、のちの恐ろしい出来事に密接に関わるチャールズとユナ・メラーのやり取りには触れておかねばなるまい。

　ユナより先に着こうと早めに出たチャールズは、入ってくる客が見える場所に陣取ったが、待つ間の不安はブランデーの力を借りても完全には静まらなかった。彼女が来なかったら？　事故は起こるもの、椿事《ちんじ》は持ち上がるもの、蓋を開けるまで絶対確実なものなどない――今がその時でないとも限らない。

　知人に声をかけられても生返事で、我ながら何を言っているのかわからないぐらいだったが気にしなかった。こんな連中に構っていられるか。おしゃべりならさっさと相手を見つけて、おれのことは放っておいてくれ。

　来場者はまばらになってきたが、肝心の気配はない。チャールズは居ても立ってもいられず、顔見知りを巧みに避け、逃れられない相手は適当にあしらいながら、会場をうろついた。

　ついにユナが現れた。

　階段を上ってくる姿にチャールズの胸は高鳴った。天国の扉は開かれたのだ。

　しかしチャールズの身はまだ地上にある。地上では運命の女神が、片方の手で授けたものを容赦ないもう一方の手で取り返すのが習いで、このときもそうだった。こうした公の場ではユナはたいてい父親のメラー大佐と一緒だが、今日は違った。ユナに付き添っているのが、後退した髪をてかてかに撫でつけた口曲がりのフレディ・アロムだったので、チャールズは目を怒らせた。

一見取り柄があるとは思えないフレディが、危険な恋敵だということは重々承知している。仕事はしていないが不良ではない。礼儀正しく気立てのいい、生まれながらの社交家だ。この男がいると座が華やいでパーティが盛り上がるからご婦人方は歓迎する。何より、金を持っている。

この野郎とチャールズは思ったが、ユナに微笑みかけられると、フレディは存在しないも同然になった。

ユナには一目で男の血を沸き立たせる何かがある。背が高く、完璧に均整の取れた体つき。自然に波打つこの上なく美しい金色の髪。今風のショートヘアの艶やかな輝きに嘆息する者は少なくない。整った目鼻立ちは飛び抜けているわけではないが、引き締まった口許と明るい青い瞳に人柄と知性が表れている。身のこなしは優美で、階段を上って部屋へ入る姿に誰もが振り向いた。

ユナ以外は目に入らず、チャールズはユナがクローラー伯爵夫人への挨拶を終えるや近づいた。

「こんにちは、チャールズ」何とも素っ気ない物言い。「フレディ・アロムはご存じよね?」

チャールズは仕方なく一瞬だけ視線をうじ虫に向けた。己が目をかけられるのは当然の権利だと言うかのようにユナの横でにやつく男が忌々しい。念力で人が殺せるのなら、こいつはとっくの昔に墓場送りになっている。

「ユナ、今日は大佐と一緒じゃないんだね。お加減がよくないのかい？」

「ええ、急に体がだるくなったと言うの。寒気がするって。ちょうどフレディが来てくれたからよかったけど、そうでなかったら途方に暮れてたわ」

「そんなことはないだろう、ユナ、電話があるんだから。帰りはぼくが送るよ。そうさせてくれ。アロムは話のわかる男だから名誉を分けてくれるさ。いいだろう、アロム」

「この人がそれでいいのなら」小馬鹿にしたような視線をチャールズに投げ、にやりとした。

ユナが面白くなさそうな顔をしているのを見て、チャールズは「さあ、ぼくらも踊りに加わろう」といっそう真剣にパートナーになってくれと頼んだ。

ダンスと食事のあと温室へ誘うと、ユナは拒まなかった。ふとしたはずみでチャールズに大胆な行動を取らせる出来事があったのは、人目につかないところへ行こうとしているときだった。

若木の鉢が並んだ棚の角を曲がるとき、ユナが躓《つまず》いた。軽くよろめいただけで、倒れるほどではなかった。先に通った誰かがぶつかって倒したのか、転がっていた鉢に足を取られたのだ。

ユナはすぐ普通に歩き出した、いや、歩き出すはずだった。

チャールズは助けようとして飛び出した。それがどんな結果をもたらすか考えたわけではない。ユナに触れたとたん、電流が走った。決壊したダムから迸《ほとばし》り出る濁流が一帯を覆い尽くすように、圧倒的な感覚が全身を呑み込んだ。時間と空間の意識を失くし、チャールズはユナがいること以外すべてを忘れた。次の瞬間ユナを抱き締め、熱いキスを浴びせていた。

我に返ったとき、チャールズの心臓は激しく鼓動していた。ユナは抵抗しなかった。怒ってもいない。目を閉じてチャールズの腕に体を預けている。抱き寄せると目を開き、声を震わせて笑った。

「あなたはいつもこうなの、チャールズ。放してよ」

「だめだ。ぼくは一生きみを放さない」

「家まで送ってくれなくちゃいけないわ」

「そうするつもりだよ」

「もうやめて、チャールズ。人が来るでしょ。放してよ」

「来たっていいじゃないか」

「放しなさい」口調はだんだんきつくなった。「冗談じゃないわ。しつこくされるのは嫌いなの」

チャールズは渋々従い、目指していたベンチへ行って二人で腰を下ろした。堰を切ったように恋焦がれる気持ちが言葉の奔流となって溢れ出た。初めて会った瞬間きみが好きになった。きみへの想いは募るばかりだ。ぼくにとって大切なものはきみの愛以外にない。結婚できないのなら生きていてもしょうがない。ぼくの運命はどうなるのだろうか。それがわからないまま悶え苦しみ続けるのはたまらない。

リアリストのユナはチャールズの昂奮に冷水を浴びせた。あなたのことは好きだけど、愛しているかどうかは自分にもわからない。あなたと同じくらい愛しているとまでは言えないのはたしかね。いずれ結婚するかどうかもわからない。ほかに愛している人がいるってわけじゃないけど。そう、あたしが心から愛しているのは自由なんだわ。

もっと冷静に話を続けようとしたときユナの口から出た言葉は、チャールズにとって重い意味を持っていた。

「ひどい言い方かもしれないけれど、知っておいてもらったほうがいいから言うわね。お金のない人とは絶対に結婚しません。打算的だとか我儘だからってわけじゃないのよ。慣れ親しんできたものが手に入らない生活にあたしが満足するわけないし、夫だって不幸よ。お金がなくて不自由を強いられる結婚はどちらにとっても惨めだもの。馬鹿馬鹿しくって、そんなことをする気はないわ」

「ねえユナ、そういう問題はぼくには当てはまらないよ。裕福だとは言わないけれど、金がないわけじゃない。ぼくと結婚しても慣れ親しんだものは手に入る」

言葉を尽くしてもユナは婚約に同意しなかったが、脈はあると信じた。

その夜、というより翌朝まで輾転反側しながら、この世の幸福を手に入れるには何を措いても今の暮らしを維持する金を手に入れることだとチャールズははっきり理解した。

5　チャールズ切羽詰まる

明日ヨークで昼食会があると叔父に言ったのは事実で、チャールズは正午過ぎに車で主教座の置かれる古都へ向かった。晴れ渡った夏の陽が田園風景の豊かな色彩を鮮やかに浮かび上がらせていた。北から吹くそよ風のおかげで暑くなりすぎず、空気も澄んで、遠く近く、いろいろなものがカメオ細工の幾重にも施された浮き彫りのようにくっきりと見えた。チャールズは物思いに耽って速度を上げなかった。うっとりする景色もいつもと違って目に入らず、アスファルト舗装の道を走るタイヤの音が耳に心地よく響くだけだった。

招待されている商工会議所の昼食会は別にどうでもよかった。人前で話すことには慣れているので、準備していなくても時間が来れば適当な話題は思いつく。チャールズの心を占めていたのは個人的な問題――今はユナではなく叔父のことだった。この話し合いが重要であることは言うまでもなく、失敗は許されない。

年寄りの機嫌を取らなければならないとは。情けない。洗いざらい打ち明けてこれだけのものが必要なんですと言えたらどれだけ楽だろう。しかし、そんなことをしたら何もかもぶち壊しだ。病を得て叔父は偏屈になった。己の内にだけ暮らしているようなもので、世間から切り離され、最近の世界情勢の変化についていく気力も能力も失っている。

昼食会は滞りなく終わり、三時には再びハンドルを握っていた。四十分後、チャールズは叔父の屋敷の前で車を停めた。

モート荘は風格ある古い屋敷だが、濠《モート》という名から連想するほど古くはない。約百年前にできた建物からは、チャールズのところと同じく、緩やかに起伏する土地の眺めを楽しむことができる。もっとも、より高い場所にあるチャールズの家のほうが見晴らしはいい。正面から見るモート荘は真四角の武骨な建物で、軒下を巡る優美な刳形《モールディング》も蛇腹《コーニス》も窓の飾り柱《マリオン》もないが、均整の取れた形に威厳があって、歳月を経た石材の柔らかな色合いが周囲の木々の葉叢に溶け込んでいる。落ち着いた佇まいは俗塵を避けた隠遁所の風情がある。なぜモート荘と呼ばれるようになったかを知る者はいない。濠が巡らされているわけでも濠跡があるわけでもないが、由来はともかく屋敷の名称はどこも似たようなもので、アンドルー・クラウザーが新たな所有者となったときも変えなかった。敷地の道路から玄関までは手入れの行き届いた芝生が広がり、ところどころに立つ山毛欅《ブナ》の巨木は逞しい歩哨が静かに見張りに就いているかのようだ。入口からは見えないが、裏手にアンドルーが趣味で野菜を作っている畑がある。

このささやかな地所一番の華は天然の池である。半分は隣家の所有だが、面積は五十エーカーもあって、岸辺の木立と樹木の茂る六つの島がとりわけ美しい。池を囲む山毛欅《ブナ》とオークと楡は、枝先が水に触れるほどに育っているものもある。魚が多いらしく、モート荘で釣りをする者はいないが舟小屋に小舟が二艘ある。

チャールズが呼び鈴を押すとウェザラップが応対に出た。

「やあ」チャールズはにこりともしない相手の顔を見て言った。「いい天気だね」

ウェザラップはさようでございますねと言ったが、本心からでないのは明らかだ。

「叔父さんの調子はどう?」

「ようございます。横になっていらっしゃいましたが、今しがた床を離れられました」

チャールズは執事について玄関ホールへ入った。広々として調和の取れた見事な空間で、派手さはないが堂々たる階段が二階へ延びている。主の控えめな趣味が好印象を与えていた。

アンドルーの書斎は二階にある。猫のように音を立てずに歩くウェザラップが気に障って、チャールズは無意識に反抗するように階段を強く踏み鳴らし、陽気な口調で声高に話しかけた。しかし応答はなく、打ち解けようとするチャールズの努力は口に出すそばから虚しくなった。

チャールズは、小ぢんまりした黒オークの鏡板張りの書斎に通された。窓は二つあって、一方の窓の前に机が置かれている。アンドルーはかなり前から机に向かわなくなったが、自分では認めたくないらしい。調度は地味ながら上質なものが選ばれている。厚い絨毯は柔らかく、革張りの椅子は深々としてクッションが効き、壁には版画の名品が数枚かかっている。

主は肱掛椅子に坐っていた。数週間ぶりに会う叔父はかなり衰えて見えた。老化が進んでいるのは間違いない。大病を患った者の常でアンドルーにも好不調の波があった。元気なときはコールドピッカビーへ車で出かけたり、ロンドンまで足を延ばすことさえあるが、そうでないときは部屋で鬱《ふさ》ぎ込み、外出はおろか来客にも会おうとしない。残念ながら今日は調子が悪そうだ。

「チャールズ、久しぶりだな」か細い声で言うと、片手を力なく伸ばした。「年寄りのところへ顔を出してくれるのはありがたいが、それなりの理由があるんだろうて」

「叔父さんの具合がそんなに悪くなければいいなと思ったんですが」チャールズは陽気に言い、握手した。「今日のお加減はいかがですか」

「お前がわざわざここまで来たのはそんなことを訊くためではないはずだ」非難めいた口調だった。「違うか」

「おっしゃるとおりです」チャールズは満面に笑みを浮かべた。「電話で申し上げたように、仕事の細かいことをお話ししたくて。だからといって、叔父さんの体を案じていないわけじゃありません」

「それはわかっておる。親身な気遣いはいつでも歓迎だ。で、チャールズ、何事だ」

「まだお体のことを教えてもらっていませんよ」チャールズは作り笑いをしながら会話の主導権を手放すまいと粘った。

「おお、そうだったな。ウェザラップから聞かなかったのか」

チャールズは大きな笑い声を立てた。「ウェザラップの真面目さには敬服しますが、叔父さんも話し相手として適任だとは思わないでしょう。牡蠣《かき》より口が重いんですから」

「そう言いなさんな。体調はまずまずだ。そう言うお前はどうなんだ」

「ぼくですか。おかげさまで元気にやっています。ヨークから帰ってきたところですよ、商工会議所の昼食会があって。大勢から叔父さんのことを訊かれました」

「安心させてくれたか」

「帰りに寄ると話したら、ディグビーさん、ホールトさん、グレインジャーさんから、よろしく伝えてくれとのことでした」

「ありがたい話だ。みんな相変わらずだろうな」

「バスウィックの親爺さんも来ていました。いつものように飲みすぎて馬鹿をやりましてね」

座の様子を事細かに話した。

アンドルーは素直に耳を傾けた。目論見どおりだった。叔父は会議所の昼食会にたびたび顔を出していたので、憶えている会員が多い。そして――これも目論見どおり――人を疑うことを忘れ、目に涙を浮かべて昔話を始めた。しかし長くは続かなかった。

「ところでチャールズ、お前が訪ねてきた理由をまだ聞いていなかったな。ヨークの昼食会の話をしに来たわけではないはずだが、どういう用件なんだ」

「実はもっと個人的な、愉快とは言えない話です。仕事がらみの、あいにく悪い知らせです」

アンドルーは一言一言しっかり聞き取ろうとしていた。返事はせず、小狡《ずる》いようにも間が抜けたようにも見える表情で甥の言葉を待っている。

「残念ながら、うちもよそと同じ船に乗り合わせてしまいました。どこもかしこも経費がかさんで利益を減らしています。ベンダー＆トゥルーセットが配当率を下げたのはご存じですか」

「ああ、聞いている。ベンダーは堅実なはずだが、何をしているのやら」

チャールズはその言葉を利用した。「おっしゃるとおりベンダーが堅実なことは誰もが知っていますが、トゥルーセットだろうとほかの誰だろうと避けられなかったでしょう。何せ不景気ですから」

「お前も不景気原因説に取り憑かれているのか」アンドルーの声は震えていた。「いいかチャールズ、事業は正しい方針に沿って懸命に努力すれば成功し、気を緩めれば失敗するんだ。これまでもそうだったし、これからもそうであることに変わりはない。ベンダーは為すべきことをせずテニスやゴルフにうつつを抜かしているのだろうて」

「いいえ、違います。叔父さん、そこは間違っています。ベンダーもトゥルーセットも怠け者ではありません。今はどこも苦境に陥っています。新聞を見れば、どの業種でも売上が減っているのがわかるでしょう」

アンドルーは子どもじみた笑い声を立てた。「今は働いている者がおらんというだけのことよ。出てくるのは日が高くなってから、それで週末はしっかり休むというんではな。わしが事業を始めたころは、毎朝六時には工場に出て、夜の七時や八時より前に帰ることはめったになかった。お前はそうしておるのか」

「いいえ」チャールズは悪びれずに答えた。「おっしゃるとおり、今は誰もそんなに長くは働きません。でも、仕事中は懸命です」

「いい身分だな」アンドルーは夢の中にいるかのように話し続けた。「近ごろは遊びのほうが大事らしい。オーストラリアくんだりまで出かけていく。国で仕事に専念しておればよいものを。それで配当率が下がったと言って騒ぐ」

チャールズは精一杯受け答えしたが、自説を開陳する老人の勢いは止まらなかった。しばらくすると話の流れを引き戻し、苦しい台所事情を説明した。

「今お話ししたように、ぼくは自分の金を事業に注ぎ込んできました。不景気は一時的なもので、もう少し頑張ればどこも持ち直すというのが大方の見方です。ぼくが取り組んでいるのはそれなんです。うちには優秀な社員が揃っていて、一人たりとも辞めさせたくありません。そのために自己資金を投入してやり繰りしてきましたが、さらなる手を打ちたいと思いまして」と、新たな装置のことを切り出した。「設備を刷新したいんです。叔父さんも言っていたでしょう、進んでいるものを手に入れろと」

「まことに結構、殊勝な願望だ。しかし、ちょっと遅くはないか。金があるうちに導入しておくべきだったのではないかね」チャールズの説明はアンドルーの猜疑心を呼び覚ました。

「そのほうが賢明だったかもしれませんが、どちらにしても同じことだったと思います。実のところ、運転資金を追加できなければ閉鎖しなければなりません」

老人は強い衝撃を受けたようだった。「こんな無念を味わうのは初めてだ。人生を捧げた工場が立ち行かなくなったと、跡を継いだ甥の口から聞かされるとはな。胸が痛む。だが、関係なくなった人間があれこれ言っても始まらん。正直に打ち明けてくれたのをよしとせんとな」

チャールズは心の中で毒づいた。これこそまさに恐れていたことだ。叔父に突っぱねられたら万事休す。笑顔がひきつった。

「思っておられるほど関係のない話ではありません。はっきり言って、特殊事情ですので相談に伺ったわけなんです」

アンドルー・クラウザーの顔に狡猾な猜疑の色が浮かんだ。「助言してくれと言うのか、このわしに。久しくお呼びでなかったと思うがな。とっくの昔に用済みの年寄りだから」

「叔父さんに助言していただきたいんです」チャールズはわざと陽気に言った。「それともう一つお願いがあります。資金を用立ててくださいませんか」

アンドルーは子どものようにうなずいた。「いい考えだな。うん、いい考えだ。事業をしくじった挙げ句、そのつけをわしに払わせたいと言う。知恵が回るじゃないか、チャールズ。成功するのも当然よ」

チャールズは懸命に怒りを抑えた。「そんなひどいことは考えていません。叔父さんがくれると言った以上にもらいたいわけじゃありません。説明させてください」

アンドルーは意地悪く含み笑いした。「ただで手に入れようと言うんだな。誰でもそうしたがる。チャールズよ、誰もがそうしたがるが、うまくいった例《ためし》はない」

チャールズは無理やり笑顔を作り、言葉を尽くして説明した。

「お前は優秀な実業家だ、チャールズ。今の話でよくわかった。つまり年寄りはいなくなってくれということだな」小狡そうな目を向け、「耄碌《もうろく》じじいさえいなくなれば、すべて自分のものになる」

「叔父さん、あんまりです、ぼくはそんなこと言っていません。それはおわかりでしょう」

アンドルーは意外そうな顔をした。「わかっとる、わかっとる。だが、なぜわしがお前の尻拭いをしなければならんのだ。わけを聞かせてくれ」

「そうじゃなくて、叔父さんが前から約束してくれている分だけでもと言っているんです。必要なのはわずかな額ですから同じことではありませんか」

「そのとおりかもしれんが、わしの質問の答えにはなっておらん。今すぐ入り用なのか」

「いいえ、今すぐというわけではありません。叔父さんがぼくに力を貸さなくてはいけない理由はないんですが、他人はともかく甥の頼みなら聞いてもらえるのではないかと思って」

アンドルーは首を振った。「チャールズよ、感傷と事業は別だ。一緒にはできん」

「でも工場があるでしょう。叔父さんが築き上げ、あそこまで大きくした工場が潰れるのを黙って見ていられるんですか」

「黙って見ていたりはせんよ――わしのものであれば。今はそうではない」

「社員はどうです？　腕の立つ者ばかりです。叔父さんもほとんど全員をご存じでしょう。彼らを見殺しにするんですか。お願いしますよ、叔父さん。ぼくの要求なんて微々たるものではありませんか」

まずいことに叔父は疲れていた。久方ぶりの議論が応え、体力を一気に消耗したらしい。ぐったりと椅子に背を預けている。口を開いて何か言おうとするのを見たとたん、チャールズは気後れした。すると叔父は「ウェザラップを」と言った。

チャールズは呼び鈴を押した。待ち構えていたのかと思うほど即座に開いた扉から、世話係が陰気な顔を出した。

「叔父さんの具合がよくないんだ。手を貸してくれないか」
様子を見るなり、ウェザラップは脇のテーブルのコップに水薬を入れ、主人の口に当てた。薬を飲むとじきにアンドルーは回復した。

「お前は金を手に入れられると思ったのか」チャールズを鼻で笑い、「今はだめだ。耄碌じじいにはまだ寿命がある」

「胆を冷やしましたよ。話をして疲れさせてしまったんですね、すみません」

「いや、構わん。損得抜きの訪問はいつでも歓迎だ。もうよい、ウェザラップ。チャールズ君は仕事の話がある」

「いえ」チャールズが立ち上がると、ウェザラップはそっと部屋を出た。「お話ししたいことはもう言いました。考えてもらえますよね、叔父さん。頼み事をするのは初めてです。手を貸していただくのはこれが最後になるでしょう。ぼくのためではなく、社員と工場のためにお願いします」

アンドルーは肩をすくめた。薬のおかげで一時的に体力が戻ったらしく、血色の悪い顔に赤みが差している。

「チャールズよ、感傷だ。感傷にすぎん。わしはよく知っておる。金に困ったことは一度や二度ではなく何度もあったが、人に頼ったことはない。わしが自らを恃《たの》んだように、お前も自らを恃みとするのだ。約束した金をくれてやってもお前のためにはならん。わしは懸命に働いて切り抜けた。お前も同じ苦労をすれば、やがてわしに感謝するだろうて」

効き目が切れてきたのか、アンドルーはぐったりと椅子に体を預けた。

「改めて様子を聞かせてくれ」アンドルーは手許の呼び鈴を押し、音もなく現れたウェザラップに言った。「疲れたから休むことにする。チャールズ君にお茶を用意して、ペネロピに知らせなさい」鉤爪のような手を突き出し、「ではな、チャールズ。また来てくれ」

チャールズは肩を落としてウェザラップの後から部屋を出た。窮地を抜け出す手っ取り早い方法として大いに期待していた策は叶わなかった。まさに恐れていた反応だった。だからといって叔父を責めるわけにはいかない。歳のせい、病気のせいだ。

落胆したものの、チャールズはすっかりめげてしまったわけではなかった。叔父は、不慣れなことに手を出すのは性急だと思ったのだろう。新しいことに反対するのはわかる。だが、話の持っていきようで叔父の気持ちは和らぐに違いない。

焦りや苛立ちをあらわにするのは致命的だ。チャールズは気分を落ち着かせ、喜んでお茶をごちそうになる、ペネロピ叔母さんにも是非会いたいとウェザラップに言った。

アンドルーの妹ペネロピ・ポリフェクスはロンドンの株式仲買人に嫁ぎ、夫は成功を待たずして他界した。収入の道が途絶えた妹とその娘マーゴットに、アンドルーは住まいの提供と引き換えに屋敷の切り盛りを持ちかけた。取り決めは功を奏し、ポリフェクス夫人は役割をてきぱきこなした。アンドルーは自分の続き部屋にいて家政のあれこれに煩わされることはない。裏を返せばポリフェクス夫人が屋敷の主になったも同然だった。兄からもらう手当と自分の持ち金とで暮らし向きがよくなった夫人は、兄の存在を忘れたかのごとく友人を招いている。

ウェザラップはチャールズを階下へ案内して扉を開けた。「チャールズ・スウィンバーンさまがお見えです」陰気な声に促されてチャールズは歩を進めた。

そこは玄関ホールと同じく広々として調和の取れた部屋で、三つの窓は床から天井に届くほど大きく、鏡板も床材もオークが使われている。安楽椅子でくつろいでいるのは上品ななりをした五十代から六十代の健康そうな女性だった。外見こそ二階の老病者と著しく異なるが、血のつながりは灰色の目や顔立ちにはっきり表れていた。ポリフェクス夫人には、患う前のアンドルーを思わせる、世慣れて情に流されず、機転が利き人あしらいがうまい印象がある。チャールズが入っていくと夫人は読んでいた本から顔を上げた。

「こんにちは、ペネロピ叔母さん。お久しぶりです」

「わたしのせいじゃないわよ、チャールズ。変わりはない？」夫人は笑顔で答え、坐ったまま、綺麗にマニキュアを施した手を差し出した。チャールズは礼儀正しく握手した。

「もちろんぼくのせいです」どっかりと椅子に腰を下ろし、「このところ忙しくて。いろいろ難儀ですから」

「あなたもみんなと同じなのね」

「まあそうですね。どうしようもありませんよ。苦しいのはみんな同じです」

「わたしの配当もすごく下がったわ」夫人は上品に肩をすくめた。「みんなが破産したら、自分だけじゃないと思えるだけましかもしれないわね。あなた、叔父さんに会ったんでしょ？」

「ええ、しばらくご無沙汰でしたから」

「あの人のこと、あなたどう思った？」

チャールズは一瞬ためらった。「あまり調子がよくなさそうですね。実は、どきりとさせられることがあったんです。何かの発作か、気を失うのではないかと思いました。ウェザラップを呼んで薬を飲むと回復しましたが」

「頻繁に発作を起こすようになってね。変わったわ。一冬のうちに心も体もずいぶん弱ってしまって」

「そんな感じですね。頭のほうも鈍ってきているようです」

「鬱ぎ込むことが多くなったのよ。胃弱のせいだと思うけど」

チャールズは顔をしかめた。「厭なものです。誰だって鬱ぎ込んでしまいますよ。ぼくもよく知っていますから」

「あなたが？　消化不良に悩まされる歳じゃないと思うけど。何かあったの？」

「いえ、別に。運動不足かもしれません。叔父さんは以前はそういうことはありませんでしたよね。思い出せませんが」

「ずっと前からこうなのよ。ひどくなったのはつい最近だけれど。教えてもらった薬のおかげで少し楽になったみたい」

「何という薬ですか。ぼくも知りたいです」

「普通に宣伝してる売薬よ。医師《せんせい》には内緒なの。わかったらきっと怒られるわ。毎食後に一粒欠かさず飲んでいて、本人はよく効くって言ってる」

「しばらくは効いても、あとでつけを払うことになるかもしれませんよ。マーゴットはいますか」

「テニスに行ってるわ。あなたが来ていたと知ったら残念がるはずよ」

チャールズの従妹に当たるマーゴット・ポリフェクスは夫人の一人娘だ。歳は二十四、器量よしで贅沢が沁みついている。コールドピッカビーが嫌いで住民を見下しており、人付き合いを好まない。ロンドンで暮らしたいのにその機会が得られず、不満をくすぶらせている。だから地元の評判は芳しいとは言えないが、ある種の辛辣な言葉を巧みに発してはパーティを盛り上げるので、主催する夫人たちには受けがいい。

チャールズはモート荘に長居しなかった。わだかまりを抱えたまま世間話を続けるのは容易ではない。車のエンジンをかけたとき、三十分前にきっぱり消し去ったはずの心の重荷が再びのしかかってきた。かつてなく激しい失望を味わって、もうどうにでもなれという気分になっていた。この先何を頼りにしたらいいのか。どこを眺めても光は見えなかった。

6　チャールズ誘惑に駆られる

その夜、食事を終えたチャールズの思いは再び己の絶望的な立場へと向かった。頭からすっかり離れていたわけではないが、改めて考えると捨て鉢な気分が湧いてきて、一時しのぎでもいい、苦境を抜け出す方法が見つからないものかと願わずにはいられなかった。

崖っぷちはぐんぐん迫っている。会社を出る前にもう一度秘密帳簿に目を通したが、二週間以内に資金を調達しないと社員に給料が払えない。

今すぐ工場を閉鎖すべきなのだ。解雇通告は一週間前には出さなくてはならない。一週間遅れたら間に合わなくなる。

だが、いざ幕引きとなると、それに伴うもろもろのためにどうしても決心がつかなかった。工場を手放すのはいい。地位も仕事も失い、一文無しになっても構わない。そういうことには耐えられる。しかしユナは失いたくない。失わざるを得なくなることを実行する気にはなれない。諦めたらそこで終わりだ。わずかなりとも手許に金があるうちは、取り返しのつかない行動を起こすことはできない。

チャールズはアンドルー・クラウザーに相談したときの様子を思い返した。抜け出す方法はある——アンドルー叔父を説得することさえできれば。叔父に圧力をかけられないものか。

チャールズは叔父のことが憎くてたまらなかった。おれがしょっちゅう金をせびっていると言わんばかりではないか。真剣な頼み事をするのは正真正銘これが初めてだ。そのまさに初回に、休みをねだる小学生をいなすように突っぱねるとは。どうにも我慢がならない。

それだけではない。厭味、当てこすり、子どもじみた猜疑心。皮肉屋を忌み嫌うチャールズには、叔父の態度は言語道断だった。とりわけ許し難いのは、自分が死ねばお前は喜ぶと聞かされたことだ。どう考えても不当な仕打ちだった。

しかし、冷静に振り返ってみると、それほど不当な言葉でもない気がする。心の奥底では叔父の命が尽きるのを望んでいるのではないか。問うまでもない。自分と同じ立場になれば誰しもそう思う。

いくら考えてもおかしい。役立たずの厄介者が世に憚り、進取の気象に富む有為な人材が早死にすることが多いとは。チャールズにとってアンドルー・クラウザーという存在は、己の行く手をことごとく阻む不幸の種でしかなかった。そんな男が長らえる一方、世の中で立派な仕事をする可能性のある者たちがこれからという時になぜ死なねばならないのか。おれ自身のためにも皆のためにも、叔父は死んだほうがいい。

恐るべき考えが閃いたのはそのときだった。叔父が死んだって構わないではないか。

その瞬間は、自分が何を考えたのかよくわからなかった。はっきり意識したのは少し経ってからだ。叔父が死んだって構わないではないか。あの歳だ、先は見えている。それが今であっても悪いことはあるまい。

自問自答の意味をチャールズは突如悟った。とたんに嫌悪感が込み上げ、恐るべき考えを払いのけようとした。身の毛もよだつ不埒な考えが心の中へ押し入ってきたときは、さっさと追い払うに限る。こんなことに頭を使って何になる、まともに取り合うのも馬鹿らしいただの空論にすぎない。

だが、仮に叔父が死んだらどうだろう。万一そういうことになれば、話は違ってくる。あの発作はおそらく心臓だ。発作を起こして薬が効かなければ、アンドルー叔父は死ぬ。つまり、おれにとって重大な意味を持つということだ。

想像力の赴くまま、チャールズはその先を思い描いた。四、五日もすれば遺言書が開披される。条項が明らかになれば、苦境とはおさらばだ。ウィザローが貸越額の引き上げをためらう必要はない。ボストックが融資を断る理由もなくなる。工場は救われる。おれの信用は跳ね上がる。ユナはおれと結婚する。

チャールズは恐怖に近い感情に襲われて我に返った。絶対にだめだ。冗談にしてもこんなことを考えてはならない。もちろん自分の身に危険が及ぶわけではないが、とにかくこんな考えは忘れるのだ……。

しかし忘れることはできなかった。ユナがいる。工場がある。資金繰りの失敗をあっさり認め、愛する女と父から受け継いだ財産のために手を尽くさないまま引き下がるのか。それとも己の欲するもののために——工場を守り、ユナと結婚するために闘うのか。

ユナとの結婚。その思いがチャールズを酔わせる。それ以上のものはこの世に存在しない。

たとえそれが……。

いや、いけない。つまらぬことを考えるものではない。きっとほかに方法がある、アンドルー叔父を動かす方法が。ペネロピ叔母さんなら助けてくれるだろうか。あるいはマーゴット、いっそエルシー・モーリーに協力してもらうのは。叔父はマーゴットもエルシーも可愛がっている。同じことでもあの二人が頼めば首を縦に振るかもしれない。

その夜チャールズは寝返りを打ちながら思案を続けた。解決策はほかにもある。ひどい方法だが、心の奥にあった方法よりひどくはない。一番簡単なのは、静かに命を絶って何もかも終わらせること――自殺だ。これこそ最良の解決策ではないか。

この点にためらいはなかった。死後の世界を信じぬチャールズにとって、肉体の死はすべての終わりを意味する。死は自らの権利として選ぶことができる。では、おれはそれを選ぶのか。

次の瞬間、これほど自分が恐れているものはほかにないと気がついた。だめだ、絶対にだめだ。抽象論、一般論として自殺を考えることに抵抗はない。しかし、いざそうしなければならぬと思うと震えが走る。おれは渾身の力を振り絞って生きていたい。

うとうとしたが眠りは浅く、目覚めても疲れが抜けておらず気分は重かった。馬を引き出して近くの野原を駆け回っても、冷たいシャワーを浴びて懸命に体をこすっても効果がない。いったん根を生やした恐るべき考えを頭の中から追い払うことはできなかった。

その日は笑みを浮かべて平静を装うほかなかった。最悪のことが現実となるまでは――それが必至であるとしても――差し迫る事態を他人に気づかせるわけにはいかない。この先何が起ころかわからないのに、取り返しのつかないことをしたせいで、せっかくの機会を逃してしまっては何にもならない。

思案に暮れているうちにチャールズの心は次の段階へ移っていた。もう一度モート荘へ行って、アンドルー叔父に前より強い言葉で訴えよう。秘密帳簿を見せ、援助がなければ自殺するほかないとわかってもらおう。

モート荘に電話をかけると、叔父の機嫌はまずまずのようで、言葉に嘲る調子はなく、こちらは構わない、明日の昼食に来なさいという返事だった。

ひと安心したチャールズは、その夜は余計なことに頭を使うこともなく、自分か叔父が死ぬほかないと悩まずに済んだ。よく眠れたため、目覚めたときはすっきりした気分だった。一時少し前に車でモート荘に着いたときには、厄介事もこれでけりがつくと自分に言い聞かせていた。

アンドルー・クラウザーは具合がいいと一階へ降りて食事をする。案内された応接間で叔父の姿を見て、チャールズは幸先がいいと思った。叔父は機嫌よく挨拶を返してくれたが、すぐにペネロピ叔母とマーゴットが来たので、二人だけで話す機会はなかった。

形は一族の昼食会ながら食卓には四人しかおらず、あまり楽しい時間とは言えなかった。アンドルー叔父の様子は一変していた。話を合わせず思い出したように無関係なことを言うのは、自分の考えを取り留めなく話している証拠だった。叔母は叔母で考え事があるのか、おざなりに受け答えするばかりで、話に加わるのがいかにも面倒臭そうだ。他人の目がないところではめったに人を喜ばせようとしないマーゴットは、コールドピッカビー全般、わけてもクラウザー家の家政に対する嫌悪を隠そうとしなかった。不安を抱えているチャールズも普段どおり振る舞うことはできず、食事が終わりかけると正直ほっとした。

やがて叔母とマーゴットは席を立ち、差し向かいのチャールズと叔父が残った。すぐに書斎へ移る。チャールズの人生における重大な瞬間が訪れるのは間もなくだ。

二人が腰を上げる前にちょっとしたことがあった。それ自体は取るに足りないが、その後の叔父との話し合いや、これまでのどんな出来事よりもはるかに重要な意味を持つことになった。二階へ上がる前に、アンドルー・クラウザーはチョッキのポケットからガラスの小瓶を出し、蓋を開け、瓶を振ってテーブルクロスに白い錠剤を四、五粒落とした。多すぎたらしく、錠剤をつまんで瓶に戻し、蓋をした瓶をポケットにしまうと、一粒だけ飲んだ。

チャールズは叔父のすることを気にも留めず、ぼんやり見ていただけで何も言わなかった。瓶のラベルを見ると消化不良に効くと評判の売薬で、叔母がこのあいだ言っていたのはこれらしい。

アンドルーは手許の呼び鈴を押し、現れたウェザラップの手を借りて書斎へ上がった。チャールズは後に続く。ウェザラップが下がると、重大な話し合いが始まった。

チャールズは前回話したことを繰り返し、正確な数字を見れば事の深刻さがわかるはずですと言って、秘密帳簿を出して説明した。そして、これまでにない強い調子で、自分には遺産の前渡しを受ける資格があると訴えた。しっかり伝わっているはずだ。反論の余地があるとは思えない。話しながら今度こそ認められるに違いないと確信を深めた。

それだけに、アンドルー叔父にまったくその気がないと思い知らされたときの衝撃は大きかった。叔父は咳払いしてから、お前がもっとしっかり働けば怠けた商売敵から注文を奪い取れるのだと子どもじみた口調で呟いた。経済情勢が自分の現役時代とは違うことが、この老人には想像できないのだ。

チャールズは捨て鉢になって最後の切り札を出した。「叔父さん」もうやけくそだ。「はっきり言います。わずかな前渡しもしかねるとおっしゃるのでしたら、破産です――何もかも失うことになります。社員に給料が払えず、工場を畳むほかありません。ぼくも彼らと同じく無一文の失業者になるのです。ぼくは決めました。そういう目には遭わないようにしようと。破産して路頭に迷うくらいなら、命を絶つほうがましです。どうかお願いです。工場と社員とぼくの命を救ってください。いや、ぼくのことは構いません。一族の名誉を考えてください」

ようやくアンドルーは心を動かされたようだった。肚を決めかねている様子で、落ち着きなく椅子の中で体の向きを変える。この機に乗じてチャールズは言葉に力を込めた。

「これまでクラウザー家にもスウィンバーン家にも債務不履行に陥った者はいません。クラウザー電動機製作所社長の肩書きは証文として通用してきました。叔父さん、そういう立派な会社の名が屈辱にまみれたら、落ち着いて眠っていられなくなりますよ。一番の責任はぼくにあるにせよ、必ず叔父さんに跳ね返ってきます。叔父さんの名、一族の名に傷がつくことになるでしょう。それを叔父さんは未然に防ぐことができるんです」

強い言葉をぶつけてもまるで効き目がなかったのに、この一言は心に響いたらしく、叔父の気持ちが傾いてきたのが態度でわかった。しばらくすると声を震わせながらいくら要るんだと訊いた。

五千ポンドは必要ですとチャールズは答えた。それ以下では役に立ちません。

金額を聞いてアンドルーは動揺した。せいぜい五百ポンドぐらいだと思っていたのだろう。五千ポンドだと！　お前は気がふれたのか？

チャールズは五千ポンドの内訳を説明した。しかしアンドルーは挙げた数字を呑み込めず、疲れも出てきて、どうあってもそんな大金は出せないの一点張りだった。

それでも言葉を尽くした説得に折れて、叔父がその場で千ポンドの小切手を書いてくれることになった。遺贈分から引くつもりはない。そんな条件を付けると遺言がややこしくなる。この千ポンドは特別な小遣いだ。何があっても同じことはせんぞ。

現時点で叔父から手に入れられるのはこれが限度だろう。千は千でしかなく、救いにはならないものの、厄日は先延ばしになる。これでお終いと決まったわけでもない。

当面の不安が解消されたチャールズは、ありがとうございます、それで結構ですと言った。三十分後にモート荘を出ると、小切手を預けるために閉店間際の銀行へ乗りつけた。

カウンターへ向かうとき、クラブでベンダー＆トゥルーセットが配当率を下げた話をしていたスティンプスンに出くわした。独断的な物言いをしたがる傲慢な小男で、やたらと口数が多く、議論を吹っかける機会は決して逃さない。チャールズは引き止められるなと覚悟した。

だが、スティンプスンは足を止めなかった。こちらが怒って否定するのを承知の上で途方もないご高説を聞かせに来るかと思いきや、ためらい顔になり、チャールズの視線を避けるように、今日はまずまずだったななどと呟きながら去っていく。

あからさまな素振りは考え事をしていてもわかる。それが意外であり腹立たしくもあったので、振り返ってわざと大きな声で、

「やあ、スティンプスン、今日はクラブで面白いことがあったか」

さすがに相手も立ち止まらないわけにはいかず、「来てなかったのか、スウィンバーン」

「昼は叔父さんのところで食べたからね」

「クラウザーさんか。お元気かい?」

「相変わらずとは言えないね。弱ってきているよ」

「お歳だからな。すまんがスウィンバーン、店でエドワーズが待ってるから」

失礼な感じではなかったが、ばつが悪いのか、目も合わせずに行ってしまった。

「やあ、ハンドコック、いい陽気だな」チャールズは窓口係に言った。

「そうですね、スウィンバーンさま。ちょっと暑いくらいかもしれません」

神経過敏になっているのだろうか。この男の物腰にも、スティンプスンに感じたのと同じ妙な気遣いが感じられる。間違いない。現におれが出した小切手を、大丈夫なのかと言いたげに見ているではないか。

次の瞬間、相手の顔から不安の色が消え、態度ががらりと変わった。安堵の笑みを浮かべて、

土曜日はクリケットの試合にいらっしゃいますかと訊く。と同時に、背後の誰かに合図らしきしぐさをした。チャールズはゆっくり体をひねり、後ろを見る。支店長のウィザローがこちらへ歩いてきていた。

「昼食はクラブじゃ取らなかったんだね」ウィザローはカウンターの前で止まった。チャールズは事情を話した。

「クラウザーさんにはしばらく会っていないけど、お元気かい？」

チャールズはそれも話した。

「スウィンバーンさま、当座預金口座へのお預けでよろしいですか」窓口係が訊く。

「ああ、頼むよ」チャールズはウィザローに向き直り声を低くした。「融資してもらわなくてもよくなったんだ。叔父さんと話がついてね。面倒を見てくれることになった。この千ポンドは差し当たりの運転資金で、細かいところは追々詰めることになっている」

作り話はすらすら出た。先ほどの場面の意味がわかりすぎるほどわかった。チャールズはもはや現金を引き出せなくなっている。押し問答になるのを恐れた窓口係のもとへ支店長のウィザローが加勢に来た。チャールズが引き出しにではなく預けに来たとわかって状況は一変、思いがけぬ吉事に二人が意表を衝かれたのは明らかだが、ウィザローは軽く受け流した。

「都合がついてよかったね」何気ない口調がわざとらしい。「きみのことだから何とかするだろうと思っていたよ。ちょっといいかな、よかったら見てもらいたいものがあるんだ。地域の失業対策事業のことなんだが、昼にみんなで話し合ってね。今部屋へ来られるかい、それとも

「別の日のほうがいいかな」
チャールズは二つ返事だったが、カウンターに近づいてきたとき支店長の頭に失業対策など

これっぽっちもなかったのは明らかだ。それでもひと通り話し合ってから銀行を出た。きわどいところだった、とエンジンをかけながら思った。おれの立場にいて振り出した小切手の換金を拒まれたら、それは終わりの始まりだ。この問題は先延ばしされたにすぎず、あの千ポンドでいつまでもしのげるわけではない。それが尽きれば……。

チャールズは歯を食い縛った。ともかく今日は考えなくていい。

ハンドルを切ってマルトン通りに入ったとき、いきなり鼓動が高まった。コールドピッカビー随一の服地店オリヴァーズへ姿を消したのが、ほかならぬユナ・メラーだったからだ。チャールズは郵便局の前に車を駐め、通りを渡った。

舞踏会の夜からユナには会っていないが、明日の午後スカーバラへドライブして向こうか帰りのどこかで食事をする約束をしていた。遠出の誘いに乗ったのは脈がある証拠だと思えて、いっそう待ち遠しかった。

パリやロンドンへ行かないとろくな服が手に入らないとこぼす娘らしく、ユナは品定めにたっぷり時間をかけた。店から出てきたとき葉巻は半分灰になっていた。チャールズの姿を認めるとユナはびっくりしたようだった。

「こんにちは、チャールズ」ぶっきらぼうに無愛想な声で言う。「どうして今ごろこんなところにいるの」

「いろいろ寄るところがあったんだ。きみに会えるなんてついてるなあ」

「ついてるって、誰が？」

「ぼくら二人がだよ」当たり前だろうという口調で言った。

「そういうことはあたしよりあなたのほうが気がつくみたいね。何か用？」

「きみの顔が見たくてね」うまい台詞を吐いたつもりだった。

「今見てるじゃない、何なの？」

「家まで送ろうか。ほかのところでもいい、向こうに車を駐めてあるんだ」

「悪いけど、これからスミシズで本を探すの」

「終わるまで待つよ」

「夕食時まで待つことになるわよ。クラブでお茶を飲むつもりだし」

「そのころ出直してくる」

「いいのいいの。フレディ・アロムが送ってくれるから」

チャールズは動顚した。「えっ、ユナ、今日の午後はまるでだめってことかい？」

「ねえ、チャールズ、駄々をこねないで。あなたは仕事しなくちゃ。ええと、それから」歩き出していたユナはそこで足を止め、「明日のドライブは行けなくなったわ。お昼にお客が来るんだけど、長っ尻の人たちだから」

あんまりだ。チャールズは愕然とした。普段から冷ややかで素っ気ないユナだが、これほど思いやりに欠ける仕打ちは初めてだ。敢えて神経を逆撫でするかのようで効果覿面《てきめん》だった。

反論しても無駄なのはわかっている。「残念だけど、そういうことなら引き留めちゃいけないね。ドライブはきみの都合がつくときまで楽しみに取っておくよ」

ユナは気のない顔でうなずくと貸本屋へ消えた。厭な感じがする。口にするのも忌まわしいアロムが？　冗談じゃない、うすのろの、ヒモみたいな、藪睨みで猿顔のくせして。真っ当な娘なら、あんなとんでもない低能に惚れるはずはなかろうに……。

スティンプスンの態度を思い出した。なるほど、あの話が広まっているのか。おれと違ってアロムには金が……。チャールズは車を急発進させた。

午後の日輪がマルトン通り界隈に恵みの光を投げかける中、チャールズはクラウザー製作所に着いた。門の外で車を降り、急ぎ足で工場へ向かう。すぐに工場長のマクファーソンを呼び寄せ、

「なあサンディ、うちのことで変な噂が飛び交っているだろう」

マクファーソンは苦々しい顔で周囲を気遣いながら、「ええ、たしかに」

「何と言われてるんだ」

「お知りになりたいんですか」

「ああ、知っておきたい。遠慮はいいから聞かせてくれ」

「社長はもうだめだという話で」

そういうことか。その噂をスティンプスンが聞き、ウィザローも、銀行の窓口係も聞いたのだ。そしてユナも。町内一人残らず耳にしているに違いない。

大型貨物船に重量級機関車を積み込む巨大クレーンを描いたカレンダーを見るともなく眺めながら、こんな状態がいつまでも続くのはごめんだとチャールズは強く思った。道は二つ。どうにかして金を手に入れ、懐具合に問題がないことを周囲にわからせるか、一気に睡眠薬を飲んで金も世間も悩みも恋も永遠に忘れるか。どちらに向かうことになるのだろう。

7　チャールズ方法を見出す

　その日の昼前、割れたガラスを交換してもらうため腕時計を町の時計屋に預けていたので、仕事を終えてから受け取って帰宅することにした。その途中、従妹の夫ピーター・モーリーに追いついた。

「やあ、ピーター。こんなに早くまた会うとはね。普段は半年に一度がいいとこなのに。どうだい、景気は？」

「チャールズ」ピーターはいつになく昂奮している。「きみはお義父さんのところへは行かないって言ってたよね」

　チャールズは笑った。「あのときは考えてもいなかったからね。というか、きみの話を聞いてなるほどと思ったんだ。行ったのかい？」

「うん」ピーターはにこりともしない。「きみのほうはどうなんだ？　まさか懐が寒いなんて言うんじゃないだろうな」

「誰だって懐は寒いさ。もちろん無一文じゃないが、少しでも手許にあると助かるからね。コストダウンのために新しい装置を入れようと思ってるんだ」

「そいつはすごいじゃないか。懐が寒いかなんて、馬鹿なことを訊いてしまったなあ」

「世の中は何事も相対的なものだから」チャールズは頬を緩めた。「それはそうと、きみのことを聞かせてくれ。その口ぶりだと行ってきたんだろう」

「ご老体はきみのことでかんかんだったよ。ぼくが同じ用件で来たとわかったとたんに怒り出してね。チャールズ、きみの行動にはとても助けられたとは言えないよ」

チャールズは振り向いてピーターの顔を見た。「それはどういう意味だ？　ぼくが何かしたって言うのかい」

「お義父さんのところへ行ったことさ。あれはぼくの計画だったのに、あっさり邪魔をしてくれたね」

「冗談じゃない、変なこと言うなよ。きみの件とは無関係だ。それどころか、ぼくが叔父さんを訪ねたことがきみを助けたかもしれないんだ。先例になったという意味でね。叔父さんがぼくに前渡しすることにしていたら、きみの頼みを拒むことはなかったはずだから」

ピーターは首を横に振り、悲愴な口調で、「終わったことさ。今さらあれこれ言ってもしょうがない。お義父さんはきみに力を貸してくれたのかい」

「欲しい額にはほど遠いけど、千ポンドくれた。ないよりはましだけど、とても足りない」

ピーターは口笛を吹いた。「千ポンドだって！　いいじゃないか、それだけもらえたんなら。ぼくも千ポンド欲しかったよ」

「きみはいくらもらったんだい？」

「現金では何も。農場を担保に引き受けることを考えてくれるって。ある程度融通してもらえたら乗り切れるかもしれない」

「だったら悪い話じゃないだろう。具体的な数字を言ってくれたかい」

「いいや、クロスビーに相談するそうだ」

「やっぱり。叔父さんはクロスビーに頼り切ってるからな。それほどの器とは思えないんだけどね」

「どういう人かよく知らないけど、ちゃんとした弁護士さんに見えたよ」

「こせこせした男でね、用心深いにも程がある。事を成すには危険を冒さなくちゃならないってのに。もちろんきみもわかってるだろうけど」

「危険を冒す商売じゃないからね、弁護士は」

「まあいい、農場が担保じゃあまり貸せないって言われればはっきりする」

「会ったほうがいいだろうか」

チャールズは首を振った。「だめだめ。わたしにこう言ってよこしましたなんてご注進に及んで、叔父さんをもっと怒らせるだけさ。貸付の話はお流れになるね。触らぬ神に祟《たた》りなし」

「もっともだ」

「いつ知らせてくれるって？」

「そういう話はしてないんだ。お義父さんはクロスビーに会うとは言ったけど、返事をいつくれるかは聞いてない」

「だったら」チャールズは気楽な口調で続けた。「ぼくの行動によってきみは恰好の論拠を手に入れたわけだ。気前よく出してくれそうになかったら、差をつけるのはやめてくださいと主張できる。叔父さん自身が先例を作ったんだ。ぼくに千ポンド出しておいて、きみの要求を断れるはずがない」

ピーターが浮かない顔を横に振り「そうだといいけどね」と言って、この件は終わった。

翌朝チャールズが会社に出ると、あちこちから手紙が届いていた。秘書のゲアンズが開封したものがデスクマットに積み上がっている。忌々しい。

請求書の山だ。

近隣には月単位あるいは四半期単位の掛取引をしている店が多い。原材料の多くは町外から取り寄せるが、コールドピッカビーで手に入る場合はそれで間に合わせる。こうした地元の掛取引の半数以上からの請求書だった。

請求書自体におかしなところはない。肝心なのは日付だ。今日はまだ十八日で、支払期限まで二週間あるというのに！

どれにも弁解がましい手紙が添えられていた。

拝啓　スウィンバーン様（スティンプスンの手紙はこう始まる。ほかも似たり寄ったりだった）

期日前にこのような書簡をお送りする非礼をお許しください。当方といたしましても、多くの卸売業者から予定より早く支払いを求められたばかりか、頼みの配当も利回りが下落して大きな打撃をこうむっている状況です。貴殿が同封の請求額の支払いに快く応じて当方を苦境から救い出してくださるものと確信しております。小口の掛勘定であってもまとまれば大きなものになるのも事実です。非礼の段重々お詫び申し上げますと共に、昨今の異常事態がいち早く収束することを祈ります。

敬具

J・C・スティンプスン

読むにつれてチャールズの額が曇った。催促の理由も慇懃さもそれぞれ異なっているが、本質は変わらない。こちらの手許に金があるうちに回収したいだけだ。

どんな噂が飛び交っているのかと考えるだけでむかむかする。実情が知れるはずはない。それを知っているのは自分だけだ。あり得ないことだが、たとえアンドルー叔父が秘密帳簿の内容を誰かに明かしたとしても、その話が広まるには時間がかかる。

鉛筆を取り、請求額を紙に書き出した。高額なものはなく、いずれも十ポンドから四十ポンド程度だ。合わせて三百四十五ポンド十二シリング六ペンス、びっくりする額にはならない。クラウザー製作所ほどの事業所にとって大した額ではないとはいえ、あと二、三週間は持たせたいと考えている千ポンドから三百四十五ポンドが出ていくのは痛い。ネズミどもめ、沈みゆく船は見捨てるというのか。腹立たしく思いながらベルを押した。

「これはどういうことだ、ゲアンズ」暗い顔の秘書が入ってくると、チャールズは請求書を指差した。

ゲアンズは悲しげに首を振った。

「連中が揃いも揃って一晩で金に困るはずはなかろう。うちのほかに請求書が届いたような話を聞いているか」

「いいえ。どうしてこんなことになったのか、わたしにもさっぱりわかりません。封を切ったとき、息が止まりました」

「ほかにも送られているところがあるんじゃないか」

「少なくともストリンガーズには送られていません。経理主任のキャクストンと話す機会がありまして。ラシャ布の件でうちに来たとき、何と申しますか、ひょんなことから尋ねたのです。請求書を送ってきた店の中に、ストリンガーズが掛買いしているところがありますので」ゲアンズは請求書の山から素早くいくつか抜き出し、「どこも送ってきていないそうです」

チャールズはうなずいた。「だと思った。妙な噂が流れているな、ゲアンズ。うちの社のことで。知っているんだろう?」

ゲアンズはもじもじした。

「いいから聞かせてくれ。遠慮はいらん」チャールズはじれったそうに言った。

ゲアンズは首を振った。「呆れて物も言えません、言語道断です。社長、クラウザーは潰れるというのです。この歳になってそんな噂を聞くなんて」老秘書は体を震わせていた。

チャールズに笑いを返す余裕があったのは、自制心が働いている証拠だった。「気にするな、ジェイムズ」陽気な声を作って、「連中が間違っていることを思い知らせてやればいい。しかし、そんなデマがどうして広まったんだろうな」
「とんとわかりません。うちの人間ではないはずです。話す材料がないんですから」促される
まま思いつきを言った。
「事務員を一人解雇する話はしている」
「社長、それは関係ないでしょう。ほとんどの会社が人減らしをしていますが、それでどうの
こうのという話は聞きません」
「では、何なのだ」
ゲアンズは答えられなかった。噂になっているのは事実でも、出処は見当がつかない。
「まあいい」しばらくしてチャールズは言った。「気にするな。起こってしまったことはどう
にもならん。そうだろう、ジェイムズ」
ゲアンズはまだもじもじしていた。「支払いはなさらないおつもりでしょう、社長。無礼に
も程があります。要求を聞いてやる必要なんかありません」
「即刻全額支払いだ」チャールズは声を荒らげた。「わからんのか、そうしないと連中の疑い
を裏づけることになるんだぞ」
ゲアンズは頭を下げ部屋を出ていった。閉じかけた扉に何気なく目を向けると、秘書はかす
かに安堵の表情を浮かべているではないか。チャールズはがっくりと椅子に背を預けた。あい
つは噂を信じていたのだ。ゲアンズよ、お前もか。
チャールズは硬い笑みを浮かべながら手紙の返事を次々に口述した。文面はどれも同じ。長

く取引のある貴店が苦境にあると伺い大変遺憾に存じます。この状況が一時的なものであることを願ってやみません。ご請求の件につきましては喜んで対応させていただき、全額を同封いたします。鼻持ちならない一、二の不愉快な相手には、切実なご事情でしたらここだけの話でございますが小口の一時貸付をさせていただく用意がございます、と付け加えた。

せいせいした気分はそう長く続かなかった。タイピストが部屋を出ていくと、経営危機に陥って以降一番の激しい感情が込み上げた。ああ、あの因業じじいさえ死んでくれれば……。

ふと浮かんだ考えにチャールズは身をこわばらせ、息を殺して思案に耽った。

アンドルー叔父の死を望むなら、実現させる方法はある。

あるのだ。安全な方法、百パーセント安全な方法が。疑いを向けられる可能性はあっても、立証はできない。叔父の死をおれと――いや、ほかの誰とも結びつけるものは発見されない。

空恐ろしい考えだが、頭から追い払うことはできなかった。わずかな手間、まったく安全で何があっても露顕しない手間――わずかな手間をかけるだけで、問題は解決する。工場が救われ、おれの命も救われ、ユナが手に入るのだ。では、その手間をかけることはできるか。

だめだ。できるわけがない。おれは人殺しじゃない。考えるだけで身震いがする。人を殺すだって！　こんなことのために！　だめだ、だめだ、おれの考えることじゃない。

度胸がないからではない。おれにはどんなことでもやってのける図太さがある。そういうことではなく、邪悪な行為だから、とてつもなく恐ろしい邪悪な行為だからだ。手を下したが最後、幸福とは無縁の体になる。

しかし、道徳家が唱えるような理屈などくだらない迷信だという思いがたちまち頭をよぎった。おれは古臭い考えに縛られはしない。時宜を得た行動こそが正義だ。最大多数の最大幸福を考えよ。ならばアンドルー叔父は死なねばならぬ。工場が閉鎖となれば工員たちは路頭に迷う。事務員たちも、古株のゲアンズも、ゲアンズの病身の細君も路頭に迷う。こうした人々の苦痛と比べれば、アンドルー叔父の残り少ない命など物の数ではない。

では、殺人を犯したあとはどうなる？　何も起こりはしない。おぞましい結果が訪れるのは見破られた場合に限られる。けれども、見破られることはあり得ない。たとえ思いがけず発覚したとしても、自殺という手がある。死後の世界などおれは信じない。

しきりに自分を納得させようとしたが、心の奥ではこの論法に誤りがあるとわかっていた。

この間モート荘を訪ねたときの光景がよみがえった。アンドルー叔父はチョッキのポケットから小瓶を取り出し、蓋を開け、テーブルに白い錠剤を四、五粒落とす。小瓶をテーブルに置き、一粒だけ残してあとは戻す。小瓶をポケットにしまい、錠剤一粒を口に入れる。これを叔父は朝昼晩、毎日繰り返している。

恐るべき考えが浮かんだのは、この習慣を思い出しているときだった。

あの小瓶に毒入りの錠剤が一粒交じっていれば、アンドルー叔父は死ぬ。

一粒でいい。瓶の底のほうにあれば、入れてから飲むまでに数日かかる。残った錠剤は分析にかけられるかもしれないが、問題は見つからない。飲んだ一粒が疑われたとしても、毒が入っていたと証明することは不可能だ。毒の混入を知る者がいなければ証明はできない。

チャールズはもう、この考えを頭から払いのけようとはしなかった。むしろ、考えれば考えるほど魅力的に思えてきた。安全か？　もちろん安全だ。確実か？　絶対確実だ。わずかな手間で――毒の錠剤を薬瓶に入れるだけで――すべてが叶う。ただ結果を待てばよい。アンドルー叔父はいずれその錠剤を飲む。そしておれは苦しみから解放される。

夢想に耽りながらもチャールズの頭脳は懸命に問題と闘った。困難があるのは当然だ。だが、克服できぬ困難はない……。

思案を続けるにつれて忌まわしい側面が徐々に薄らぎ、問題は――観念的なものとして――立ち現れた。

問題は大きく分けて二つある。どうやって毒の錠剤を手に入れ、どうやって叔父の薬瓶に入れるかだ。初めはどちらも容易だと思われたが、具体的に考えていくと多くの困難が伴うことに気がついた。

毒入りの錠剤を買うこと自体がまず不可能ではなかろうか。薬瓶の中身と大きさも形も色もそっくり同じでないといけないが、そんなものが存在するとは考えにくい。しかも毒が入っているというだけでは不十分で、致死量が含まれていなければ役に立たない。加えて、万一叔父が不審を抱いてもそれを周囲に伝える暇がない程度の即効性が求められる。何より難しいのは、仮にそういう錠剤が存在したとして、売られてはいないと思われることだ。たとえ購入可能でも、販売記録簿に署名する危険を冒すわけにはいかない。

錠剤は自作しなければならないということだ。それはそれで別の難点がある。どんな毒を使うのか。必要な分量は。それらがわかったとして、どうすれば手に入るのか。手に入ったとして、ほかの錠剤と形状も味も見分けがつかないものに加工できるのか。

そしておそらく最大の難関は、錠剤が手に入ったとして、アンドルー叔父の薬瓶にどう仕込むか、効果を発揮するのが数日後になるよう、ほかの錠剤より下へ入れるにはどうするかだ。この障害は乗り越えられないのではないか。

社運の完璧な挽回法が実行できない無念と、殺人に手を染めずに済む安堵との間で、チャールズの心は揺れた。犯罪など虫酸が走ると思いながら、次の瞬間には破滅から我が身を救うためならどんな危険でも冒す気になった。計画は常に胸の奥に潜んでいた。

その夜チャールズはどうにも眠れず、このことばかりが頭の中を巡っていた。思考は冴えに冴え、ねじ伏せられないものはない気がした。一瞬で難関の一つに出口が見えた。それをきっかけにほかの問題にも意識を向けた。

実りある夜だった。課題に取り組んでこれほど誇らしく思ったことはない。難問は次々に解決し、午前四時になると急に眠気が襲ってきたが、そのころには恐ろしい計画が出来上がっていた。実行するなら、やるべきことは至って単純だ。

だからといって実行する気はさらさらない。

チャールズは胸の奥にあるものに気づいていなかった。眠りに就くときも、解決したのは観念的な問題であって、現実には自分にも叔父にもまったく影響を与えないと確信していた。

しかしチャールズは、火で遊ぶことの危うさを忘れていた。

8　チャールズ準備にかかる

翌朝チャールズは重苦しさで目を覚ました。厭な夢――人殺しをする悪夢のせいだ。それがただの夢で、現実に魂にのしかかるものでないと気づいたときの安堵感はたとえようもなかった。

とはいえ、一晩かかって練り上げた計画の巧妙さに感心していたのも事実だ。殺人を期したとしても、これほど完璧な方法は考え出せなかったに違いない。確実で、相手は苦痛を覚えず、こちらは悲惨な場面を見ずに済み、そして何より、絶対に安全。こんなに見事な作品を捨てるのは惜しいと言ったら冗談が過ぎるか。

会社へ出て、改めて財務状況を考えたとき、またしても疑問が襲ってきた。自分が抱えているのは、善と悪の二者択一ではなく、二つの悪のうちどちらを選ぶかという問題だ。一方が避けられないとしたら、より悪いのはどちらなのか？

いつものように手紙の返事を片づけると――大した量はなく、うまく書けたものは一つもなかった――いつものように工場を見に出た。鬱《ふさ》いでいるとき、機械が動いて製品が仕上がっていくのを見るとほっとする。しかし、チャールズの目に留まったのは受注量の極端な少なさだった。在庫はたっぷりあるというのに。売って売れないことはないが、損を出すだけだ。工場を維持するために原価を割ってでも売る？　これは早急に解決すべき問題だが、そうすると夜中に考えた別の恐ろしい疑問に立ち返る。

　そのとき、ある組立工が目に留まった。ここ数日休んでいた熟練工だ。見るからに具合が悪そうでやつれた顔をしている。チャールズは近づいて声をかけた。

「休んでいたんだってね、マシューズ」昔ながらに従業員との関係を大切にするチャールズの口調は穏やかだった。「具合がよくないのかい」

　マシューズはどんよりした目を向け、力なく答えた。「女房が風邪を引きましてね。大したことはないと思っていたら、肺炎になって」そこで声を落とし、「おととい死んじまいました」

「そうだったのか、知らなかったよ。気の毒に。結婚してどれくらいだい？」

「十二月で七年目でした」

「子どもがいるんだろう？」

　三人いて、一番下はやっと一歳三か月。今は隣人に預けているが、世話代がかさむのでこの先どうしたらいいかわからないという。悲しみのあまりそれ以上言葉にならなかった。

　チャールズは思った。こういう善良で真面目な男が職を失えば、さらに負担が増す。家を手放さねばなるまい。子どもたちはどうなるのか。しかもこれはほんの一例で、失業すれば路頭に迷う人間が大勢いるのだ。

　そういう不幸が迫っているのは、おれに意気地がなく、打つ手があるのに恐ろしさと厭わしさゆえに踏み切れないからだ。何もせずにいれば、自分も同じ運命をたどる。おれが失業する。

家も財産も失う。そして未来の妻を失う。おれはそれに耐えられるのか？

次の瞬間、チャールズの運命は決した。自分自身に認めはしないが、何をやろうとしているか、心の奥底ではよくわかっている。これは「無用な一つの命」対「有用な多くの命」の問題だ。アンドルー・クラウザーは死なねばならない。

己の行為のおぞましさには目を背け、自室で計画の下準備に取りかかった。絶対に安全であるためには予防策が必要だ。巨細《こさい》にわたって考え抜いた予防策が。時間をかけ、十全なものにしなくてはならない。

ずっと机に向かって策を練り、昼食前には形になった。計画前半の要諦は三つ。会社の財務状況について世間の信用を醸成する。過労で具合がよくないように振る舞い休暇を取る口実を作る。時期が到来するまでの手持ち資金を工面する。

信用醸成についてはすでに申し分ない手を打ってある。アンドルー叔父から受け取った千ポンドをウィザローの銀行に預けるとき、叔父と話がついて難局を乗り切る見通しは立った、これは差し当たりの運転資金だと説明した。昨日届いた少額請求をすぐに処理したことも好印象を与えているはずだ。破産の噂は打ち消されたと考えていいだろう。

それが間違いでないことは、昼食にクラブへ行ったとき仲間の態度ですぐにわかった。昨日はよそよそしい雰囲気が漂っていた。避けられているらしく、誰も目を合わせようとしなかった。今日はまるで違った。努めて愛想よくするのは、悪い噂を信じた後ろめたさのせいだろう。話は熱心に聞いてもらえ、意見は鄭重に受け止められた。

順調な滑り出しだったが、チャールズは手を緩めなかった。昼食後、自らウィザローとボストックに声をかけた。それとなく叔父の援助に触れ、ボストックには先日頼んだ融資の件は不要になったと伝えた。そして両者に、早速新しい装置を注文するつもりだと言い添えた。

だめ押しは効いて、工場に戻ったとき、我が計画体系のこの部分が揺るぎないものとなったことを確信していた。ここから先は無尽蔵の金庫がある顔をして進むのみ。万事うまくいくはずだ。

心身共に疲れているふりをすることに関しては、ほとんど何もすることはない。実際に身も心も疲れているから、ありのままでいい。ただし、やりすぎは禁物だ。

午後、工場長のサンディ・マクファーソンを部屋に呼び、新しい装置を三台入れることにしたと言って喜ばせた。クラウザー製作所はシェフィールドの会社との付き合いが長く、マクファーソンは今度もそこへ発注したがった。しかしチャールズはロンドンに出る口実が欲しいので、レディングに同様の装置を製造するところがある、そこの売値を確かめた上でどこから購入するか決めようと持ちかけた。シェフィールドより条件がよければ、お前にレディングまで来てもらってその場で決める。

チャールズは、マクファーソンとゲアンズに人員削減は見合わせると言った。その際、この方針変更は叔父の後ろ盾を得たからだとそれとなく伝え、気苦労続きだったが一息ついたのでちょっと休みを取ると付け加えた。

段取りの三番目、現金の工面は見通しが立っていた。晩年絵画鑑賞に目覚めたチャールズの父親は、暮らしにゆとりがあったため、少しずつ買っては趣味を満たしていた。巨匠の作ではないがそれらと肩を並べる佳品揃いで、購入時に二百ポンドを下回るものはなかった。全部で十四枚、三千ポンド程度の価値はある。コレクションを質に入れれば少なくとも千五百ポンドにはなろう。

この数週間、売ろうと考えたことも一度や二度ではないが、どれもユナのお気に入りだから一枚でも欠ければすぐに気づかれる。理由を説明してと迫られたらどんな言い訳も立たない。だが、質入れならば話は違う。ユナを家に迎える前に請け出せば、なくなっていたことは知られずに済む。しかも、これから自分は休暇に入る。

翌日曜はいつものようにテニスをして過ごしたが、月曜には計画後半の第一項、ロンドン行きを実行に移した。出発前ロリンズ夫婦に、洗滌に出すからと言って十四枚の絵を荷造りして車に積み込むよう命じた。また、好きなときに食べられるしホテルへ寄る手間も省けるからと言って、弁当を作らせた。老夫婦が用意をしている間、チャールズは携帯用タイプライターとリボンを二本、もともとの紫と予備の黒を車に忍ばせた。さらに「出張服」と呼んでいる黒い上着とチョッキと灰色の縦縞ズボン、黒の短靴とヘアブラシを詰めたトランクも積んだ。工場には二日ほど留守にすると言い置いて出発した。

限られた時間内にやるべきことを片づけられるよう、綿密に予定を立て、会社などの所在地をクラブの商工名鑑で調べておいた。遠出の表向きの目的であるレディング行きと、秘密にする必要はないまでも人には知られたくない絵の質入れのほか、用事がいくつかあった。これらの用事は何があっても自分と無関係にしておかなければならない。どこからも足がついてはならないのだ。

その点から変装に考えを巡らせた。凝るのはやめたほうがいい。下手に化けると何もしないより危うい。それでも、普段とは違う服装に角《つの》縁の眼鏡をかけ、髪型も変えることにした。

暑さで靄《もや》っていたが、まずまずの日和だった。このところの好天で人々は行楽に誘い出され、イギリス中の車が走っているかと思われた。チャールズは先を急いだが、注意を惹かない速度にとどめた。ロンドンに早く着けば、午後のうちに絵の件はまとまるかもしれない。

意外なことに、恐るべき決定をしたにもかかわらず、身も心も軽かった。決めたこと自体が救いになったのだろう。宙に浮いた状態がもたらす苦しみは去った。計画は危険を伴うにしても、チャールズに昂揚感を与えているのは危険そのものであった。

二百マイルほどの道のりを六時間弱で走り、ロンドンに着いたのは午後三時を回ったころだった。商工名鑑に載った厖大な質商の中から、美術品取扱を謳うジェイミソン＆トゥルーラブ商会を選んでいた。近くの公園に車を駐め、角を曲がってアランデル街にある店舗へ向かう。

来意を告げるとすぐにトゥルーラブ氏の部屋へ通された。トゥルーラブ氏はユダヤ系の顔立ちをした、おもねる風の年配紳士だった。チャールズに椅子を勧め、手をこすり合わせながら、どのようなご用件でしょうかと訊いた。

チャールズは絵を質入れしたい旨を伝えた。おたくがその方面の専門なら持参した品を見てもらおうと思うが、そうでなければどこへ当たるのがいいか教えてくれないか。

トゥルーラブ氏は、絵画を担保にしたご用命なら喜んでお受けします、ご持参の品を拝見しますと答えた。チャールズは店員に言って絵をトゥルーラブ氏の部屋へ運ばせた。トゥルーラブ氏は軽く値踏みするような目を向けてから、どれくらいの期間お預けになりますかと訊いた。はっきりしないが、チャールズは半年ぐらいと答えた。

「スウィンバーンさま、いくらかご用立てできると思います」しばらくしてトゥルーラブ氏が言った。「あまり高価な品ではないようですが、ご用立てさせていただきます」

「値打ちは相対的なものだからね」チャールズは素っ気なく言った。「いくら貸してもらえるのかな」

トゥルーラブ氏は詫びるように両腕を広げた。遺憾ながら、わたくしは鑑定いたしかねます。専門家に見せなくてはなりません。もう一度お越しいただけますか。

明日の午後なら来られるとチャールズは答えた。

承知いたしましたとトゥルーラブ氏は言った。その際お客さまにご提案させていただくことになるかと存じます。では、こちらが絵画の預かり証でございます。この件につきましては、最大限慎重に取り扱わせていただくということでよろしゅうございますね。

うまくいったと思う。店は広く、繁盛している様子で、これならほかの店に劣らぬ値をつけてくれるに違いない。

次は秘密の用事だ。足取りを消す万全の対策は練ってある。車は駐めたまま、トランクを提げて地下鉄のオールドウィッチ駅から隣駅のホルボーンまで移動し、新オックスフォード街を西へ歩いて横丁の古着屋に入る。高級品を扱う店と決めていた。

地味な茶色のスーツを買い、丸めてトランクに詰め込んだ。隣のブロックにある帽子店で灰色のホンブルク帽を、三番目の店ではおとなしい柄のネクタイを調達した。

四番目の買い物をいつもの服装でする度胸はさすがになかった。人目を憚って公衆便所に入り、スーツとネクタイ、靴、帽子を取り替え、口ひげと眉と髪をいつもとは違った感じに整えた。鏡で確かめると、見かけがすっかり変わっていたので満足した。

自信を深めたチャールズは、シャフツベリー大通りの演劇用品店で、子ども芝居の役に要るのだと言って素通しの角縁眼鏡を買った。変装はこの眼鏡をかけて終了だ。惨劇の第一幕への用意は調った。

古書店の並ぶチャリング・クロス通りで科学書専門古書店にふらりと入ると、当てもなく眺めるふりをして書棚を調べ始めた。

本を手に入れたいが、困ったことに何を選べばいいかわからない。毒物に関する本で、いろいろな毒の効力や致死量がわかるものが欲しい。また、目当ての毒物の入手経路も記してあるとありがたい。理学の学位を取る際、チャールズは化学の領域でかなり高度なことまで学んだ。毒物が専門ではなかったが多少の知識はある。必要な情報を与えてくれる本は存在するはずだ。そういう本に出くわしさえすれば。

チャールズは書棚に近づきゆったりと視線を走らせた。本は分野ごとのアルファベット順に並んでいる。astronomy（天文学）、botany（植物学）、chemistry（化学）、electricity（電気学）、

ferroconcrete construction（鉄筋コンクリート構造学）のところはさっと通り過ぎた。Pの棚へ行こうと歩みを速めたが、ふとMのところで足が止まった。

medical jurisprudence（法医学）！　おれが求めているのはこれではないか？

法医学の領域については漠然とした知識しかないので、チャールズは戸惑いながら分厚い書物を取り出しては目を通した。間違いなさそうだ。これらには犯罪事件で医師が提出する証拠が書かれている。医師が注意して観察すべき徴候として挙がっているのは、様々な方法で殺害された死体の外見、多様な結果をもたらす原因……。

チャールズは次々と本を手に取り、店員の注意を惹かぬよう悠々とした態度を繕いながらも大急ぎでページをめくった。もっとも店員たちは忙しく、本を漁る客はほかにも大勢書棚の前に立っているため、気にせず調べることができた。

背筋がぞくりとしたのはそのときだった。これぞまさにおれが必要とするものだ！　テイラー著『法医学の原理と実際』第二巻、「中毒と毒物学」の大項目の下《もと》に「劇薬」「毒物の作用」「中毒の症状」とある。

チャールズは大部の二巻本を抜き出した。三十シリングなら安い。包んでもらい、脇に抱えて店を出た。仕事に追われくたびれ気味の店員は、商品を見ておやという顔をすることもなかった。これなら足はつくまい。

同様にあと二軒の古書店で買い物をした。二軒目で入手したのはマーチンデール、ウェスコット著『完全医薬品集』で、それが薬剤師のバイブルとされているのは学生時代から知っている。三軒目では手品の詳しい入門書を買った。

別の公衆便所で元の服に着替え、本をほかの荷物と一緒にトランクに詰めて車に戻り、定宿にしているノーサンバーランド大通りのザ・ダッチィ・オブ・コーンウォールへ向かった。ホテルで顔見知りの何人かと出会った。一刻も早く本に当たりたいところだったが、今晩は彼らに付き合うことにした。そうすれば今日一日の行動の説明がつく。ロンドンへのんびりドライブを楽しみ、ホテルに着いてからは寝るまで衆目のもとで過ごした、と。これまでのところ自分が密かに何かしたことを疑わせるものはない。

自室に帰ると早速本を手に取った。とたんにこれは難事だと気づいた。毒物に関する厖大な記述のどこに知りたい情報があるのか見当もつかない。こうなったら朝までかかっても読み通すほかないと肚を括った。

まず第十五節「中毒と毒物学」。A「毒物の規定――毒物すなわち有害物質の定義を含む」の項は役に立たなかった。むしろ、吟味すべき毒物や毒物群が四十以上もあるとわかってチャールズは困惑した。目的に適うものに絞るにはどうしたらいいのか。

B「危険な薬物」に知りたいことはなく、C「毒物の作用」へと進む。活字を追っていくと「毒物嚥下《えんげ》後の徴候出現時間」の見出しが目に入り、そこで手を止めた。

これは極めて重要な点だった。アンドルー叔父の薬瓶を本人に気づかれずに手にするのは不可能かもしれないし、万一叔父が疑惑を抱いても他人に訴える暇を与えない即効性が必要だからだ。チャールズは慎重に読み始めた。

次の文が目に留まった。「多量の青酸……二分足らずで生命を奪う可能性がある」これが一番速く効く毒物らしい。蓚酸《しゅうさん》については、「十分から一時間程度で」死に至るとあって、そのあとに記載された毒物はさらに時間を要する。

ほかのものに差がないとなると、最も目的に適うのは青酸ということになる。もっと詳しいことはわかるだろうか。

索引を開いて、びっしり並んだ文字の列に指を走らせた。「青酸中毒、六六一頁」とある。読み進むうちに知識は増えていった。青酸すなわちシアン化水素は医薬品で、一般人には入手不可能らしい。ところが、シアン化水素から誘導されるシアン化物は「美術……写真の分野においては広く用いられ」とある。つまりシアン化物なら入手しやすく、中でもシアン化カリウムが最適と思われた。シアン化カリウムの項を読むと、この白い結晶は薬剤師間に最も注意すべき毒物の一つとして知られ、五グレーンの服用で三分後に死亡、死に至るまで数分かかる場合でも感覚能は通常数秒以内に停止するという。神経組織と心臓を麻痺させることで命を奪うのだ。心臓が弱っているアンドルー叔父ならごく少量で事足りるだろう。

調べながら考えた。叔父の薬瓶の、あの大きさの錠剤に必要量のシアン化カリウムを入れることはできるだろうか。できるとして、どうやったら手に入るだろうか。

一番目の疑問は、同じ錠剤を計量することで解決するかもしれない。毒物と錠剤の中身は比重が異なるから、もちろん確実とは言えないが、およその見当はつく。難しいのは二番目のほうだ。

そういえば、シアン化カリウムはスズメバチの巣の駆除に用いられ、その分量なら毒物販売記録簿に名前を書くだけで入手できるという。何度か聞いたことはあるが、本当だろうか。チャールズは機転が利く。確かめ方を二分で考え、翌朝試すことにした。

本を閉じてベッドに入ったときには三時を回っていた。明日は予定に従って行動するだけだ。眠りはすぐに訪れた。胸中には部下を助けたいという極めて利他的な計画しかないかのような安らかな眠りだった。

9　チャールズ準備を終える

　翌朝、チャールズはタクシーを呼び、トランクを提げてピカデリーサーカスへ向かった。昨日と同じように駅の公衆便所で古着に着替え、元の服を詰めてトランクに鍵をかけ駅の手荷物預かり所に預けた。そして最寄りの薬局へ赴く。

「スズメバチの巣で困っていてね」チャールズは店員に言った。「庭に二つもできたから、危なっかしくて出歩けないんだ。駆除するのに適当なものはないかな」

　ガソリンをかけて燃やしたらどうですかと店員は応えた。

「それでもいいんだが、ガソリンを手に入れるのはちと厄介だからね。大きな缶は買いたくないし、車から抜き取るのも簡単じゃない。巣の中に注入するだけでいい薬か何かはないものかな」

「シアン化カリウムがよく使われますが、どなたにでもお売りできるものではありません」

「知ってる、効くらしいね。手続きをすれば買えるのかい」

「そうですね、購入される方のことをわたくしどもが存じ上げていなくてはなりません。あるいは、すでに身許を存じ上げている方に保証人になっていただく必要があります。そして、当然のことながら、毒物販売記録簿に署名していただきます」

「医者の紹介状はどうかな」

「ええ、わたくしどもが存じ上げている先生でしたら」

チャールズは微笑んだ。「どうやら地元で買ったほうがよさそうだな」礼を言って店を出た。

差し当たりこの方面は行き止まりだが、やれることはまだある。少し先の薬局に入った。

「ソルターの消化薬を一つもらえるかな」

「かしこまりました。どの大きさになさいますか」

「一番小さいのを」

若い店員が紙箱を包んでくれ、チャールズは「どうも」とだけ言って店を出た。

このときチャールズがいかに慎重であったかは、疲れ気味に見えるよう心がけたことに表れている。消化不良の薬を求めるにしてはずいぶんと血色のいい客だったという印象を持たれるのはまずいからだ。

薬瓶の大きさに種類があるとは知らず、あれこれ訊くのは面倒なので一番小さいものにした。別の通りの公衆便所で紙箱を開けると、瓶はアンドルー叔父のものより小さかった。広告欄に瓶は大中小の三種類あると書いてあり、叔父のは大であるとわかったので、別の薬局へ行って今度は「一番大きいのを」と頼んだ。

ここでも注意を惹かずに買い物を済ませた。明日になればどちらの店員も些細な買い物をした客のことなどすっかり忘れているはずだ。

やるべきことはあと二つ。下調べしておいた化学器械販売店で、薬剤師向けの一番小さい上皿天秤と分銅のセットを買う。次の仕事はそう簡単にはいかなかった。

ここから毒物購入の第一歩を踏み出すのだ。せいぜい用心せねばならない。はったりをかけよう。これまで当たった薬局の店員より人の好い相手を丸め込むのだ。それには実在する人物になりすますのがいい。

まず、その人物の居住地を決める。しばらく考えてサービトンにした。広い地区で庭付きの家ばかりだから、スズメバチの巣があってもおかしくない。現地へ行ってみることにした。チャールズは変装のままウォータールー駅へ行き、最初に来た列車に乗った。サービトンに着くと、いかにも田園風景が広がっていそうな南へ向かった。本屋で町の人名録を買い、さらに歩を進めた。

打ってつけの場所はじきに見つかった。シカモア大通りという閑静な並木道で、小さな庭を備えた一戸建、二戸建が並んでいる。電話線を引いている手ごろな家を選び、名称――ダブコット荘を書き留めた。人名録によると持ち主はフランシス・カーズウェル。駅へ引き返す途中、電話ボックスからかけてカーズウェル氏が出るかどうか確かめた。ロンドンへ戻り、印刷屋で鉛版と名刺百枚を注文する――フランシス・カーズウェル　サービトン、シカモア大通り、ダブコット荘。大至急でと頼むと、明日の昼前にはできますとのことだった。

午前中の仕事はこれで終わった。思ったより時間を食って、もう昼食の時間だったが、それもやむなしだ。ピカデリー駅の手荷物預かり所でトランクを受け取って元の服に着替え、薬瓶と天秤をトランクにしまって鍵をかけ、タクシーでパディントン駅へ向かった。駅でトランクを預け、軽食堂で昼食をかき込んで、レディング行きの列車に飛び乗った。

いよいよロンドン行きの表向きの目的を果たす段となり、チャールズは完璧にやってのけた。工作機械の製作所へタクシーを乗りつけ、陳列してある製品を今すぐ買うような顔で丹念に見たあと、即答できない質問をいくつかした。そして、返答次第で決めると言い置いて辞去した。

ロンドンへ戻ると質店を訪ねるのにちょうどいい時間だったので、地下鉄に乗ってアランデル街へ行った。

トゥルーラブ氏は昨日と同様、おもねるような表情で、手をこすり合わせながらチャールズを迎えた。

「お待ちしておりました。お預かりした作品を鑑定させましたところ」満面に笑みを浮かべ、見事なほどあからさまな調子で両腕を広げて、「正直に申し上げますが、わたくしの印象よりも価値のある品でございました。喜んでご用立ていたします」

「それはよかった。それなりに値打ちがあるとは思っていたからね。それで、いくら貸してもらえるの」

「お預け期間は半年でよろしいですか」

「何とも言えないが、まあ半年ぐらいかな」

「わたくしどもでお預かりした品物は、二年間は売却しないことになっております。二年経過して買戻しがない場合に、所有権がわたくしどもに移ったと見なしてしかるべく処分することになります」

「それなら問題ない。二年のうちには事業の成否ははっきりするだろう」

するとトゥルーラブ氏は顔を曇らせ自分の店の心配を始めた。何しろこの不景気でございます。絵画の維持管理には経費がかかります。保管の場所代は馬鹿になりませんし、清潔で乾燥した状態を保つ必要がございます。さらに保険料もかさみます。要するに、価値ある品であっても大した額は出せないと言いたいらしい。

「構わないよ」チャールズは穏やかに言った。「いくらになるの?」

促されてトゥルーラブ氏がようやく口にした金額は、チャールズの読みを上回っていた。絵の価値はそれぞれですが、かけ離れてはおりません。一枚当たり百五十ポンド、計二千百ポンドではいかがでしょう。

チャールズは喜びが顔に出ないよう気を引き締めた。二千百ポンドあれば工場の赤字を三、四週間は隠し通せる。手許の金でひと月以上しのげる計算だ。しかもそのひと月が経たぬうちにおれは金に不自由しない身になる。

トゥルーラブ氏が用意した書類に署名を終えると、二千百ポンド分の紙幣を目の前で数えて渡された。この前進に大いに気をよくしてチャールズは店を出た。

ホテルへ帰る途中、大きさと品質の異なる封筒数枚、切手一綴り、黒色顔料《ランプブラック》、エッチングペンを買った。

その夜、今後のことを考えていたチャールズの背筋を何度か冷たいものが走った。明日の行動には間違いなく危険が伴うからだ。他人になりすます行為には危険がつきまとう。薬局の店員がフランシス・カーズウェル本人を知っているかもしれない。あるいは土地の者で、カーズウェルは知らなくても、自分にはわからない地元の話題を出すかもしれない。そう、危険は確実に存在する。

もっとも、大きな危険ではない。接触する相手が計画をぶち壊しにする確率など数百万分の一ぐらいのものだ。

部屋へ戻ると扉に施錠し、トランクから薬瓶と天秤を出した。解決すべき重要な問題が二つある。第一は、致死量のシアン化カリウムを、錠剤のサイズを変えずに混入させられるか。瓶の大小で錠剤のサイズは変わらず、当然ながら数は小瓶のほうが少ない。大瓶を手つかずにするため、試しに使うのは小瓶にした。

錠剤は大きめで、いくつか目方を量ると平均で五グレーンある。錠剤の成分とシアン化カリウムの重さがほぼ同じだとしたら、三グレーンは入れられるかもしれない。『法医学の原理と実際』の記述からすると、心臓の弱いアンドルー叔父に死をもたらすには三グレーンで充分だ。

ここまでは問題ない。チャールズは錠剤を片づけ、第二の問題にかかった。買い求めたものから紙質の異なる商用封筒を二枚選ぶ。上質のほうに、タイプライターの黒リボンで「サービトン、シカモア大通り、ダブコット荘　フランシス・カーズウェル様」と、もう一方には紫リボンを使い、宛先は同じで「F・カーズウェル殿」と打った。

次に色違いの正方形の封筒を二種類選ぶ。ポケットから手書きの手紙を二通出して広げ、筆跡を真似る練習をした。そして封筒に異なる筆跡で「フランシス・カーズウェル様」「F・カーズウェル殿」と書いた。最初はうまくいかなかったが、一ダースほど無駄にするうちにまずまず納得のいくものができた。

三ペンス半切手三枚と半ペンス切手一枚を貼るのは簡単でも、消印の偽造は極めて難しかった。コールドピッカビー局の消印を手本にサービトン局の図案を考え、小一時間かけてそれらしいものができるまで繰り返し描いた。細字用の丸ペンと黒色顔料を使い、文字と線を点描で描いたあと、ほぼ乾いたところで仕上げに掌を軽く当てると適度な滲みが出る。練習を重ねてコツを呑み込み、四枚の封筒の上にやや不明瞭な消印が四つ生まれた。

三ペンス半切手を貼った三枚の封筒には便箋を何枚か入れて封をし、半ペンス切手を貼った封筒は垂れ蓋を折り込んだ。封筒を揉んだり捻ったりしてから絨毯で軽くこすり、乱暴に封を切って中身を抜き、また戻した。これで新品らしさが消え、実際に配達された郵便物の持つ、人の手を経た質感が出た。

作品の出来栄えにチャールズは大満足だった。拡大鏡で調べない限り偽造とは気づかれまい。四枚の封筒はほかの書類束と一緒にポケットにしまった。

午前三時近くになっていたが、やるべきことはまだあった。サービトンの人名録を手に、カーズウェル氏の住むダブコット荘の隣家はもちろん、医者や主だった人々の住所氏名を暗記にかかる。これにはさらに一時間を要して、ベッドにもぐり込むとすぐ屈託のない眠りに就いた。

翌朝はまずトーマス・クック社を訪ねた。休暇は三週間程度必要だろう。船旅が適当と思われるが、旅行代理店はどんなプランを勧めるだろうか。

北欧の都市を巡る船の旅はいかがでしょう、と店員は言った。チャールズは、提案にあっさり乗ることもあるまいと思った。休暇はあくまで休暇、国外へ出ればいいというものでもない。そこで北欧の都市巡りは気が乗らないと答えた。ほとんど行った土地だからね。それより太陽の光を浴びたい。地中海方面の企画はないの。いや、暑さは気にならない。むしろ大好きだ。パンフレットをどっさりもらい、名前を告げて、行き先を決めたら電話すると言って店を出た。

ホテルへ戻ったチャールズは、これから車で発つが景色のいいところで昼食にしたいからと弁当を頼んだ。勘定を済ませ、駐車場を出ると北へ向かう。しかしそれは見せかけで、車はウォータールー広場の端に駐め、トランクを持って外に出た。昨日の続きだ。名刺を注文したときの服に着替え、印刷屋で名刺を受け取る。別の公衆便所で出張服に着替え、トランクは手荷物預かり所に預けて、計画の成否の鍵を握る場へと向かった。

サービトンから都心へ出てきた設定なので、出発点はウォータールー駅となる。シティの方角へ歩いて最初の薬局に入った。

「サービトンの者なんだけど、うちの庭にスズメバチの巣ができて弱っていてね。退治したいんだが、シアン化カリウムを少し分けてもらえないかな」

店主は顔をこわばらせ、一拍置いてから丁寧な口調で、「申し訳ございませんが、ご希望には添いかねます。その種の毒物はわたくしどもが存じ上げている方にしかお分けできません。法律で決まっておりまして、違反した場合わたくしどもが厳しく罰せられるのです」

チャールズは意外だという顔をしてみせた。「そんなに厳しいのか。住所と名前を書くだけでいいと思ってたんだが、そうじゃないんだ。こんなものも持ってきたんだけど」刷り上がったばかりの名刺を渡し、ポケットから出した書類束をざっと見て封筒を一つずつ抜き出した。

店主の態度は軟化したが、客の要望に応えるには至らなかった。誠に申し訳ございません、お売りしたいのは山々ですが、決まりは決まりでして従わないわけには参りません。スズメバチの巣の駆除でしたら、シアン化カリウムを使わなくてもガソリンでいいと思います。

ガソリンは思いつかなかった、とチャールズは言った。そうか、ガソリンなら車庫にあるし、いろんな手間も省ける。帰ったら早速やってみよう。教えてくれてありがとう。しつこく売れと言わず客があっさり引き下がったので、店主はほっとしたようだった。

次の薬局も同じだった。丁寧に応対され詫びの言葉は聞けても、シアン化カリウムを受け取ることはできない。三軒目、四軒目、五軒目も同様だった。

せっかくの計画もここで頓挫か。入手先を写真関係に絞ったほうがいいかもしれない。迷いが生じていたが、だからといって簡単に諦めるわけにはいかない。チャールズは六軒目に入った。

狭くて暗く、これまでの薬局より古めかしい、雑然とした店だった。痩せて背中の曲がった眼鏡の老人が出てきた。ほかには誰もおらず、これが店主らしい。チャールズは用件を言った。

「毒物は身許のわからない方に売ってはいけないことになっているんですがね。どれくらい入り用なんですか」

脈のありそうな口ぶりだった。思いつきで返事をした感じに聞こえるよう気をつけた。

「さあ、どうだろう。ほんのちょっとでいいんだ。必要なだけあれば」

そう言いながら名刺を渡した。「身許なら心配ご無用」にっこり笑ってポケットから書類束を出し、封筒を一つずつ見せた。

老店主は迷っている様子だった。少し考え、ふと口を衝いて出た感じで、「デイヴィス先生はご存じで？」

昨晩というか夜明け前に暗記した医者の名前だ。幸い住所も憶えている。

「イーデン通りの？　ああ、名前だけなら。うちのかかりつけはセントキルダテラス二五番地のジェニファー先生だけど」

店主はサービトンに知り合いがいるのだろう。おかげでうまくいった。

「でしたら結構です。毒物販売記録簿に署名していただいたら、品物を持って参ります」

必要事項を書き大きな字で「フランシス・カーズウェル」と署名すると、チャールズはにわかに饒舌になり、庭、スズメバチ、ヒースの花、共有地《コモンズ》、作柄といったことを矢継ぎ早に話しかけた。話題がサービトンへ戻れば化けの皮は剝がれて取り返しがつかなくなる。二分後、チャールズのチョッキのポケットには、硬く白っぽい化合物一オンスを詰めた小さなブリキ缶が入っていた。「シアン化カリウム〈毒〉」と書いた赤いラベルが貼ってある。

「カーズウェルさん、取り扱いは慎重にお願いします。危険物ですから」

「もちろんそうするよ。ご忠告ありがとう」チャールズは明るく言った。

最大の障害を突破！　ゆったりした足取りで店を出たチャールズの心は軽かった。毒物を足のつかない方法で入手することが大きな困難であったのは言うまでもない。それがうまく乗り越えられたのだから、あとは何だって簡単だ。楽天家のチャールズは叔父の数万ポンドがもう自分の懐に入った気になっていた。これで事業は安泰、ユナを射止めたも同然だ。

気がつくと思った以上に時間が経っていた。もう十二時を回っている、ほどほどの時刻に帰り着きたい。手荷物預かり所でトランクを受け取ると、普段着に着替えて駐車場へ引き返した。五分後にはグレートノース通りへ向かう街路を縫うように走っていた。ロンドンを出るまでに三度停車――乾物屋と薬局とガソリンスタンドで、極上の粉砂糖一袋、タルク、ガソリン一缶を買った。

ロンドンにおける工作の仕上げは小道具の処分だった。残った名刺と鉛版、カーズウェル宛の封筒四枚、テイラー著『法医学の原理と実際』全二巻、秘密の買い物に着ていった服。これらを片づけなければ安全とは言えない。

ロンドンの郊外でグレートノース通りを外れ、のどかな森の中を当てもなく蛇行する細道へハンドルを切った。焚火をしても気づかれず、草木に燃え移る心配のない場所を探すのだ。

候補地探しは思ったより手間取り、適当な場所が見つかったときには貴重な一時間を費やしていた。そこは砂採取場跡で、車を乗り入れ、道路から見えないところに駐められる。砂山の陰で地面が黒くなっているのは、作業員かピクニックに来た連中が焚火をした跡らしい。こいつを使わない手はない。

ガソリンを染み込ませた紙類や服はあっという間に燃え尽きたが、分厚い本はそうはいかない。棒でつついてページの間に空気を入れてやる必要がある。時間はかかったが、どうにか灰にすることができた。

残るは名刺の鉛版だけだ。文字をドライバーで削り、何百年も人の手が入っていなさそうな場所を選んで木の下に埋めた。再びエンジンを始動させ、細道を駆け抜けてグレートノース通りへ戻り、そこからは能《あた》う限りの速度でひた走った。

途中、飲み物の用意に数秒停車したが、弁当は運転しながら食べ、お茶の時間も取らなかった。おおむね時速五十マイルを保ち、四マイルの直線区間では六十を下回ることはなく、長い下り坂の終わりで七十に達しさえした。

コールドピッカビーが近づくとアクセルを徐々に戻した。異様な速度で走っているところを知り合いに見られるとまずい。一日かけてゆっくり帰ってきたと人に話すつもりだから、矛盾は許されない。

工場の終業時刻には間に合わなかったが、夕食前に帰宅できた。真っ先に秘書のゲアンズに電話をかけ、のんびり走ってきたから遅くなったと断って、変わりはなかったかと訊いた。ございませんとの返事だった。

その夜、疲れていながらも計画を進めたい気持ちを抑えられず、寝室の扉に鍵をかけて錠剤の製法を調べることにした。マーチンデール、ウェスコット著『完全医薬品集』の出番だ。一節を割いて詳述してあり、そこを読むだけで済んだ。

チャールズはすぐ作業にかかった。粉砂糖を少量の水で溶かして蜜状にする。タルクを加えてしっかり固まらせる。別に用意しておいた粘土を丸めて小さな粒にし、粉砂糖とタルクの混合物で包む。

包むのはさほど難しくないが、本物の錠剤のように硬く光沢のあるものに仕上げるのは容易ではない。チャールズは辛抱強く、アルコールランプにかざして温めたブリキ板の上で転がしながら、試みを続けた。すると表面は次第に硬く、滑らかに変化して、機械製造の品そっくりになった。そしてとうとう、これならと思えるものができた。

チャールズはゴム手袋をはめ、苦労して手に入れたシアン化カリウムの小さな塊を小さなブリキ缶から取り出した。小型ナイフを使い、タルクの混合物で包むのに適した大きさになるよう、注意深く形を整える。

出来上がった粒を上皿天秤で量った。結果は上々、三グレーン以上ある。『法医学の原理と実際』によれば、これで目的は達せられる。

次はタルクの混合物で包む作業だ。粘土で試したときと同じく混合物はシアン化カリウムにしっかりくっついたので、ほどなく本物そっくりの錠剤ができた。本物に比べると光沢が足りない気はするが、違いに気づかれることはあるまい。

それを別の容器にしまい、もう一つの薬瓶を開封した。叔父が使っているのと同じ大きさの瓶だ。慎重に少しずつ錠剤を振り出しながら、叔父の家で見た薬瓶と中身の減り具合を同じにした。そして瓶に残った錠剤をテーブルの上に空け、数を数えた。七十六粒あった。

モート荘を昼どき訪ねて薬瓶を目にしたのは十七日の木曜、六日前のことだった。アンドルー叔父は毎日三粒ずつ飲んでいるから、中身は十八減って五十八。十九日余りで空になる計算だ。毒の錠剤を底のほうに入れておけば、叔父が飲むのは約二週間後ということになる。申し分ない日数だ。それまでに千マイル離れた海外に出るとしよう。三週間の船旅ならお誂《あつら》え向きだ。

ゴム手袋をしたまま錠剤を薬瓶の底に二層分戻した。水分が抜けて硬化した先ほどの傑作を瓶に入れ、その上に残りを戻す。瓶が倒れないようにそっとチョッキのポケットに入れた。あとは残ったシアン化カリウムの始末だ。自分が持っていることが知れたら取り返しがつかない。水に溶かし、洗面所の排水管に流した。容器のブリキ缶はポケットに入れ、明朝一番に捨てることにした。

準備すべきことはもう一つ——薬瓶のすり替えだ。こんなふうに考えていた。自分の薬瓶を手の中に隠しておく。アンドルー叔父の注意を逸らし、自分の薬瓶と叔父の薬瓶を入れ替える。手品の本を買ったのはそのためだ。本を開いて調べてみた。

それが不可能であることはすぐにわかった。手の中に隠す技《パーミング》は難度が高く、稽古を重ねて身につくものらしい。生兵法は大怪我のもと、素人が手を出すべきではない。

しかし、諦めなくてもよいことが少し先に書いてあった——パーミングの技術は特定の小物をすり替える場合以外には必要ない。見物人の注意をよそに向けさえすれば、覆いをしなくとも小物のすり替えは可能である。この種のマジックの本質は「しぐさ」と「おしゃべり」の積み重ねにある。その瞬間に全員の注意を別のことに集中させる。すると、すり替えに伴う動作が見えなくなる。

さらに一時間、チャールズは眠い目をこすりながら筆者の助言に思案を巡らせた末、解決策を見出した。ようやくベッドに入れる。明日、というより深夜十二時を回ってかなり経つから今日だが、機会があれば実行に移そう。

10　チャールズ背水の陣を布く

朝の目覚めはよかった。計画は順調に進んでいる。薬瓶さえすり替えれば忌まわしい行為は終わり、船旅に出かけられる。

毒が入っていたブリキ缶をくしゃくしゃに潰し、工場に向かう途中ゲイル川に捨てた。適当な口実でモート荘の昼食に行こうと考えて、昼前に電話をかけた。

「叔父さん、いい知らせがあるんです」できるだけ陽気な声で言った。しかし不意に心の痛みを感じて次の言葉が出てこない。良心というものを日ごろ馬鹿にしているのに、快活に振る舞おうとしたとたん良心に似た感情に苛まれた。受話器の向こうの老人、これから命を奪おうとしている相手に、邪気のない親しげな口調で話しかける気にはなれない。自分が何をしようとしているのか、真の姿がいきなり目に飛び込んで胸が悪くなった。おれは卑怯な、穢れた人間だ。自分を信じて疑わぬ友を背後から刺し殺す裏切り者と変わらない。一瞬チャールズは迷った。これはおれがしでかしたことへの報いか。これから受けることになる報いの、最初の小さな兆しなのか。だが、工場と従業員はどうなる？　母を失くした子どもたちを抱えるマシューズも、長年尽くしてくれたゲアンズも、このおれも職を失い、そしてユナは……。やはり心を鬼にするしかない。陽気な声を保ち言葉を継いだ。「金の工面ができました。そのことをお話ししたいと思って。近いうちに伺ってもよろしいですか」

アンドルー叔父の口調に厭味な感じはなく、是非話を聞かせてくれと言った。知ってのとおり予定が立て込んでいるわけでもない、いつでも来なさい。今日か明日のお茶の時間にどうかね？

お茶の時間では目的が果たせない。そこでチャールズは、あいにく午後は忙しいので、よろしければ明日、夕食後に伺いますと言った。「その時間なら叔父さんは一人ですよね。ほかに誰かいると金の話はできませんから」

すると望みどおりの反応があった。アンドルー叔父は、二人だけで話そう、よければ夕食を一緒にどうだと言った。チャールズは適当な間を置いてから、ありがとうございます、喜んで伺いますと答えた。

これで決まった。次はこの界隈から姿を消す段取りだ。訪問直後に慌ただしく旅立つのはまずいが、あまり遅くならないうちにしないと。明日は二十五日金曜、来週の火曜か水曜出発でどうだろう。

旅行社のパンフレットを次々とめくった。出社したとき机の上に堆《うずたか》く積んでおいたものだ。打ってつけのツアーはすぐに見つかった。

パープルスター汽船所有のジュピター号（排水量二万五千トン）による二十一日間クルーズで、マルセイユを出港し、ヴィルフランシュ、ジェノヴァ、ナポリ、メッシナ、マルタ、チュニス、アルジェ、バルセロナに寄港し、マルセイユへ戻る。ロンドン出発は三十日水曜だ。明日薬瓶のすり替えがうまくいったらこのツアーに参加しよう。いや、準備はすぐ始めるに限る。行けなくなったら都合が悪くなったと言えばいい。

「水曜から休みを取ることにした」ゲアンズが例によって申し訳なさそうな顔で部屋に入ってきたとき、チャールズは言った。「三週間の船旅に出る。金の件で追い回されて疲れてしまった。ようやく目処がついたから、自分に褒美をやってもよかろうと思ってな。実際、この一年働き詰めだったから」

秘書は我がことのように喜んだ。貧困のどん底に沈む恐怖が払拭されると、この無上に素晴らしい世界では万事うまくいっているように見える。休暇をお取りになるのは当然です。社長のご苦労のおかげで皆が救われたのですから。

翌日まで、時間の進み方は信じられないほど遅かった。いらいらするばかりで落ち着かない。恐るべき企てへの反動が、形を変えながら間断なく続いていた。自分がしている——多数の利益を得るために一人を犠牲にする——ことは、称賛に値しないまでも必要だと思われる。しかしその結末が垣間見えもする。この先ずっと罪の意識を抱き続け、ひょんなことから何かが明るみに出るかもしれない不安を秘めて一生を過ごさなければならない己の姿が。翌晩、時計の針が七時を指したのを見てチャールズはほっとした。無為の時間は終わった。

夕食の席に着いたのは、チャールズ、アンドルー叔父、ペネロピ叔母、マーゴットの四人。叔父は珍しく上機嫌だった。すこぶる具合がいいらしく、快活で、涙もろいところは見せず、物事の理解もよかった。ぼんやりすることもなく、かつてのように進んで会話に参加した。ペネロピ叔母とマーゴットも上機嫌だった。叔母は積極的に座を盛り上げ、尊大な不平家のマーゴットもいつもの態度とは違った。

しかしチャールズは、普段どおりというわけにはいかなかった。そう努めても、異常なことなど考えていないかのように振る舞うことができないのだ。ならば自分の健康状態に注意を向けさせるのがいい。「来週休暇を取るつもりです」話題が途切れた頃合いに言った。「この一年休みなしでしたし、最近疲れることが多かったので。三週間の予定で出かけます」

興味をそそられた三人は質問を浴びせた。チャールズは旅程を詳しく話し、行き先に北ではなく南を選んだ理由を説明した。

「いいわねえ」ペネロピ叔母が言った。「行ったことのないところがいくつかあるわ。前から行きたいと思っているのよね、カプリ島とか。寄る時間はあるの?」

「ええ、ナポリには三日間滞在しますから、ソレントからカプリ島へ渡るもよし、ポンペイの遺跡を見てヴェスヴィオ山に登るもよし、ナポリでもバイアエでもポッツォーリでも好きな町を巡ることができます」

「ナポリとポンペイは知ってるけど、カプリ島はまだ。いつか行かなくちゃ」

ふと閃いた。叔母を旅に連れ出すことはできないだろうか? そうなればモート荘の家事がおろそかになって、自死したのもうなずけるという評決が下りやすくなる。願ったり叶ったりではないか。

「一緒に行きませんか、叔母さん」チャールズは熱心に勧めた。「マーゴットも。いい気分転換になりますよ。お二人とも旅行は大好きでしょう。船室に空きはあるはずです。またとない機会ですからアンドルー叔父さんも気になさらないでしょう。ねえ、叔父さん？」

ペネロピ叔母は返事をためらったが、まんざらでもないらしい。「今はちょっと無理ね。行くとしたらもっと先にするわ。わたし暑いのは苦手なの。マーゴットは二週間後にスコットランドへ行く予定だし。レディー・スカイのダルウィニーの別荘に呼ばれてるのよ。せっかくだけど別の機会にするわ。誘ってくれてありがとう」

「海の上はそれほど暑くないと思いますよ、叔母さん」チャールズは粘った。「マーゴットのほうも一週間先にできないかな。知り合いが一緒のほうが楽しいですからね」

それでも二人は首を縦に振らなかった。スコットランド行きがなければマーゴットは喜んで応じたはずだが、伯爵夫人の招きにあずかる魅力の前では地中海旅行が色褪せて見えるのは仕方ない。

夕食が終わりに近づいて運命の瞬間が迫るにつれ、チャールズは落ち着かなくなった。いつもよりワインを過ごし、それがある程度鎮静剤として働いた。働き詰めで疲れていると言っておいたので、態度の変化を訝られることはないだろう。とはいえ、あと一、二時間は気を引き締め、冷静にしていなくてはならない。すべては自分の手際次第なのだから。

やがて叔母たちは席を立ち、食堂を出ていった。チャールズの席は上座にいるアンドルー叔父の右側で、予想どおりの位置だった。マーゴットは左側に坐るからだ。チャールズは叔父のグラスにワインを注ぎ足し、そばへ寄る。

「金の工面は、難しいことでも何でもありませんでした。気づかなかったのが不思議なくらいです。絵を質に入れたんです」

「お前の父親の絵をか？　残念だな、チャールズよ。そういう話だったとは」アンドルーは椅子に背を預け、昔語りを始めた。「お前の父親が初めて買ったときのことはよく憶えている、まるで昨日のことのようにな。売値は二百五十ポンドだったが、あいつは高いと思った。話を聞いて、わしはこう言った。『買えばいいじゃないか、ヘンリー。投資になるし、ずっと手許に置いておけるんだ』わしは間違っていなかった……まあ……こうなると思っていたわけではないがな」

「ごもっとも。手放すことになったのはぼくも残念ですが、あくまでも一時的にです。業績が好転したら請け出しますよ。誰にも言わないでくださいね」

「好転させられるのか」アンドルーにいつもの厭味が戻りつつあった。「己の行動を吹聴して回る甥を誇りには思えんな。なあチャールズ、わしだったら誰にも言わん。いかさまカード賭博で手の内を明かさんようにな。お前にそうしろと言っとるわけじゃない。だが、わしは失望しておる。お前ならもっとましな手を打てたんではないのか」

いつもなら単刀直入な物言いにむっとするところだが、今はそれが気つけ薬になった。老人の吐く一語一語がチャールズの心の荷を軽くし、再び激しい感情が込み上げた。アンドルー叔父さえ寛大でいてくれたら、窮地に追い込まれた挙げ句やむなく立てた恐ろしい計画は無用だったのに。これは叔父が蒔いた種だ。もう迷いはしない。

覚悟を決めると一時的な神経過敏が治まり、チャールズは冷静な敏腕家に戻った。折よくその瞬間は迫っていた。アンドルー叔父がポケットから薬瓶を出したのだ。都合のいいことに、叔父が蓋を慎重に開け始めたので、チャールズの行動にゆとりが生まれた。同時にチャールズも——テーブルの下で——自分の薬瓶を開けた。外した蓋を手首側に添えて瓶を右手に握り、用意してきた紙を左手でポケットから出した。チャールズは金の話をしながら機会を窺った。

アンドルー叔父は先日と同じく薬瓶を振ってテーブルクロスに錠剤を落とした。瓶をテーブルに立て、一粒だけ残してあとは瓶に戻していく。いよいよ本番だ。叔父が薬瓶を手に取る前に行動しなければ。

「これが正確な数字です」紙を持つ左手を伸ばした。

わざと不注意な腕の動かし方をした。指がワイングラスに当たって叔父のほうへ倒れ、流れ出た赤ワインが膝にこぼれた。

「あっ、ごめんなさい、叔父さん」慌てた声に嘘はなかった。チャールズは弾かれたように立ち上がり、テーブルの薬瓶に近いところに右手をつくと、倒れたワイングラスを左手で元に戻す間に、右手に握った自分の薬瓶を叔父のものとすり替えた。叔父の薬瓶は一瞬のうちにチャールズのポケットに収まった。叔父のズボンにこぼれたワインをハンカチで拭きながら言った。

「ウェザラップを呼んだほうがいいですね」チャールズは粗相を詫び続けた。

アンドルーは気にするなと鷹揚だった。ウェザラップはすぐにやってきてテーブルを片づけ、老人のズボンを拭き、テーブルクロスの染みたところにナプキンをかぶせ、絨毯にできたワインの小さな池を吸い取った。一段落するとアンドルーは薬瓶の蓋を閉め始めた。チャールズはどきりとした。瓶が規格どおりに作られていなかったら？　蓋が合わなかったら？

果たして蓋はぴたりと合い、アンドルー叔父は瓶をポケットにしまった。どうやら怪しまれてはいない。チャールズは声にならないため息をつくと、気づかれないように額に浮いた汗を拭った。

「で、どういう数字なんだ？」アンドルー叔父が言った。これで終わった。

終わった？　始まったばかりではないのか？

それからの時間をどう過ごせばいいかわからない。叔父と話し続けることは悪夢に思われた。しばらくして応接間へ席を移したが、状況は少しも変わらず、いたたまれない思いを必死でこらえた。十時近くに叔父は寝室へ行くと言い、チャールズはそれではぼくも失礼しますと告げて車で帰宅した。

あとは船旅の手配をするだけだった。翌朝チャールズは工場からトーマス・クック社に電話をかけ、二十五分後にBデッキ個室の予約が取れた。寄港地観光と鉄道運賃を含めた料金は六十五ギニーだった。

午後にもう一つ重要な用件があった——楽しみでありながら、いささか複雑な思いのする用件が。土曜日はクロスビー邸でテニスをすることになっていた。そこにユナが来るのだ。ユナと会うことは天上の光と影を味わうことを意味する。ご機嫌が麗しければ楽園に光が溢れる。だがユナの機嫌はいつも麗しいわけではなく、そういうとき楽園の様相は一変する。しかも、今回はいつもと違う。マルトン通りの服地店の前ですげなくあしらわれて以来なのだ。顔を合わせたらどんな言葉をかけてくれるだろうか。

イングル荘と呼ばれるクロスビー邸は明るく品のいいアン女王様式の建物で、チャールズが玄関先に車をつけたとき、主はテニスウェア姿で戸口に出ていた。歳は六十前後、物堅くて細かいところは、その職にある者にふさわしいと言うべきか。地元では旧家のほとんどがクロスビーを顧問弁護士にしており、アンドルー・クラウザーも顧客の一人だが、チャールズは歳の近い別の弁護士に任せている。もっともクロスビーは、叔父と甥の利害が必ずしも一致しないことは弁えている。人の好いクロスビーは実直で誰からも好かれ、尊敬されている。

「やあ、チャールズ」口の端の片方を歪めて微笑みながら、「来てくれてありがたい。ジョーンズとハラム兄弟が来られなくなって男が足りないんだ」

「お役に立てて光栄です」チャールズは白い歯を見せた。「たとえ人数合わせだとしても」

「うぬぼれてもらっては困るな」クロスビーはやり返した。「きみが役に立つ人間だと言ったわけじゃない。そういえば、休暇を取るんだって？」

「おや、どうして知ってるんですか。午前中に手配したばかりなのに」

「それはまあ、小鳥に聞いたのさ。かわいい一羽の小鳥――きみの従妹のマーゴットから。今朝がた事務所の前で会ってね」

「昨日、向こうで夕食を呼ばれたんです。向こうっていうのはモート荘のことで、おたくの恐ろしげな事務所の前じゃありませんよ。ええ、おっしゃるとおり、三週間休むつもりです」

「その間、会社はどうするんだい？」

「ゲアンズとマクファーソンに任せます。あいにく今はものすごく忙しいというわけじゃありませんから」

クロスビーは内緒話をする口調に変わった。探りを入れる気だろう。

「失礼なことを言うようだが、きみの一族とは昔からの付き合いだから言わせてもらうよ。きみの会社にまつわる噂が根も葉もないものだとわかってよかった」

チャールズは素早く頭を働かせた。あとで疑義が生じた場合、クロスビーが自分に疑いを向けるとまずい。こちらも内緒話調で、

「根も葉もないとは言い切れないんですよ。絶対に他言しないでもらいたいんですが、実を言うと無一文になりかけていたんです。新しい機械を入れないといけないのに、手立てが見つからずにいました。でも、もう大丈夫だと思います。叔父さんに相談したら千ポンド用立ててくれて、家に飾っていた絵も質入れしたので、機械を買う目処がつきました。あとは正確な数字が出るのを待って注文するだけです」

「それはよかった、実に喜ばしい。きみの叔父さんからは何も聞いていないが、いずれ話してくれるだろう。それで休暇というわけか。たしかに息抜きは必要だな」

「気分転換できるのが楽しみです。このところ仕事にうんざりしていましたから」

ユナより先に着いていようと思って早めに来たのだが、クロスビーと一緒にテニスコートへ

行くと、驚いたことにユナはもういた。組み合わせが決まったばかりで、ペアの相手と共にコートへ向かっている。こちらに気づいたユナがラケットを振るのを見てチャールズの胸は躍った。そんなふうに機嫌よく親しげに迎えてほしかったのだ。今日の楽園に影が差すことはなさそうだ。

ところが、楽園は存在しないも同然だった。よほど運が悪いのか、ユナの巧みな段取りによるものか、言葉を交わす機会が巡ってこない。コートは一面きりで、前の組の試合が終わりかけると新しい組み合わせが決まってチャールズがプレーすることになった。ペア同士の力量を釣り合わせたためにシーソーゲームが続き、ようやく終わったときユナは大勢に囲まれてお茶を始めていて、チャールズはとっくに地中海へ来てしまっているような距離を感じた。

ようやく話ができたのはみんなが帰り支度を始めたときで、ほんの一瞬ではあったが、チャールズは大いに満足した。ユナはいつもと変わらぬ笑顔だ。

「こんにちは、チャールズ」チャールズは一心に聞いた。「あなた地中海へ行くんですって？よかった。ずっと冴えない顔してたから、気晴らしは必要よね」

「ユナ、きみと一緒じゃないのが残念だ」月並みな文句でも熱意はこもっている。「ぼくは希望に生きることにする。いつかぼくたちが――」

「しーっ、今はだめ。あなたが帰ってきたらお話しできるかもしれないけど、約束はしないわ。それより、ベンサム家の娘さんたちを送ってあげて。車が故障しちゃったのよ」

「きみはどうするんだい、ユナ」

「お馬鹿さん。あなたに乗せてもらわずに来たんだから、ちゃんと一人で帰れるわ。オースチンを運転してきたの」

ユナの言葉はそれきりだったが、クロスビー夫人に声をかけようと向きを変えたときの表情は、すべてを補って余りあるものだった。心を弾ませ、チャールズは恰幅のいいベンサム姉妹を自宅へ送り届ける役を買って出た。

長期不在に備えて片づけておく仕事が山積しているにもかかわらず、それからの三日間は時計が止まったかのようだった。事が露顕するのではないかという漠然とした不安ばかりか、アンドルー叔父が薬瓶を振ってチャールズが旅立つ前に死の錠剤を飲んでしまうのではないかという具体的な不安が常に頭から離れない。ゲアンズとマクファーソンに各部署の責任者として自由裁量権を与え、処置を講ずる場合には必ず話し合った上で実行するよう命じた。「連絡先はここだ」チャールズはゲアンズに伝えた。「問題が生じたら電報をくれ」

不安は消えなかったが、何事もなく出発の日を迎えた。モート荘の日常に変化はない。水曜の朝、タクシーで駅に着いたチャールズは普通列車でヨークまで行き、そこでロンドンへ向かう急行に乗り換えた。ロンドンに着くとヴィクトリア駅を午後二時に発つ臨港列車に乗った。汽車がゆっくりとテムズ川の鉄橋を渡るうちに不安は少し消えていた。しばらくコールドピッカビーを離れる。いかなる形であれ、帰る前に運命は決している はずだ。

11 チャールズ目的を達する

その日の午後、幸い海峡は穏やかだった。ブローニュの埠頭に居並ぶ青い客車は、目前に迫った禍を避けるために造られた方舟さながら頼もしげに映った。チャールズは安堵のため息と共にステップを上って乗り込み、客室に腰を下ろした。ここから二十二時間の汽車旅だ。

パリ北駅に到着したのは夕刻で、環状線《サンチュール》をゆったり回ってリヨン駅を出たときにはとっぷり暮れていた。列車が動き出して間もなく寝台にもぐり込んだチャールズは、フォンテンブローを通過しないうちに眠りに落ちていた。夜中に一、二度どこかの駅で停車したとき目が覚めたが、全世界が静寂に包まれているような感じがした。マコン付近で明るくなり、リヨンのペラーシュ駅を出てローヌ川を渡ったところで起き出した。

午前中ローヌ川沿いを南下しながら、チャールズは車窓に流れる景色に意識を向け、胸底にわだかまる恐怖を忘れようとした。ヴィエンヌとヴァランスでは見え隠れする川を熱心に目で追いながら以前の旅の記憶を甦らせた。オランジュでは古代ローマ時代に建てられた野外劇場の巨大な舞台壁を思い出し、当時の演出に思いを馳せた。よく知っているアヴィニョンで頭に浮かんだのは壮麗な中世絵巻だった。馬上槍試合、騎士、豪奢な教皇庁宮殿、城壁の外で野営する攻囲軍——その城壁を巡るように列車は走り、やがてタラスコンへ入った。ルネ王の城と呼ばれるタラスコン城を訪れた当時の記憶をたどり始めたとき、そこがいまだに監獄として使われているのをふと思い出して身震いし、慌てて考えを切り替えた。アルルの町が思い起こさせたのは、古代ギリシア人を彷彿させる美しい女たちと、かつて悲劇が演じられ今は闘牛が催される、空積《からづ》みの石造りが見事な円形競技場、それに野外劇場だった。列車は、果てしなく広がる荒涼としたクロー平野へ下り、ベール湖畔を通過し、ラ・ネルト丘陵のトンネルと岩山の間を縫うように抜けたあと、下り勾配を軽快に進んでマルセイユ市街へ入った。

午後四時、チャールズは船上の人となっていた。ジュピター号は超豪華を謳うだけあって、ラウンジとダイニングホールはもちろん、これほどゆとりを持たせた船はそうない。長い通路、広々としたデッキ、ゆったりした船室、贅沢な内装、どれも初めて目にする。ありとあらゆるものが揃っている一方、海がそこにあることを感じさせる要素はかけらもない。デッキや舷窓の一部から見ることはできても、はるか下で目立たず、存在を意識せずに過ごせる。乗り合わせた人々は、チャールズの目には船客というより巨大なホテルの宿泊客に映った。

出帆は――そういう表現がジュピター号に当てはまるなら――深夜だったので、マルセイユに関心があったわけではないが、チャールズは食事を共にした三人と連れ立って船を降り、ミュージックホールへ繰り出した。それで時間が潰れたおかげで余計なことを考えずに済んだ。

その夜は思いのほかよく眠ることができ、目覚めると窓の外に――Bデッキの船室は円窓ではない――ヴィルフランシュの小さな村が見えた。そこはチャールズお気に入りの港で、リヴィエラ随一とは言えないまでも指折りの景勝地であることは間違いない。デッキに出て眼福を味わっていると、遊びで来ているのではなく、心の底から嫌悪しながらやむなく立てた計画の一部であることを忘れてしまいそうだった。

ヴィルフランシュには二日碇泊した。用意された小旅行のうち、チャールズはペイラ・カヴァ展望台とソスペルのコースに参加した。コーニッシュ道路は前に何度か通ったことがあり、モンテカルロは気が進まなかった。よくあることだが、最初に食事を共にした面々とはたちまち親しくなった。リーダー格はシアマンという初老の未亡人で、チャールズを気に入ったらしい。チャールズのほうもじきに打ち解けて仕事やユナのことを話すようになった。

「ねえ、あなた何か隠してるでしょ」シアマン夫人が言った。「カーデュー夫人も同じこと言ってたわよ。別にあなたの噂をしてたわけじゃないんだけど、あたしが『あの人何か隠してるわね』と言ったら、『あたしもそう思ってた。気がつかないほうがおかしいくらい』ですって。スウィンバーンさん、あなた優秀な犯罪者にはなれそうもないわね。悪い考えを起こしちゃだめよ」夫人は無邪気に笑って話題を変えた。

チャールズは動顛して、次の話についていけなかった。

「そこまでおっしゃるのなら、ぼくがここにいる理由をお話ししなくちゃいけませんね。調子が悪かったんですよ。神経が参ってしまって、逃げ出してきたんです。大したことはないんですが、しっかり休みたくて。自分の話ばかりしてすみません、そういう事情なんです」

シアマン夫人が型どおりの返事をしてこの件は終わったが、その瞬間からチャールズは夫人と一緒にいると気が安まらなくなった。とはいえグループを離れることはできなかった。下手に離れればかえって注意を惹く恐れがある。

二日後、チャールズの不安をさらに掻き立てる小さな出来事があった。船はヴィルフランシュを発ってジェノヴァに入港していた。チャールズもシアマン夫人もジェノヴァの街は知っていたが周辺を訪ねたことはなかったので、ほかの三、四人とラパッロ、サンタ・マルゲリータ、ポルトフィーノを巡る小旅行に参加した。その出来事があったのはラパッロだ。

ホテルで昼食を終えた一行が庭に出て椰子の木陰で休んでいると、シアマン夫人が突然声を上げた。「サー・フランシスさん！　もしかしてサー・フランシスじゃありませんか」

瞼の垂れた、くたびれた様子の細身の男があたりを見回し、こちらに近づいて手を差し伸べた。

「シアマン夫人、これは驚きました。いったいどこからいらしたんですか」

「あなたのほうこそ」夫人は笑顔で応えた。

「わたしですか。あいにく仕事です。でも、ここでじゃありませんよ。ローマに出張していてラパッロへは来たことがなかったので、帰りがてら寄ったんです。こちらにお泊まりですか」

夫人は事情を説明し、そばにいたチャールズたち旅仲間を紹介した。サー・フランシスは腰を下ろして座に加わり、一行が小旅行に出発する時刻まで、煙草を吸ったりおしゃべりをしたりして過ごした。

「あの方をご存じ？」ルータとジェノヴァへ向かってポルトフィーノ岬を越える絶景の九十九《つづら》折《おり》を登っているとき、シアマン夫人が言った。「サー・フランシス・スマイズというの」なぜか夫人はためらいがちに間を置いて付け加えた。「警察関係のお仕事をなさってるのよ」

ためらったかどうかはともかく、チャールズには夫人がこちらを観察しているように思えたが、確信は持てなかった。見つめられているのはわかっても、視線に込められた意味は読み取れない。夫人の口許に揺れているのはかすかな笑みなのか。それがわかれば……。

この程度のことに動揺してしまう自分が腹立たしかった。気をつけなくては。妄想を逞しくしても身の破滅を招くだけだ。チャールズはどうにか気持ちを立て直し、ジェノヴァへ戻る車中は当たり障りのない話をして過ごした。

ジュピター号に近づくにつれて、日中の大きな不安が頭から離れなくなった。出港してまだ四日だったが、夕方船に戻るときの感情の昂りは日毎に増していた。近いうちに電報が届く。そ知らぬ顔で話しながら船のタラップをだらだら上るのは辛く、走っていって自分宛があるか確かめたかった。

今日もまた何も届いていないとわかると、安堵と失望の入り交じった妙な感じがした。安堵したのはまだ恐ろしいことが起こっていないから、失望したのはさらに長い一日を過ごさなければならないからだ。快適であるはずの旅を楽しめない。心の安らぎが得られるなら、この景色をリーズのスラム街やラブラドルの荒れ地と喜んで交換したかった。

ジェノヴァ出港は夕食後だった。デッキから望む美しい市街は、やがて真珠色の塊となって遠景に消えた。最後に見えたのは、昼間歩いて回ったポルトフィーノの灯台が明滅させる光だった。

コルシカ島とエルバ島を夜のうちに通り過ぎ、翌朝、視界に陸地はなかった。日中は左舷の遠方に山が見えたり、はるか彼方に島影が認められたりした。日課のように朝からカード好きの輪ができ、このときばかりはチャールズも進んで加わった。

お茶の時間が終わったころ前方に見える島の数が増え、その上に濃密な白い雲の塊が現れた。カードも読書も恋の戯れも一斉に中断され、人々は船首の手すりに集まった。大きな島はナポリ湾の端に位置するイスキア島、もうもうと立ち上る噴煙の下にあるのはヴェスヴィオ山だ。

港に錨を下ろしたのは、身支度合図《ドレッシング・ベル》の鐘が鳴っているときだった。チャールズはナポリは初めてだった。頭の中が考え事でいっぱいであっても、湾はしばし我を忘れて見惚れるほど素晴らしかった。

港に入ると桟橋や建物や碇泊する船に遮られて景色は楽しめないが、入港直前に海岸線全体の壮大な眺めを一望することができた。左手のポジッリポ岬の丘には、椰子やオリーブや糸杉に囲まれた豪邸が点在している。正面は、この距離からは白く霞んで見えるが、市街地が背後の高台まで広がっていた。右手には、二つの大きな峰を持つヴェスヴィオ山が聳え、紺碧の空へ噴煙の塊を激しく噴き上げていた。総じて白く、ときおり硫黄の黄と炎の赤が交じるさまは力強さを感じさせる。噴煙は逆巻く渦となって大量に吐き出され、上昇するにつれて折れ曲がり、ゆっくり内陸方向へ流れていた。ヴェスヴィオ山の向こうは細長いソレント半島が海へと伸び、その先、港に向かって船が左旋回したので船尾側になるが、小高いカプリ島のぎざぎざした輪郭が見えた。チャールズは大いに感動した。同時に、この湾は非の打ち所がないと言うには広すぎるようにも思えた。遠景ではなく近景として眺められたらさらに素晴らしかったのではなかろうか。

チャールズもシアマン夫人も人工物より自然の美を好ましく思い、市内巡りはせず、三日の滞在期間を周辺の小旅行に充てた。初日はヴェスヴィオ山に登り、ポンペイの素晴らしい遺跡を散策した。二日目はカプリ島を訪ね、帰路ソレント半島に立ち寄った。三日目はナポリ湾を北上してポッツォーリやバイアエあたりで過ごした。このときまたしてもチャールズの不安を掻き立てる小さな出来事があった。

一行はソルファタラ見学に出かけていた。ダンテが『神曲』地獄篇の着想を得たとしても不思議はない恐るべき場所である。ソルファタラは火山の火口で、噴火は七百年前に途絶えたものの活動を完全に止めたわけではない。火口の内側は凝固した泥地が広がり草一本生えていないが、凝固しているのはごく表層だけで、あちこちに開いた穴や口から、わずか四、五フィート下に溜まった液状の熱い泥をときおり煮え立たせている。泥地の下は中空なのか、歩くとぐらぐらする。地面はどこもかしこも熱く、この場所自体が邪悪な夢であるかのようだ。

シアマン夫人の言葉にチャールズがうろたえたのは、泥地を歩いているときだった。

「ほんとにすごいところね。あたし、誰かを殺したくなったら、ここにするわ。痺れ薬を混ぜたワインを飲ませて、体の自由が利かなくなってきたらその辺の穴に突き落とすの。スウィンバーンさん、あなたは人を殺そうと思ったらどうなさる？」

背筋に冷たいものが走ったのは、言葉の裏に隠れた意図があるのかもしれないと感じたからだ。チャールズは思わず夫人の顔を見た。口調と同じく他愛ないおしゃべりなのか。疑念を確かめようとしているのか。

物腰や表情にそれらしき気配はない。だからといって、わかったものではない。女は魔物、一人残らず生まれながらの役者だ。これが男なら自分がどう思われているかはわかる。しかし女となると……。

疑念を確かめようとしているか否かにかかわらず、相手に確証を与えてはならない。意志の力を振り絞ってチャールズは冗談を言った。冗談にからめて話題を変えても夫人は話を戻そうとはしなかった。どうやら裏の意味などなかったらしい。

それでも殺人、警察、スコットランドヤードなどと聞くだけで動顚してしまうので、自分自身によほど歯止めをかけないと、いつかは勘づかれる。身の破滅を招きかねない心の弱さを何とかしなければと、何度も自分に言い聞かせた。

まだなのか？　宙ぶらりんでは神経がすり減るばかりだ。いつまでも耐えられはしない。その時が来て、自分の立場がはっきりしさえすれば……。だが心配することはない。計画は万全で、すでに無罪放免を勝ち取ったも同然なのだから。

ナポリ滞在最終日、ジュピター号へ戻るとき、例によってチャールズは苦痛にも似た渇望に襲われた。だが、急いで手紙を取りに行かないよう自制し、その日カプリ島巡りをしてきた人の話を聞きながらデッキでたっぷり五分は過ごした。そして階下へ向かった。

届いていた！　電報を渡してくれた職員に礼を言い、その場を離れた。一人で読みたい。

船室に入ると手が震えて薄い封筒を破りそうになった。ついにその時が来た！

イカンナガラ　チチアンドルー　サクジツ　パリヘノトジョウ　キュウシス　イタイヲツレカエル　ピーター

チャールズはブランデーのフラスクを取った。グラスにたっぷり注ぎ、生《き》で飲み干した。パリへの途上とはどういうことだ。なぜモート荘を離れた？　電報の発信地はボーヴェとある。ボーヴェ！　パリまで五十マイル以上あるではないか。何があったんだ？

だが、そんなことはどうでもよかった。すぐにも動き出さなくては。びくびくしながら待つ時間は終わった。チャールズは呼び鈴を鳴らしてボーイを呼んだ。

「君とさよならしなくてはならなくなった。身内がフランスで亡くなったと電報で知らせてきてね。トランクに荷物を詰めてもらえないか。これからパーサーに相談してくる」

多額のチップを予感したボーイは進んで引き受けた。「すぐいらしてください。間もなく出港時刻です」

運よくパーサーは自室にいた。

「お急ぎになれば間に合います、スウィンバーンさま。荷造りはお済みですか」

「ボーイにやってもらってる」

「急がせたほうがいいですね。わたしは船長に知らせます」パーサーはブリッジへ電話をかけ、慌ただしく帳簿を繰った。「追加料金が若干ございます。こちらはただ今お支払いいただき、ツアー残り分の払い戻しにつきましてはのちほど営業所へお問い合わせください」

ジュピター号は出港を五分遅らせてくれたが、旅仲間に別れを告げる間もなくチャールズは船を降りた。旅を中断することに心残りはなかった。船は豪華で共に過ごす人たちも如才なかったが、それゆえに厭わしくてならなかったからだ。

駅に着くとローマへの直通列車は出たあとだったので、昔ながらにあちこち経由して翌朝六時半過ぎに到着する汽車に乗った。幸い寝台車を連結しており、寝台を取ることができた。

車内に落ち着くと受け取った電報の内容を考え始めた。叔父が旅に出た理由は思いつかず、考えるのは諦めた。それはそれとして、自分にとってすこぶる有利だと思われることがあると気づいた。

ピーターが遺体を連れ帰るのは、自然死以外の死因が疑われなかったからではなかろうか。フランスの法律は知らないが、事件性があると見なせばイギリスの検視審問に相当する手続きを取るはずだ。

そのとおりなら、願ってもない結果が転がり込んでくる。毒物が検出されずに済むと思ったことはない。自殺と推定されるのが一番だが、そんな楽観はしていなかった。アンドルー叔父は自然死で、毒入りの錠剤はまだ瓶の中に残っているのだろうか。だとしたら、実に素晴らしい。自分が手を下したのでないなら、良心の呵責を覚えることなく我が身は安泰、逮捕される恐れもない！　安全だ安全だと自分に言い聞かせてはいたが、心の奥底では必ずしもそう信じているわけではないのだから。

願ってもない幸運が舞い込んだのなら、あの小瓶を破棄しなくては。そうすれば一切は闇に葬られ、忌まわしい計画は存在しなかったのと同じになる。

豪華列車は十一時二十分にローマを発った。こんな問題を抱えていなければ、海沿いの車窓風景をたっぷり楽しめたに違いない。ピサ、スペツィアと北上してリヴィエラの海岸伝いに進み、先の小旅行で訪れたラパッロを通過した。絵のように美しい、岩だらけの海岸に沿って無数に穿たれたトンネルの合間から、途切れ途切れに目に飛び込む景色は魅力的だった。ジェノヴァに着く前に日が暮れて、しばらくするとチャールズは寝台で横になった。目が覚めたとき、列車はアンベリュー付近の平原を走っていた。夜のうちにアルプスを越えてフランスへ入ったのだ。

ラロッシュでパリの朝刊を何部か手に入れた。読み出したとたん衝撃を受けた。ナポリを出たときから半ば予想していたことではあるが、毒物が検出されたという。甘い期待は吹き飛んだ。事件はイギリス警察へ引き継がれ捜査が行われるとある。

短い記事で、それ以上のことは書かれていない。チャールズは自らを奮い立たせた。想定内だ。目下の状況であれこれ考えても意味はない。

パリへ到着したときにはロンドン行き最終列車が出てしまっていたので、翌日まで待つことにした。自分が帰国するのは、恐ろしい計画の結果を知るためではなく、叔父に最後の別れを告げるためだということを胆に銘じなくてはならない。ナポリからヨークシャーまで休みなく移動する必要はなく、むしろ慎重さを欠く行動と言える。

翌朝、八時二十五分発でパリを発ち、夢うつつでロンドンに定刻どおり到着した。タクシーでキングズ・クロス駅へ移動し、北へ向かう五時三十分発の急行に乗る。ヨークで乗り換え列車を待つ間に地元の夕刊を買った。事態が動いているのはすぐにわかった。

「アンドルー・クラウザー氏の死因」の見出しの下に次の記事があった。

「本日午後コールドピッカビーにて、地区検視官W・J・エマスン博士は、陪審を同席させ、コールドピッカビー、モート荘在住、アンドルー・クラウザー氏の死因究明のため検視審問を開始した。クラウザー氏は同町にあるクラウザー電動機製作所の創業者の一人である。同氏は今月七日ロンドンからパリへ向かう途中、航空機内で死亡したが、フランス当局によるとシアン化カリウム中毒死の可能性がある。娘婿ピーター・モーリー氏による遺体の身許確認とフランスにおける証言録取書の読み上げののち、エマスン博士は来月二日までの休廷を宣した」

十時前に帰宅したチャールズは、すぐさまモート荘へ車を飛ばした。そこには疲れた顔のピーターがいた。

「チャールズ、戻ってきてくれてありがとう。休暇中に気の毒だったね。思いも寄らなかったよ。アンドルー・クラウザーが自殺をするとはとても思えないって言うべきなんだろうけど」

ということは自殺を疑われているのだ。みんなにそう思われているのなら万々歳だ。チャールズは頭を振って、当惑している様子を見せた。

「まったくだ。何が何やらわけがわからない。第一、なぜパリへ行ったんだい、それも飛行機で。亡くなったら亡くなったで、自殺かもしれないだなんて。ねえピーター、これ以上の謎は思いつかないよ」

「無理ないわね、チャールズは何も聞いてないんだから」ペネロピ叔母が言った。「ピーター、話してあげなさい」

「複雑な話じゃないよ、終わりのほうを除けば。エルシーが数年ぶりにアメリカ人の友だちがいるパリへ遊びに行ったんだ。で、ある晩遅く、交通事故に遭って意識不明だという電報が届いた。ぼくはもちろんすぐ駆けつけようとした。そしたらお義父さんが一緒に行くと言い出してね。反対したよ、その歳で持病も抱えているのに慌ただしい旅行をするのは大変だからって。でも行きたがった。エルシーのことが心配でたまらなかったんだね」

「わかるよ」チャールズは言った。「一人娘だし、父親思いだから」

「そう、お義父さんは行くと言って聞かなかった。叔母さんとぼくは、とにかく医者に診てもらいましょうと説き伏せて、グレゴリー先生に来てもらった。先生は、旅行は差し支えないと言ってくれた。高いところを飛ぶと心臓に影響しそうで心配したんだけど、問題ないということだから、ウェザラップを同行させることにした。ぼくは、サースクの友だちの家に泊まっていたローズを迎えに行った。エルシーの怪我の程度がわからないし、きっと娘の顔を見たいだろうと思ったから。ヒューは連れてこられなかった。ノーサラトンのクラスメートの家に行っていたから」

「大変だったな、ピーター。辛かったろう」

「ヴィクトリアの空港バス乗り場に着くまでは気が気じゃなかった。容態を知らせる電報がそこへ届くように手配しておいたら、エルシーの怪我はそれほどではないとわかってね。だけど、そこまで行っていたから旅を続けることにした。そしたらこんなことになってしまって」

「何があったんだい？」チャールズは声を落とした。

「わからない。イギリス海峡を越えるときに昼食が出て、お義父さんはしっかり食べた――いつもどおりだったとウェザラップは言ってる。ウェザラップの席はお義父さんの隣、ぼくとローズはその真後ろだった。食事のあとお義父さんは眠ったように見えた。背を座席の片側に預けて、頭を壁にもたせかけて。眠っているとぼくは思ったし、ウェザラップもそう思っていたんだけど、ボーヴェに着陸したとき亡くなっているとわかった。ぼくはローズを飛行機から降ろし、医者を呼んでもらった。医者の診断はずいぶん長くかかってね、薬物中毒の疑いがあったからだとあとで教えてもらった。参ったよ、チャールズ。警察が来て、いろんな手続きが果てしなく続いてね。結局この件はイギリス警察に引き渡されて、担当としてアプルビー警部が来てくれることになった。棺を手配して、警部が到着する前に用意はできた。ボーヴェは不便なところで警部がイギリスから来るには丸一日かかるから、その間にぼくはローズとパリへ行ってエルシーに面会した。ありがたいことにかなり良くなっていてね。近いうちに連れて帰ろうと思ってる」

「それはよかった」

「うん。アプルビー警部が着いたのは夜だったから、次の日にロンドンへ遺体を運んだけど、その日はもう汽車がなかった。だから翌日、つまり今日、朝早い汽車でここに着いて、午後検視審問が始まったというわけさ。休廷になったのは知ってるかい」

「ああ、新聞で見た」

「ぼくに話せるのはこれだけだ。毒物はシアン化カリウムだそうだ。どうやって手に入れたのか、なぜ飲んだのか誰にもわからない。あの日は朝から体調はよさそうで、飛行機に乗るのを楽しみにしてたよ。生まれて初めて空を飛ぶんだからね」

「高いところがいけなかったんだろうか。そのせいで昂奮したとか」

「どうだろう、ぼくにはさっぱり見当がつかない」

「出発前に鬱《ふさ》ぎ込んでいたということは？」

ピーターがペネロピ叔母に顔を向けると叔母が答えた。「そうねえ、近ごろ鬱ぎ気味で、出発前もたしかにそうだった。でも、この前ほどじゃなかったと思うけど」

「毒物を持ち歩いていたのなら、前々から自殺を考えてたんじゃないか」

ピーターはうなずいた。「チャールズ、それはぼくも思ったよ。でもタイミングが変だよね、エルシーに会うのを楽しみにしているときに飲むなんて。そこのところがどうしても理解できない」

今度はチャールズがうなずいた。「不可解だな、何もかも。たとえば、毒物はどうやって手に入れたんだろう」

「誰にもわからない」ピーターが言った。「ぼくも真っ先に考えたけど、答えは出なかった」

「最近じゃないはずよ」ペネロピ叔母が言った。「町にはめったに行かないし、一人じゃ無理だから。そんなもの、誰も売らなかったはずだし。昔どこかで手に入れたのを隠してたのよ。そうとしか考えられないわ」

「おそらくそうでしょうね」チャールズは言った。「どう考えても叔父さんらしくないけれど。そうとも言い切れないか、秘密主義だったから。あの歳になるとみんなそうなのかな」

ピーターが同意した。しばらく沈黙が続いたあと、チャールズが口を切った。「動機に心当たりはないのかい」手がかりを得たいというより、何か言わなければという気持ちが強かった。

ピーターは首を横に振ったが、ペネロピ叔母が答えた。「一つだけあるわ」ためらいがちに、「誰にも言ってないんだけど——前の晩アンドルーは昂奮していたかもしれない。その反動が来たのよ。水曜の晩にピーターとクロスビーさんがここで食事をしたの。そう、パリから電報が届いた晩。ピーター、あなたとクロスビーさんはアンドルーと仕事の話をしてたのよね？」

「ええ、農場を担保にできないかと思って」ピーターはばつが悪そうに言った。「話し合いはごく穏やかに進みましたが、何も決まりませんでした。でも叔母さん、前にも言いましたけど、叔父さんは少しも腹を立てたり昂奮したりしませんでしたよ」

「わかってるわ。ほかに思いつかないから言ってみただけよ。旅行に比べたら、夕食に昂奮する要素なんてなかったしね」

口ぶりは穏やかでも、態度には不安が表れている。ピーターも落ち着かない様子だ。二人ともかなり動揺している。

「次の検視審問で何かわかるかもしれませんね」チャールズは言った。「葬儀はいつですか」

「明日の二時半よ」

「ぼくはちょうど間に合ったわけですね。ペネロピ叔母さんは誰と行かれますか。よければぼくの車で行きませんか、マーゴットも一緒に」

「ありがとう。でもピーターと一緒に行くことにしてるから」

これまでの話にチャールズはほっとしていた。悲劇が航空機内で起こったせいで世間に知れ渡ってしまったのは悔やまれるが、ほかの点では満足だった。重大な危険を冒さなければならないことは最初からわかっていた。アンドルー叔父が消化薬を飲んでいるところを見られたり、ワイングラスを倒したときのことを誰かに話したりする可能性があったからだ。立証はできないはずだが、そういう話が出ていたら落ち着いていられないだろう。今のところその手のことは話題になっていない。叔父は何も言わずに死んでいる。おれは安全だ。

安全なだけではない、大金が手に入るのだ。大金と言わない者もいるだろうが、工場を維持し、新しい機械を入れ、ユナを妻に迎えるには——本人にそのつもりがあればだが——充分な金だ。不安は消えた。すべて思いどおりに運ぼうとしている。恐ろしく忌まわしい仕事だったが、それも終わった。万事順調だ。

12 チャールズ傍観者になる

　工場でも吉報が待っていた。留守中に四件も注文が入ったという。たしかに大口は一件もない。しかし全員が二週間働ける量の仕事で、工場長のマクファーソンが価格を下げたため利益は微々たるものだが損失は出ない。チャールズは工場長の労をねぎらった。

「で、新しい装置の件はどうなってる？　レディングから資料は届いたか」

「ええ、ちゃんと届きました。これはシェフィールドのやつで」マクファーソンは書類の束を差し出した。「シェフィールドのほうも見ておこうと思ってちょっくら行ってきたんです」太い親指で旋盤の説明図を指す。「見てください、こいつは使えますよ。うちにぴったりだと思いますねえ」

「レディングのよりいいんだな？」書類をめくりながらチャールズは言った。

　マクファーソンはそうですと答え、性能や仕様を説明し始めた。いつもながら的を射た意見で異論はない。「じゃあ、今日中に注文書を送ってくれ」チャールズは指示して、新規の仕事について話を続けた。話が一段落するとマクファーソンは改まった顔をして、

「社長、このたびは大変お気の毒なことでした」恐るおそる切り出した。「わたしのような者はこれで工場が救われるかもしれないなんて考えてしまいますが、お辛いことには変わりない

わけで」

「わたしからもお悔やみ申し上げます」このとき入ってきたゲアンズが言った。「社長のためを思いますとほっとしていますが、事情が事情だけにお察しします」

チャールズは二人に礼を言った。アンドルー叔父の死によって彼らも利益を得るのは事実だが、たとえ恩恵をこうむるのがチャールズだけだったとしても喜んでくれただろう。

早い昼食を済ませ、チャールズは車でモート荘へ向かった。内輪の葬儀で、クロスビーのような故人の特別な友人以外は来ていない。幸い天気には恵まれたが、儀式は物悲しい雰囲気のうちに粛々と執り行われた。葬儀が終わると、クロスビーと親族は遺言書開披のためモート荘へ引き返した。

チャールズには不安要素があった。お前とエルシーを共同相続人にすると何度も聞かされたし、叔父が心変わりするとは思っていなかったけれども、書いたものを見たわけではなく、あと一歩のところで肩透かしを食う不安がないとは言い切れない。

クロスビーが遺言書を読み上げ始めて間もなく、こうした懸念は杞憂とわかった。文言は金銭による遺贈分から始まっていた。ペネロピ・ポリフェクスは一万ポンド、マーゴット・ポリフェクスは二千五百ポンドを受け取る。ウェザラップは「献身的な奉仕の記念として」五百ポンドを受け取るとされ、ほかの使用人へも少額の遺贈が指示されていた。ここからが本題だ。前述の金額を支払い、相続税を除いた残余財産については、チャールズとエルシーとで平等に分割すること。モート荘はエルシーに遺贈するが、評価額を一万ポンドとして計算する。クロスビーの試算では、税金や手数料を差し引くと、チャールズの受取額は六万二千ポンド、エルシーは五万二千ポンドとモート荘になるという。

六万二千ポンド！　一財産ではないか。チャールズは昂奮を抑え切れなかった。欲しくてたまらなかった経済的安定がここにある。これでユナと結婚できる。何より、工場が抱えている問題はすべて解決する。銀行はこちらが必要なだけ貸すだろう。そう、これまで自分がやってきたことは正義であり、その報いがここにあるのだ。何度か背筋がひやりとする思いをしたが、甲斐があったというものだ。あらゆることがそうではないか。虎穴に入らずんば虎子を得ず。

チャールズは部屋を見回した。意外なことに、ピーターは我が身の幸運に感銘を受けているようには見えなかった。妻のエルシーが相続人になるということは財産を扱える立場になったも同然——金に困っていただけにいっそう不思議でならない。それどころか異常なほど不安な顔をしている。そういえば昨晩もこんなふうだった。要するに、変わっているのだ。何を考えているかわかったものではない。

チャールズが昂奮する理由は金銭以外にもあった。夕食後ユナに会うつもりだった。いわば決戦の秋《とき》。二人を隔てていた壁は消えた。ユナはどんな返事をするだろう。自分を受け入れ、結婚に同意するか。理由をつけて決定を延ばすか。あるいは断るか。

こうした疑問への答えは、メラー家の豪奢な邸宅《バンガロー》デヘラードゥーンを後にしたチャールズの姿を見た者なら誰でも想像がついた。晴れやかな顔にはたとえようのない喜びが表れていた。ユナは結婚を承諾したわけではないが、遠からずそうするつもりであるような口ぶりだった。

今のところ何もかもうまくいっている。思い切っただけのことはあったとチャールズは改めて思った。やはり虎穴に入らずんば、だ。

翌日チャールズは、地元における自分の評価が回復しているばかりか、前より上向いていると感じた。クラブに顔を出すと、誰もが悔やみを言ったそばから祝いの言葉をかけてくる。悔やみの文句は礼儀に適った型どおりのものだが、純粋な同情を寄せる者も、影響力を持つ人間と近づきになることを願う者も、心から祝ってくれているようだった。動機は何であれ喜ばしいことだ。心地よい雰囲気に包まれてチャールズの気分はさらに浮き立った。

「みんなで祝わなくちゃな」チャールズはウェイトレスにシャンパンを持ってこさせた。

昼食後チャールズに警察署から電話があった。「今晩お宅に伺ってもよろしいですか」声の主はアプルビー警部だった。「お亡くなりになったクラウザーさんのことで二、三お訊きしたいと思いまして」

いささか興醒めだが、恐れることはないと自分に言い聞かせた。アンドルー・クラウザーの甥が警察から話を訊かれるのは当然の成り行きだ。冷静を保ち、どんな質問にもできるだけ素早く、一点の曇りもない返事をして、こちらからは必要以上にしゃべらなければいい。もう一つ、決して不安げな様子を見せないこと。よし、それならできる。おれが不安がる理由はない。

しかし、夜になって呼び鈴が鳴り、玄関ホールに響く靴音を聞くと、さすがに鼓動が速まった。扉が開く。ロリンズが「アプルビー警部がお見えです」と告げた。

「こんばんは、警部さん」チャールズは朗らかな声で言ったが、場にふさわしい重みを加えることを忘れなかった。「こんばんは、刑事さん」アプルビーは私服を連れていた。「どうぞお掛けください」

「ありがとうございます。恐縮ですが、クラウザーさんが亡くなった件の報告書をまとめるため、いくつかお尋ねします。お手間は取らせません」

「わかりました、警部さん、何なりとお尋ねください」チャールズはシガレットケースを差し出した。「何かお飲みになりますか」

「いえ、せっかくですが結構です。勤務中ですから。煙草はありがたく頂戴します」

チャールズは少し安心した。友好的でない目的で訪れたのなら煙草も受け取るまい。マッチと灰皿を渡し、自分も腰を下ろした。

「しばらく留守にされていたそうですね」アプルビーが切り出した。私服の刑事は手帳を開き鉛筆を構えた。

「ええ、休暇を取っていました。疲れが溜まっていたので、三週間ほど休もうと思って」

「それは羨ましい。海へ行かれたとか」

「まあ、半分は当たっています。西地中海を巡るクルーズ船に乗りました。パープルスター汽船のジュピター号です。たしかに船で暮らすようなものですが、ずっと海の上にいるわけではありません。毎日いろいろな場所に上陸しますから」

「そうらしいですね。船旅は最後まで続けられなかったのですね」

「はい。ナポリにいたとき従弟から電報が来て、葬儀に出るために帰ってきました」

「なるほど。亡くなられたクラウザーさんに最後にお会いになったのはいつですか」

「旅行に出る少し前です。ちょっと待ってください」チャールズはポケットから手帳を出してページを繰った。「出発は八月三十日水曜の午前です。前の週の金曜にモート荘で食事をしました。その晩の叔父は元気で、食堂に降りてきました。叔父に会ったのはそれが最後です」

「そうしますと、参考になるお話はそれほど伺うことができないようですね。一応、クラウザーさんの健康状態についてどう考えておられたかお聞かせください」

「そうですね、かなり弱っていたと思います。特にどこかが悪いということはなく、体調を崩していたわけではありませんが、何と言ったらいいか、急に老け込んだ感じでした」

「精神状態はどうでしたか。落ち込んでいたとか、何かを気にしていたとか」

「鬱《ふさ》ぎ気味でした。胃が弱っていると叔母のペネロピ・ポリフェクスから聞いていたので、そのせいではないかと思いました。わたしの知る限り叔父に心配事はありませんでした」

「自殺につながりそうな精神状態だとは思わなかったということですか」

「ええ、もちろん。そういうことは考えもしませんでした。もっとも、こうなってしまったのですから何とも言えませんが」

アプルビーはゆっくりうなずいた。「クラウザーさんとは最近何度かお会いになりましたか」

「二回。いや、三回です」手帳を見ながらチャールズは言った。

「それはいつものことですか。その、短い期間に三回会っておられたというのは」

「い、いいえ。いつもというわけではありません」チャールズは一瞬戸惑ったが、すぐにきっぱりと、「実は仕事の話をしていたんです」

「お仕事の内容をお話しいただいても差し支えありませんか」

「一向に構いませんが、口外しないと約束してください。世間には知られたくないので。実は金の無心をしたんです」

アプルビーはうなずいた。「申し上げておきますが、あなたの意志に反してまでお答えいただく必要はありません。ですが、構わないとおっしゃるのでしたら、お聞かせください。クラウザーさんはあなたの要求に応じたのですか」

「希望する額の一部でしたがもらいました。残りもくれるつもりだったのではないかと思います。叔父がはっきりそう言っていたわけではありませんが。叔父は千ポンドくれました。工場に装置を三台導入する資金を調達しかねていたのですが、その千ポンドを充てることができました」

「千ポンドは希望された額の一部だったということですが、クラウザーさんにはいくらとおっしゃったのですか」

「もらえるだけもらっておこうと思いましてね」チャールズは頰を緩めた。「五千ポンドくれと言ったんです――二千はもらえるだろうと当て込んで。叔父はその場で千ポンドくれました。その金が、今言った装置の購入資金になりました。あと千ポンドを約束してくれたわけではありませんが、この調子なら間違いないと思いました」

「わかりました。装置は導入されたのですか」

「まだですが、発注してあります」

アプルビーはうなずいてしばらく黙っていたが、「なるほど」とおもむろに口を開いた。「従弟のピーター・モーリーさんも故人に資金援助を求めていたそうですね」

チャールズは肩をすくめた。「そういう話は聞きました。叔父はピーターの農場を担保に引き受けようとしていたらしいですが、直接には何も知りません。ピーターに訊いたほうがいいと思います」

「そうしましょう」アプルビーは考える人のような大げさなポーズをしてから、「そうですね、伺いたいことはこれくらいでしょうか。ええと、あと一つだけお願いします。クラウザーさんが毒物をどうやって手に入れたか思い当たる節はありませんか」

チャールズは文字どおりお手上げだという身振りで、「見当がつきません」と真顔で答えた。「叔母の話では、叔父はめったに町へ出ず、一人で出歩くのも無理だったそうです。どう考えても人に持ってきてもらう品ではありません。叔母は、昔どこかで手に入れたのを隠し持っていたのではないかと言いましたが、わたしにもそれぐらいしか思いつきません。あくまでも叔母の考えですが」

アプルビーは立ち上がった。「わかりました。これで終わりです。どうもありがとうございました」

「どういたしまして、警部さん。誰しもやるべき仕事を抱えているわけですから。これで勤務終了でしたら、少しいかがですか」

アプルビーは再び礼を述べ、あいにく勤務はまだ終わりではなく規則を破るわけにはいかないと言って、重々しい足取りで部下と共に出ていった。

チャールズは額を拭った。手こずりはしなかったが、それでも終わってほっとした。うまくかわせたと思う。アプルビーはとっくに掴んでいるはずだから、千ポンドの件を隠さなかったのは賢明だった。それにしても、アンドルー叔父はもっとくれると思った、と言ったのは天才的な閃きだった。たとえ出まかせでも、本人にその気はなかったと証明できる人間はいない。あれでおれから特別な動機が取り除かれたことになる。してやったりだ。

それからの日々はあっという間に過ぎた。この三か月チャールズにはなかったことだ。まず、工場が忙しくなった。休暇中に入った四件の注文で社員同様自分の仕事が増え、ダーリントン近くで大口の入札もあった。しかし一番の理由は、恐るべき計画が成功して心にゆとりが生まれたことだった。これで検視審問が何事もなく終われば、おぞましい出来事を一切頭の中から追い出して、ユナと結婚し、それからずっと幸せに暮らしましたとさ、となる。

ピーターはオッタートン農場を売り払い、一家でモート荘へ移って、アンドルー叔父が手がけていた野菜作りの規模を拡大して引き継ぐことにした。ペネロピ叔母とマーゴットにはモート荘で暮らし続けるよう勧めたが、二人はその申し出を断りイングランド南部の港町ホーヴへ移るという。当然ながら、こうした変化が実際に起こるにはしばらく時間がかかる。

休廷となっていた検視審問の日がついにやってきた。コールドピッカビーの町役場で十時半から始まる。チャールズは定刻の少し前にその古い建物へ入った。会場はすでに人で溢れていた。並々ならぬ関心を呼んだ事件だったこともあるが、多くの失業者が持て余している退屈を紛らす絶好の機会だからだ。もちろん個人的な関心で来ている者も多い。故人の知り合いや、故人の下《もと》で働いていた者も少なからずいた。

チャールズは、アプルビー警部と共に訪ねてきた巡査部長のブレイに案内され、席に着いた。ポリフェクス夫人とマーゴット、ピーターとパリから戻ってきていたエルシーもすぐに来て、ウェザラップやほかの使用人たちは静かに後ろの席に坐った。相変わらず不安げなピーターの疲れ切った顔に、チャールズは驚いた。本当に体の具合が悪そうだ。折を見て声をかけることにした。

検視官はエマスン博士だった。法律にも詳しい切れ者の医師という評判はチャールズも聞いている。

予備手続きはてきぱきと進められた。各陪審が告げられた氏名に応えたあと、エマスン検視官はこれまでに集まった証言のあらましを読み上げた。ピーター・モーリーは、故人を義父であると認め、義父はインペリアル航空機でクロイドンからボーヴェへ向かう間に自分の目の前で死亡していたと述べた。ボーヴェのフランス人医師は、遺体から自然死につながる原因は発見できず、検視解剖を要するという意見を付した証明書を発行した。最後に、アプルビー警部は、ボーヴェへ赴いてフランス当局から遺体の引き渡しを受け、コールドピッカビーへ移送したと述べた。読み終わると検視官は陪審に向かい、審問を休廷したのは警察が捜査を進めるためであったと説明した。「それでは、次に」検視官は続けた。「クロード・イングラム博士に証言を求めます」

毅然とした印象の大男がつかつかと証人席へ進み、力強く宣誓した。

「イングラム博士、あなたはこの地区の警察医ですね」検視官が言った。

「はい、そうです」文句があるかと言わんばかりの口調だ。

「あなたは故人の検視解剖を行いましたか」

「はい。ハリントン博士の手を借りて」

「どのような結果でしたか」

「胃とその他臓器をグラント&コルビー社のグラント氏に送って分析を依頼しました。シアン化カリウムが検出されたと聞いていますが、詳細はこの場におられるグラント氏に説明してもらえるでしょう」

「グラント氏にはのちほど証言していただきます。さて博士、ほかに死因と考えられるものは発見されましたか」

「いいえ。臓器にまったく異状を認めないわけではありませんが、命に関わる徴候は一切ありませんでした」

「不慣れな高度まで上がったことや昂奮したことが原因とは考えられませんか」

「それはないと思います」

「では、このあとのグラント氏の証言に予断を与えない範囲で、陪審にシアン化カリウムの作用を説明してください」

イングラム博士は物々しく体を揺すった。「シアン化カリウムは最も致死性と即効性の高い毒物の一つとされており」教授が教室で講義するような口調だ。「摂取後数秒で意識を失い、三、四分で死に至ります。効力がこれほど急速に表れない場合もありますが、数分とかからないのが普通です。その症状は――」そこから極めて専門的な話になり、エマスン検視官に致死量を尋ねられると細かい数字を挙げて説明がなされた。

「陪審の皆さんは」エマスン検視官は言った。「これらの数値をグラント氏が証言するときまで憶えておかれるように。何か質問はありますか」問いかけは、上司のルーカス警視と並んで坐っているアプルビー警部にも向けられていた。

さらなる説明を求める者はいなかった。イングラム博士は証人席を降り、再びピーター・モーリーが呼ばれた。

証人席に着いたピーターは、前にも増して不安げで落ち着かない様子だった。検視官は時間をかけ、事細かに尋ねた。数え切れないほどの質問に答えるうちに、不運な旅の一部始終が明らかになった。パリ訪問中のエルシーが交通事故に遭ったので、急遽パリへ向かうことにした。故人は同行を強く希望し、ウェザラップとローズも加えることにした。ピーターとポリフェクス夫人は故人の健康状態に不安を抱き、夜遅くグレゴリー医師を呼んで診てもらったところ、心配ないでしょうとのことで、自分と娘は深夜ロンドンへ発った。ロンドンのホテルで故人に合流、クロイドンから飛行機に乗り、イギリス海峡を渡る間に昼食が出た。故人の体調はよさそうで空の旅を楽しんでいた。しばらくすると故人は背を座席の片側に預け、頭を壁にもたせかけた。そのときは眠っているのだと思ったが、ボーヴェで亡くなっているとわかって愕然とした。

「飛行機が着陸したとき、故人は死亡していましたか、それとも意識を失っていただけでしたか」検視官は言った。

「死亡していたと思いますが、確信はありません。二十分後に医師が到着したとき死亡していたのは間違いありませんが」

「モーリーさん、あなたは昼食を取ったとき機内のどこにいましたか」

「バスと同じように、通路を挟んで二座席ずつ並んでいます。同じ列の、故人は窓側、世話係のウェザラップは通路側でした。わたしと娘はすぐ後ろの列で、娘の前が故人、わたしの前がウェザラップでした」

「座席はどちらも前向きでしたか」

「はい」

「あなたは飛行中に故人に話しかけましたか」

「ええ、何度か」

「そのとき立ち上がりましたか」

「いいえ、身を乗り出して肩越しに声をかけました」

「故人は変わりない様子でしたか」

「変わりはありませんでした。ただ、顔を見たときに、眠ったのだと思いましたから、そのあとは話しかけませんでした」

検視官はゆっくりうなずいた。「わかりました」と言ってからしばらく黙っていたが、メモに目を通し再び質問を始めた。

「ところでモーリーさん、フランスへ旅立つ前、故人にお会いになったのはいつが最後でしたか」

「出発の前夜です。一緒に夕食を取りました。そのときパリ発信の電報がわたしの自宅からモート荘に転送されてきたのです」

「その場にほかに人はいましたか」

「顧問弁護士のクロスビーさんが来ていました」

「そうですか。それは親睦の集まりでしたか、それとも故人に用があったのですか」

「故人に用事がありました」

「用向きを伺えますか」

「故人に資金援助を頼んでいて、細かい点を詰めることになっていました」

「資金繰りに――困っていたということですか」

「そこまで追い込まれていたわけではありませんが、近ごろ農業はあまり利益が上がりませんので、いくらかでも手許に現金があれば安心できると思いまして」

「なるほど。資金援助を頼んだのは、故人の死亡前夜より前だったのですね」

「はい、そうです。助力を頼んだら承知してくれました。具体的な話はしていません。その晩、話し合うことにしていました。義父は——故人は——クロスビーさんを交えて相談するよう要望したのです」

「それで、相談されたのですか」

「はい」

「話はまとまりましたか」

「いいえ。方策を話し合っただけで、結論には至りませんでした。故人はわたしの農場を担保として引き受けることに前向きでしたが、そう決めたわけではありません」

「それでも、故人はあなたに何らかの援助をする気持ちがあったわけですね」

「もちろんです」

次にエマスン検視官は故人の健康状態について質問した。めっきり弱ってきていたが、死亡当日はいつもと変わらない様子だったとピーターは答えた。義父が自殺するような人だと思ったことは一度もありません。鬱いでいることもありましたが、そんなにひどくはなかったですし、自殺を図るほどの状態だったとはとても考えられません。こんなことになってすっかり戸惑っています。なぜ自殺を望んだのかわかりません、よりによってあんなときに。毒物をどうやって手に入れたか、見当もつきません。

質問を希望する者はおらず、ピーターは証言録取書に署名して席に戻った。憂いを帯びた不安げな顔にかろうじて安堵の表情が浮かんだ。審理への関心は一気に高まり、エマスン検視官の質問が事件に新しい光を投げかけたと考える者もいるようだ。

熱心にメモを読んでいたエマスン検視官が、顔を上げ無意識に拍手喝采を求めるようにあたりを見た。もちろん拍手を送る者はない。「ペネロピ・ポリフェクス夫人の証言を求めます」

ポリフェクス夫人が証人席へ進み出た。地味な黒服に身を包み、表情は硬く平板だった。夫人は落ち着き払った態度で、質問にはっきりと、しかし小さな声で答えた。

検視官は鄭重に声をかけた。「ポリフェクスさん、お呼び立てして申し訳ありません。できるだけ手短にいたしますのでご容赦ください。あなたは故人の妹さんですね」

はい、故人の妹です。モート荘に数年暮らしておりまして、兄に代わって家政を預かっておりました。エマスン検視官は夫人自身についていくつか質問してから、アンドルー・クラウザーのことを尋ねた。

ポリフェクス夫人はピーターの証言を補足した。兄は六十五歳でした。至って丈夫で風邪一つひいたことはありませんでした。でも五年ほど前に大病を患い、健康を損ねました。それからは半病人のようになって、いろいろな趣味への関心は失いませんでしたが、かろうじて続けている状態でした。近ごろはだいぶ衰えておりました。どこかが悪いというのではなく、次第に弱ってきたのです。その辺はお医者さまに話していただくほうがいいかもしれません。

エマスン検視官は、医師の証言はもちろん尊重するけれども、今はあなたの考えをお聞かせ願いたいと言った。ごく最近故人の健康状態が急激に悪化したことはありましたか。

それはありません、とポリフェクス夫人は答えた。兄の状態は徐々に悪くなってきましたが、ある日を境にがらりと変わったということはありません。鬱が自殺の原因とは思いません。ええ、兄は写真も趣味で、亡くなる直前までときどき現像などをやっていました。

ポリフェクス夫人への質問はひとまず終わった。エマスン検視官は夫人に礼を述べ、また伺うことが出てくるかもしれませんのでお帰りにならないでくださいと言った。次にウェザラップが呼ばれた。

ウェザラップがモート荘へ来て五年ほどになる。当初は看護人として故人のお世話をしていましたが、回復されてからは世話係兼執事として勤めさせていただきました。その前はダンスタブルの精神病院で働いておりました。はい、看護師資格を持っています。故人の健康状態について、ウェザラップはこれまでの証人と同じ見解を述べた。衰えつつあったのは疑いようがなく、余命はそれほど長くないと思っていたが、死亡したころ突然悪化したわけではない。

エマスン検視官がフランスへの旅について尋ねると、ウェザラップはピーターの証言を裏づけたにとどまった。そして機内での昼食に質問が及んだ。

「故人は何を食べましたか」

「わたくしどもと同じ、コンソメスープ、舌肉の冷製、サラダ、チーズ、ビスケット、りんご、コーヒーです」

「飲み物は何を」

「ウイスキーソーダ、ウイスキーはごく少量です」

「故人が口にしたのはそれだけですか」

「食後にいつものように薬を一粒。それ以外は口にしていません」

「どんな薬ですか」

「ソルターの消化薬です」

「なるほど、それで死亡するとは考えられませんね。毎食後に一粒飲んでいたのですね」

「はい」

「服用していた期間はどれくらいですか」

「数週間は経っていたと思います」

「あなたは故人の隣に坐っていました。昼食のとき故人がポケットから何か出して口に入れたり、食べ物に混ぜたりはしなかったと断言できますか」

「そういうところは目にしておりません」

「そこのところをはっきりさせたいのです。故人がそうしていたら、あなたには見えたはずなのですね」

「そう思います」

「しかし断言はできない？」

ウェザラップはためらった。「絶対に見なかったとまでは言えませんが、きっと見えたはずですし、実際わたくしは見ておりません」

「誰かがあなたの目を盗んで故人の料理に何かを入れた可能性はどうでしょう」

「それはあり得ないと思います」

エマスン検視官は身を乗り出した。「あなたは食事中、通路の反対側の席や窓の外に目を向けたことはありませんか」

ウェザラップは再びためらった。「は、はい、それはたしかにありました。陽光に照らされた雲の色が見事だったものですから」

「それは一度だけですか」

「何度も見たかもしれません」

「だとしたら、目を離した隙に故人がポケットから何も取り出さなかったとは言い切れないのではありませんか」

ウェザラップはばつが悪そうに、おっしゃるとおりですと言った。

検視官は物足りないらしく、少し間を置いて別の質問をぶつけた。

「では、故人がどうやって毒物を入手したか話すことはできますか」

この質問は空振りに終わった。ウェザラップは「いいえ、できません」と答えただけだった。

エマスン検視官は再び間を置いてメモに目を落とした。会場は静寂に包まれた。全員が催眠術にかかったように身じろぎもせずにいる。しばらくすると検視官は顔を上げた。

「証人に質問したい方はおられますか」検視官は陪審に声をかけたが、手を挙げる者はいなかった。「警部はいかがですか」アプルビーは首を横に振った。「それでは結構です。ウェザラップさん、ありがとうございました。では、ジェイムズ・ブラッドリーさん」

活潑そうな青年が進み出て宣誓した。

「あなたはインペリアル航空の客室乗務員として、九月七日十二時三十分クロイドン発のフランス行き定期便に乗務していましたね」

「はい」

「今の証人と先ほどの証人、そして故人と少女が機内で昼食を取ったのを憶えていますか」

「憶えています」

「テーブルの皿やグラスを片づけましたか」

「はい。食器類はまとめて機外に運び出し、洗滌することになっています」

「すると、残った食べ物や飲み物の化学分析は行われなかったのですね」

「はい、毒物が関わっているらしいと聞いたときには洗滌は始まっていましたから」

「あとで機内を調べましたか」

「はい、フランスの警察の方と一緒に調べました」

「何を探していたのですか」

「警察の方は、毒物が入っていた可能性のある箱か瓶がないかよく見てくれとおっしゃいました」

「そういうものは見つからなかったのですね」

「ええ、何も見つかりませんでした」

エマスン検視官は陪審に顔を向けた。「陪審の皆さん、読み上げをお聞きになってご存じのように、フランスの警察官の報告書には、遺体も調べたがそのような箱や瓶は見つからなかったと書いてあります。質問はありませんか……ありがとうございました、ブラッドリーさん。

話は変わりますが、飛行機がル・ブルジェでなくボーヴェに着陸したのはなぜですか」

「ル・ブルジェは霧が出ていたからです」

グレゴリー医師が次の証人だった。長年かかりつけ医を務めており、故人のことはよく知っています。九月六日夜に呼ばれて診察し、パリ旅行は差し支えないと判断しました。はい、故人は消化不良の気味がありました。わたしは治療に当たっていましたが、先ほど名前の挙がった売薬は処方していません。はい、消化不良が抑鬱症を惹き起こすことはよくありまして、この場合もそうだったと考えられます。故人の症状が自殺につながるほど重かったとは言えません。ただし相関関係があることは事実です。故人の健康状態が衰えつつあったのは明らかですが、これまでの証人が述べたように、急激に悪化したわけではありません。

続いてアプルビー警部の証言。わたしはフランスで遺体を預かり、コールドピッカビーへ移送しました。ポケットに錠剤の瓶がありましたので、分析技師に渡しました。医師と分析技師の意見を聞いたあと、故人の使っていた暗室からいくつか瓶を選んでそれも分析に回しました。

グラント&コルビー社の分析技師、ギャヴィン・グラントが呼ばれた。わたしはイングラム博士から胃などの臓器を受け取りました。内容物を調べたところシアン化カリウムが認められました。検出量については専門的な説明になったが、健康な成人男性の致死量に達していたと思われるものの、さほど超過してはいないという。故人を死に至らしめるに充分な量だったことは間違いありません。

アプルビー警部から受け取った瓶の錠剤をすべて分析にかけたが、毒物は検出されなかった。

警部さんから毒物の入手法について尋ねられました。故人は写真愛好家だったと聞きましたので、暗室にこれこれの瓶があるか調べてくださいとお願いしました。警部さんは暗室にあったとおっしゃって、いくつか瓶を持ってこられました。それらを調べたところ、一本からシアン化カリウムが見つかりました。はい、補力剤として仕上がりの淡いネガの濃度を高めたい場合に使います。この瓶の中身を故人が一定量摂取したら、実際に起こった結果をもたらすのは間違いないでしょう。

「お話のシアン化カリウムの状態は固体でしたか、液体でしたか」検視官は質問を続けた。

「液体でした」

「そうすると、機内に持ち込むには瓶などに入れるほかなかったということになりますね」

「わたしに渡されたもののことをおっしゃっているのでしたら、そのとおりです」

「あなたに渡されたもののことを言っています。ほかにないと思っていましたので。では、毒物はその瓶以外からも見つかったと考えていいですか」

「いいえ、わたしの知る限りほかにはありません。というのは、シアン化カリウムは固体で売られているため、溶かしておいてくれと薬剤師に頼まなかったとすれば、自分で溶かしたと考えられるからです」

検視官はうなずいた。「わかります。固体で入手したとすると全部は溶かしていなかったかもしれない、ということですね」

「そうは言っておりません。その可能性があることを知っておいていただきたいだけです」

「なるほど。そうすると、故人は固体のシアン化カリウムを紙に包んでポケットに入れていたかもしれないとおっしゃるのですね」

意見を述べるつもりはありませんとグラント氏は答えた。判明した事柄を検視官に提示すべきだと考えただけです。結論を導くのはわたしの仕事ではありません。エマスン検視官はそうでしたねと応え、正確無比な態度に謝辞を述べた。

最後の証人クロスビーは、故人が亡くなる前日の夕食後に資金援助の相談をしたというピーターの証言を裏づけた。故人の顧問弁護士として同席を求められた。話はまとまらなかったが、故人がモーリー氏に何らかの援助をする意志があるように思われた。

はい、遺言書を作成したのはわたしです。次のような内容ですとクロスビーは条項を読み上げた。いいえ、秘密の条項はありません。使用人は別として、関係者全員が各自の相続予定分を熟知していました。

これで証言は終わった。検視官がメモに目を通す間、会場に沈黙が流れた。チャールズにとって審理は耐え難い試練だったが、評決には一点の疑問も抱いていなかった。何より喜ばしいのは、毒物の出処が暗室の瓶だと思われていることだ。これで、アンドルー叔父がどこから毒物を入手したかという、ただ一つ残る決定的な問題に片がつく。そういう方法があることにどうして気づかなかったのだろう。今さらながら、テイラーの『法医学の原理と実際』にシアン化カリウムが写真の分野で使われると書いてあったことを思い出した。

チャールズは改めて、叔父が毒を飲んだのが旅の途中という巡り合わせの悪さを嘆いた。暗室から離れていないところで事件が起こっていたら、写真がらみの説明はすんなり受け入れられ、毒物を入れたと思しき容器が発見されないこともさほど問題にならなかったはずだ。

ふと気づくと、検視官はメモの整理を終えて話し始めていた。説教めいた口調で陪審の役目を説明し、評決は証拠にのみ基づき公平無私に下されるべきことを述べて、具体的な話に入る。

皆さんはまず、ご覧になった遺体が誰であるか、死因が何であるかを決めなければなりません。これが第一の義務です。第二の義務として、死亡の責任を誰かに帰すべきであると考える場合は、それが故人自身であるか、それとも別の人物であるかを述べなくてはなりません。皆さんの義務は以上です。

さて、本件において、故人がモート荘在住のアンドルー・クラウザー氏であり、氏がシアン化カリウムの摂取によって死亡したと判断することに問題はないでしょう。証言から明白であると思われるからです。しかし、責任を帰すべき人物が存在するかどうかについてはそれほど明白ではありません。事故でない限り、誰かに責任があるわけですから、皆さんはまずこれが事故であるか否かを検討しなければなりません。誘導する意図はありませんが、事故があったという陳述がなされていないことは容易に認められると思います。

皆さんがこのように考えた場合、責任を帰すべき人物が存在することになります。それは誰でしょうか。本件が自殺であれば責任は故人自身にありますが、それとも他殺でしょうか。

自殺の論拠は、わたしが思うに、故人が高齢で、健康が損なわれ、消化不良のために抑鬱状態にあったことです。これに関して、故人が抑鬱状態にあったと証言した証人が、一様に、その症状が自殺の原因となるほど重いとは思わなかった、と述べたことを思い出していただきたい。この証言を検討する際は、これらの証人がこうした見解を述べるに際しての適格性について考慮してください。また、故人が昼食後に異常な状態にあった可能性を排除してはなりません。故人は消化不良の傾向があり、体質に合わない食材が昼食に含まれていて、それが急性の消化不良を惹き起こし、激しい苦痛が抑鬱症を著しく悪化させたということもあり得なくはないからです。これを明示する証言はなされていませんが、常識の観点からそういう可能性を考え合わせることも陪審には認められています。

皆さんは写真との関わりを示唆する証言を聞きました。写真が趣味だった故人は、暗室に現像用のシアン化カリウムを置いていました。薬剤師に依頼していなかったとすると、これについて証言はありませんが、故人は固体のシアン化カリウムを購入したと思われます。現像に用いるには液体でなければならず、少なくとも一部は溶かされました。これがすべて溶かされたのか、一部は固体のまま保管されていたかを考えるのは皆さんです。後者の場合、一部の固体が――おそらくは紙片に包まれて――故人のポケットに入れられていなかったかどうかを考えていただきます。これに関して、世話係のウェザラップ氏は、目を離した隙に故人が何かをポケットから出して口に入れた可能性を認めています。以上がわたしの考える自殺の論拠です。

一方、他殺の論拠を示すことも可能です。遺言についてクロスビー氏が証言したように、故人の死によって利益を得る関係者は少なくありません。陪審の皆さんは、昼食に毒物が入れられていたかどうかを検討してください。そう考え充分な証拠があると判断する場合は、それを行ったと思われる人物を挙げていただきます。

最後にエマスン検視官はこう言った。以上の仮説のどれか一つを認めるには若干の困難が伴いますが、皆さんは日常生活の平凡な事象を検討するのと同じように、これまでの証言を検討する必要があります。故人の死が、事故、自殺、他殺のいずれかに該当すると思われる場合はそのようにおっしゃってください。しかし、この点について結論を出せるだけの証拠が揃っていないと考えるならば、故人はシアン化カリウム中毒により死亡するも当該毒物がいかにして投与されたかを判断する証拠はないことになります。

では、陪審の皆さんは退席して評決の審議をお願いします。審議にわたしの助力が必要なら遠慮なく申し出てください。

陪審が席に戻るまでには十分もかからなかった。アンドルー・クラウザーは一時的に精神に異常をきたし自殺を図った、という評決だった。

13　チャールズ訪問者を迎える

それ以外の評決はあり得ないと思ってはいたが、検視審問の結果が既成事実と化したとき、チャールズは言いようのない安堵を覚えた。これでいよいよ事件は過去の出来事となった。評決が、権威の力によって、アンドルー叔父の死を、誰も関心を持たない意味を失ったものとして目立たぬ場所へ押しやったのだ。この話を聞くことは二度とあるまい。

しかしながら、忌まわしい記憶を頭から消し去る前にやっておくべきことがある。たとえば、質入れした絵だ。ユナがいつ家に来てもおかしくない状態になったのに、十四枚の絵は壁から消えている。ユナはすぐ気づいて、なぜないのかと訊くはずだ。そんなことを訊かれるわけにはいかない。

検視審問から三日目の晩、ロンドンで母校の同窓会が開かれることになっていた。こうした催しにはときどき顔を出していたが、今回は欠席すると伝えていた。チャールズは事務局に電話をかけ、地中海クルーズの日程と重なるから欠席にしたが、叔父が亡くなり旅行を切り上げたので出席したい、と言った。

その日の朝、チャールズは再び車でロンドンへ向かった。今度も飛ばしたので早めに市内に着き、ストランド街から入ったベドフォード街にあるスピラー＆モーガン商会の事務所には四時半前に着いた。店の名は商工名鑑で調べ、これから行くとコールドピッカビーから電話しておいたので、スピラー氏が待ち受けていた。

「貸付のお申し込みですね」大げさに慇懃な挨拶をしたスピラー氏は言った。「ご希望に沿えるとよろしいのですが、金額はいかほどで、どれくらいの期間をお考えでしょう」

「貸付が可能か、というところから相談したいんです」チャールズは切り出した。「あいにく本来の意味での担保は用意できません。実は、相続税を除いた額で六万二千ポンド余りの遺産を受け取ることになりました。遺言書は開披されましたが、検認手続きはまだです」

スピラー氏は頭を下げた。「存じております」チャールズが驚いた顔をすると、控えめに微笑んで言葉を続けた。「商売柄そのような事情を把握する手段を持ち合わせていなければなりませんので、電話をいただくとすぐお住まいの地区の代理人に連絡し、調査を依頼しました。それですべてがわかるわけではありませんが、結果をもとにある程度の融資の用意をしております」

「それを聞いて安心しました」チャールズは言った。「遺言書の検認が済むまで、というか、わたしが実際に遺産を受け取るまでの貸付をお願いしたいのです。日数がどの程度かはおたくのほうがご存じでしょう。よくわかりませんが、三か月ぐらいでしょうか。相続に関して揉め事は一切ありません」

「承知いたしました、スウィンバーンさま。三、四か月と考えておけばよろしいでしょう。それで、金額のほうは?」

「五千ポンド」

スピラー氏はまた頭を下げた。「問題ございません。いつご入り用ですか」

「今すぐとはいかなくても、明日の午前中にはお願いできますか。それまでにお調べになることもあるでしょうし」

それは無用だと言わんばかりにスピラー氏は手を振った。「チャールズ・スウィンバーンさまへの貸付につきまして、さらにお調べする必要はございません」重々しく言い、「ただ」と申し訳なさそうに笑みを浮かべた。「お客さまがスウィンバーンさまご本人である確認をさせていただかなくてはなりません。念のための手続きでございます。ご容赦くださいませ」

「構いません。それだけで済むならありがたい。そうですね、取引銀行のロンドン支店長が顔なじみですが、もう閉店時間を過ぎているか。宿泊しているホテルの支配人か、所属クラブの役員はどうでしょう」

「どちらの方でも申し分ございませんが、一つ提案がございます。貸付金は明日の午前中にご入り用とおっしゃいましたね」

「そうしてもらえると助かりますが、どうしてもというわけじゃありません」

「面倒な手続きではございません。明日お客さまとわたくしが銀行へ出向き、支店長と面会して身許確認を済ませたら、即座にわたくしが小切手を書き、お客さまはその銀行で現金化する、というのはいかがでしょう」

チャールズは少し間を置いてから答えた。「気が進みませんね、スピラーさん。つまらぬ見栄と思われても仕方ありませんが、借金の相談をしていることを大っぴらに人に知らせるような真似はしたくないので。もちろん支店長のところへ行くのは構いません。ただ、保険契約か何かで来たことにしてもらえませんか。銀行で確認が済んだら、ここへ引き返して現金でいただくのはどうでしょう。失礼かもしれませんが、おたくとの交渉に取引銀行を挟みたくないものですから」

スピラー氏は、おっしゃることはわかりました、ではそのようにさせていただきますと言った。スウィンバーンさまと同じ考え方をなさるお客さまは大勢いらっしゃいます。どうかお気になさらないでください。明日は何時にいたしましょう。

銀行へ行く時間が決まると、チャールズはジェイミソン&トゥルーラブ商会へ車を走らせた。前に預けた絵の件ですが、あれからわたしにまとまった金が入った話は聞いていませんか？　聞いてない？　まあ、そういうことで、絵を請け出そうと思います。車に積んで帰ります、梱包をお願いします。明日の午前中に伺いますのでよろしく。

あとは予定どおりだった。ジェイミソン&トゥルーラブ商会を出てホテルへ戻り、夜は同窓会に出席してスピーチをし、翌朝は二つの用事を滞りなく片づけた。取引を希望する電動機製造業者だとスピラー氏を支店長に紹介して面会を無事済ませ、貸付金五千ポンドを紙幣で受け取った。月利四パーセントで期限は四か月。それから質店へ向かい、金を払って絵を請け出した。車を飛ばして帰路に就き、遅くならないうちにコールドピッカビーに着いた。

もうペネロピ叔母とマーゴットはモート荘を引き払っていた。以前イングランド南部で見つけてたいそう気に入ったホーヴの小さな家がまだ空いていて、いい条件で借りられたという。二人と入れ替わりにピーターとエルシーがモート荘に移った。思いがけず、すぐ引き渡してもらえるならオッタートン農場を買いたいという話が舞い込んだ。大した額にはならなかったがピーターはこの話に飛びつき、売買は完了していた。

いささか意外なことに、エルシーは農場で使っていた手伝い女二人をお払い箱にしてアンドルー叔父の使用人を引き継いだ。改めて執事となったウェザラップに、家女中と料理女のメイド二人である。

慌ただしく落ち着かない日々は過ぎて、チャールズに普段の暮らしが戻りつつあった。時に激しい悔恨の念に襲われて、時間を巻き戻せるなら持ち物を全部くれてやってもいいという気持ちになる。だが、そんな弱気をねじ伏せて、亡くなった叔父のことも、叔父が亡くなる前後の陰鬱な期間のことも、さっと頭の中から払いのける自信はあった。ユナは前より打ち解けてきた。結婚の二文字はまだ頭にないようだが、こちらの期待をしぼませることは起こっていない。

工場に届いた新しい機械をマクファーソンとチャールズは嬉々として据えつけた。ダーリントンの大口は逃したが、小口の仕事が二、三入って、人員削減はせずに済んでいる。

チャールズは以前のように昼どきはクラブに足を運び、知人と食事をしながら町や国や世界の問題を議論するのが日課になった。すべては危機が訪れる前の姿に戻った。唯一の違いは金の心配がないことだ。赤字は出ているが大した額ではなく、この程度なら持ちこたえられる。

ところが、落ち着いてきたと思った矢先、安寧の夢を荒々しくぶち壊し、一時期チャールズを真の恐怖に陥れる知らせが届いた。

十月半ば、朝から大気が湿気を含んで重く、雲が垂れ込めて誰もが嵐を予感する日だった。嵐が襲ってきたのは、昼食を終えて工場へ歩いて戻る途中だった。混雑していた通りから、魔法にかかったかのように人影がなくなった。チャールズも皆に倣って一軒の店に飛び込んだ。マリンズという本屋で、先客の一人はピーターだった。

「やあ」チャールズは声をかけた。「きみも雨宿りかい?」

不安に歪んだピーターの顔は、アンドルー叔父の死後しばらく見せていたのと同じだった。最近は例の諦観した憂いを帯びた表情に戻っていただけに、チャールズはどきりとした。深刻な悩み事を抱えているらしい。

「いや、本を買いに来たんだ」ピーターはチャールズの言葉をまともに受け取った。

「きみが読書家とは知らなかったな」チャールズは冷やかした。

「男子たるもの本ぐらい読まなくちゃね」とは言ったが次の言葉はちぐはぐだった。「これは市場園芸の本だけど」

「それはそれは」チャールズは気の毒そうに首を振った。「疲れた顔をしてるね、農園がうまくいっていないのかい」

ピーターはチャールズを睨んだ。「ご心配なく、ぼちぼちやってるよ。気を回すのはやめてもらいたいな。ただでさえろくでもない世の中だっていうのに、そうしょっちゅう皮肉っぽい物言いをされちゃたまらないよ」

思いがけない言葉だった。チャールズは近寄り、声を潜めて言った。「おい、どうした。何かあったのか」

ピーターはあたりを見回した。この一角には誰もいなかった。「知らないのかい？」と低い声で言う。「そうか。ここじゃ話せない。忌々しい雨がやんだら会社へ行こう」

チャールズがきょとんとしてうなずくと、ピーターは店の奥に向かった。

降りは激しいが、にわか雨だった。ピーターが勘定を済ませたころ峠を越し、ほどなく二人は店を出た。途中チャールズは何も訊かなかったが、革張りの肱掛椅子に腰を下ろしてピーターが煙草を吸い始めると水を向けた。「さあ、教えてくれ」

「何も聞いていないんだね、チャールズ」

チャールズはじれったそうに手を振った。「そんな顔をするようなことはね。いったい何があったんだ」

ピーターは体をひねって扉に目をやると、身を乗り出し声を落とした。「お義父さんの検視審問が再開されるんだよ」

心臓が止まるかと思った。吐き気が込み上げてくる。まったく予期していなかっただけに恐ろしかった。当局は疑っているのだ――何かを。そうだ、そうに違いない。しかもピーターの態度。こんなふうに話すのはなぜだ？　まさかおれを疑ってるのか……いや、そんなはずはない。それはあり得ない。

チャールズはすかさず学校で覚えた手を使った。くしゃみをして、ゆっくり丁寧に洟をかむ。こうやって稼いだ数秒で気を取り直した。

「驚かさないでくれよ、ピーター」自分の態度は場の雰囲気に外れていないと感じて内心喜んだ。「どういうことだ、検視審問って。検視官がまた見世物を始めるのかい？」

「違うよ、厄介なことに警察なんだ。で、もっと厄介なのがね」ピーターはまた声を落として、「スコットランドヤードの人間が来たんだ」

まさしく、この数週間で初めてチャールズが真の恐怖に陥った瞬間だった。どんなに気力を振り絞っても声が出ない。身じろぎもせず、冷や汗を流しながらピーターを見つめるばかりだった。

ピーターはこちらを見ていなかった。うつろな視線を机に落とし、強い不安の表情を浮かべている。チャールズは再び気力を奮い立たせ、ゆっくり立ち上がって室内を歩き始めた。

「そいつは驚いたな、ピーター」落ち着きが戻ったところで口を開いた。「スコットランドヤードとはね。どうして知ってるんだい」

「どうしても何も、ずっと一緒にいたのさ。物腰はすごく柔らかいけど、いつになったら終わるのかと思うほど質問されたよ」

「えっ、どんなことを訊かれたんだい」

ピーターは肩をすくめた。「ほとんど全部さ。ゆうべ、スコットランドヤードの人間ともう一人の警官がモート荘に来たんだ。夕食が終わったころで、玄関先で出した名刺には『ジョーゼフ・フレンチ』とだけ書いてあった。ウェザラップにどういう人かと訊いたら、存じませんがお仕事関係の方ではないでしょうかという返事だ。書斎へ行くと別の名刺を出されて、それには『スコットランドヤード警部　ジョーゼフ・フレンチ』とあったから驚いたよ。わかるだろう。その人が用件を切り出したときにはもっと驚いた。『わたしが派遣されたのは、アンドルー・クラウザーさんの死因を捜査するためです』と言ったんだから。『自殺だったのでは？』と訊くと、『そこが問題でしてね。本当に自殺なのかという疑問が生じまして、捜査に当たるよう指示されたわけです』だってさ」

「ええっ！」チャールズはまた声を上げたが、すぐにいつもの精神状態に返った。再捜査とは、実に厄介だ。不安が掻き立てられ、苛立ち、怯えて過ごすことになるだろう。しかしそれだけのことではないか。予防策は講じてある。おれは安全だ。とはいえ冷静さを失ってはならない。おれを裏切るのはおれ自身にほかならないのだから。

「それから質問が始まって、しまいには何が何やらわからなくなった。ぼくの生活全般から、お義父さんが亡くなる直前に食べたもののことまで、それこそ思いつく限りの質問をされたよ。いや、それ以上だったね。二時間近くいたんじゃないかな」

「それがどうかしたのかい？」

「どうかしたのかいだって？　もううんざりだよ」

「いろいろ厄介だとは思うけど、だからって困るわけじゃないだろう。質問に答えれば、それで終わりなんだから」

ピーターは浮かない顔を横に振った。「そうだろうか。きみの言うとおりならいいんだけど」

チャールズは再び恐怖に襲われた。まさかその警部はおれを疑っているのか。何としても突き止めなくては。

「そうだろうか、とはどういう意味だい？」むっとした顔をして言った。「ぼくが言っているのはそういうことだけどね。信じられない理由でもあるのかい」

ピーターはますます不安げな顔をした。急に体の向きを変え、もう一度扉に目をやる。明らかに落ち着きがない。その様子を見ているうちに、またしても恐怖が大波となってチャールズに押し寄せた。おれは疑われている。ピーターはそれを伝える言葉を見つけられずにいるのだ。チャールズの声は図らずも刺《とげ》を含んで、抑え切れない思いが口を衝いて出た。「おい、頼むよ、さっさと言ってくれ。どういうことなんだ？」

激しい調子が意外だったらしい。「不安なのはきみも同じだよね」ピーターは急に密談調になる。「チャールズ、きみには話すよ。誰にも言っていない、ぼくを悩ませていることを。あの晩、お義父さんが亡くなる前日、ぼくがあそこで食事をしたのは知ってるよね」

「ああ、知ってる。それで？」緊張が一気に解けたせいで汗が出た。どんな内容にせよ、自分に関係のある話ではない。

「錠剤が問題になったことは憶えてるだろ」ピーターは続けた。「ウェザラップは検視審問で、お義父さんが昼食後に一錠飲んだと証言した。それは事実だ。ぼくはこの目で見ている。話しかけようと身を乗り出したとき、ちょうど飲むところだったから」

「消化不良の薬だね」チャールズは新たな不安を感じた。「それがどうかしたのかい?」

「毒物が錠剤に入っていた可能性は誰も考えなかったらしい」

チャールズは鼻で笑った。「そんなことできるわけないだろう。ああいう薬は大量に売られているんだ。それに、分析されて問題なかったじゃないか」

「分析されたのは残りだけで、お義父さんが飲んだものは分析されてない」

再び不安が込み上げた。ピーターは何が目当てなのだ?

「なあピーター、さっさとぶちまけろよ。いったい何が言いたいんだ?」

ピーターはそわそわと体を動かした。「わからないのかい? お義父さんを殺害したいと思ったらどうするか。毒物を混ぜた錠剤を瓶の中へ入れればいいんだ」

「馬鹿馬鹿しい。どうやって瓶を手に入れるんだ? ましてや、そんな錠剤なんて」

「可能性としては考えられるだろう」

「警部の入れ知恵かい?」

「まさか、そんなわけないじゃないか。その人のことを何だと思ってるんだ? でも、そう考えてるかもしれない」

「いい加減にしてくれよ。そう考えてるかもしれないだって! ガラガラヘビに咬まれたと考えたかもしれない、とも言えるわけだ。何が言いたいんだかさっぱりわからんよ、ピーター」

ピーターはためらった。先を続けたくないらしい。それでも少しすると意を決したように口を開いた。「あの晩とてもまずいことがあったんだ。それ自体は取るに足りないことだけど、お義父さんが亡くなった今、どれだけ重要性を持つか誰にもわからない」

ピーターはまた扉に目をやり、さらに声を低くした。「夕食後、お義父さんとクロスビーとぼくがワインを飲んでいるとき、クロスビーがコートのポケットから書類を取ってくると言って玄関ホールへ出ていった。部屋を留守にしたのは二、三分で、お義父さんが錠剤を飲んだのはそのときだ。ぼくは何げなく薬瓶を手に取ってラベルを読んだ。そういうことってよくやるだろ、目的なんかなしに。何が書いてあるのか知りたかったわけじゃなくて、手許に白い紙があったらスケッチしたくなるのと同じで自然と手が伸びたんだ」

「ああ、よくやる。でも、わからないね。そうしたからって何が問題なんだ？」

「普通なら何の問題もないんだけど、ぼくが薬瓶を手にしているところを、部屋に入ってきたウェザラップが見ているんだよ」

チャールズは息を呑んだ。そうか。ピーターは自分が疑われているのではないかと恐れているのだ。安堵のあまり笑いそうになった。というより、こらえきれずに吹き出してしまった。

「おいおい、ピーター、疑われてると思ってるんじゃないだろうな」ピーターは答えなかった。

「そうなのかい？　お目出度いやつだなあ」

「きみが思ってるほどお目出度くはない」ピーターは暗い声で言った。「こう考えてみてくれ。お義父さんが亡くなったとき、精神状態はいつもと変わらなかった。ウェザラップが証言したように、取り乱しも、鬱《ふさ》ぎも、ひどく昂奮してもいなかったというのは、ぼくも同じ考えだ。普通に昼を食べて、もうすぐエルシーに会えると言ってパリに着くのを楽しみにしていた。ということは、お義父さんが自殺する可能性はまずなかった」

「どれも検視陪審に知らされていた事柄で、それでも連中は自殺だと結論した」

「たしかにね。でも、それはほかに説明がつけられなかったからだよ。今言ったことに加えて、毒物が錠剤の一つに混ぜられていた可能性があって、しかもお義父さんが亡くなる前の晩にぼくが薬瓶を手にしていたとしたら——どうだろうか」

「どうもこうもないね。きみだけじゃないんだから。あの家の者なら誰でも薬瓶に触れることができた」

「それはそうだけど、金に困っていて、お義父さんに助けてもらおうと働きかけていた者はあの家にいなかった。お義父さんは決して金を貸そうとしなかったしね」

「きみは言ってたな——クロスビーもそれを裏づける証言をしていた——叔父さんはきみに資金援助する気でいたって」

「ああ、そうだよ——気でいたってね。けれど何もしてはくれなかった。それに、ぼくが農場を抵当にして借りられる額なんて、お義父さんが亡くなったときエルシーが手にする額に比べたら高が知れてるじゃないか」

「なあ、いいか、わざわざ自分を罪に陥れる真似はしちゃいけない。悪く考えすぎだ」

「警察が追及してもおかしくない事件だよ。彼らにすれば筋が通っている。きみだってそう思うはずだ。知らないふりをしても無駄だよ、チャールズ。ぼくが言ったことはみんな事実だ。警察はそういう見方をするだろう」

「ふん、そういう見方をするだろうだって？　それがどうしたっていうんだ。警察に証明できるもんか」

「ぼくが言ったことは全部証明できる。それ以上証明する必要があるだろうか」

恐怖の冷たい手がチャールズの胸を襲うのは二度目だった。ピーターの言うとおりなのか？　警察がそれ以上証明する必要はあるのか？　ないとしたら、おれはどういう立場になる？　とてつもない想像を巡らせていたときでさえ予想しなかった展開だ。計画が物の見事に成功すれば、自分は疑われず、従妹の夫に有罪の評決が下る……。チャールズの額に玉の汗が浮かんだ。そんな事態になったら、おれはどうしたらいい？

できない、ピーターに味わわせることはできない——おれが味わうはずの苦しみを。でも、そうでなければおれ自身が……ユナ……。

とにかく、その程度の証拠でピーターに有罪の評決を下すことができるものか。いや、本当にできないのか？

チャールズは身震いした。考えれば考えるほど厭な気分だった。その警部とやらがあの晩のピーターの行動について根掘り葉掘り訊いたのも、何か考えがあってのことではないか。いや、待て。ピーターが毒物を持っていたことは証明できない。チャールズは身を乗り出すようにして言った。

「きみは毒物を持っていなかった」

「ああ」ピーターはうなずいた。「それはぼくも考えた。その点は問題ない。だけど、あまり役には立たないね。ぼくが二階の暗室から持ってきたんだと反論されるかもしれない」

「二階へ行ったのかい」

「いや、あの日は行ってない。行ったことはあるけど」

「どっちでも同じだよ、ピーター。毒物を持っていなかった人間が罪に問われることはあり得ない。持っていなかった毒物を、持っていたと証明できるはずはないんだ」

ピーターはいくらか安心したようだったが、「本当にそう思うかい?」とすがるような目を向けてきた。

自身の胸中は揺れに揺れていながらも、ピーターの不安を除こうとチャールズは言葉を尽くした。「とにかく我が身が潔白である理由を思いつく限り挙げるんだ。連中がきみを責めるんなら、なぜクロスビーじゃないのか、ウェザラップじゃないのか、ペネロピ叔母さんじゃないのか。あるいはマーゴットだっていい、なぜきみを選ぶのかを」

「無駄だよ」ピーターは悲しげに首を振った。「動機さ。現実的な動機を持っているのはぼくだけだ。ぼく以外は誰も金に困っていなかった」

「それはどうかな。捜査で、たとえば、最初に名前を思いついたから言うんだが、ウェザラップが文無しだってわかるかもしれないだろう。それどころか、あいつが叔父さんの機内食に何かをこっそり入れた可能性だってあるんだ。ぼくが言う意味はわかるよな。警察がきみを捕まえるには、証拠を揃える必要がある」

「警察はぼくが金に困っていたことを知ってる。銀行口座を調べれば、どれだけ苦しいかはっきりわかるさ。だからチャールズ、きみの言うことには無理がある。もちろん警部はおくびにも出さなかった。でも、そういう話をするはずはないし」

「それはそうだな」チャールズはぽつりと言った。

しばらく沈黙が流れたあとチャールズは続けた。「しかし頭にくる——何で今さら忌々しいことを持ち出すんだろうな。新事実が出てきたってわけか」

ピーターは首を横に振ってうなだれた。「知らないよ。たぶん警察は全然納得してないんだ。検視官に審問をやらせたのは、自分たちが何も準備できていなかったからじゃないだろうか。警察は検視官の都合なんて考えてないからね」

チャールズはぼんやりとうなずいた。ピーターは短くなった煙草を揉み消すと立ち上がった。

「まあ、心配してもしょうがないか」顔を見れば本音でないことはわかる。「うちが落ち着いたら食事に来てくれよ」

「ありがとう、是非伺いたいね」

「よかった。近いうちに連絡する。見送りはいいよ。出口は自分で探すから」

ピーターが部屋を出ていくと、チャールズは再び激しい恐怖に襲われた。言いようのない厭な気分だ。万一ピーターが逮捕されたら、このおれはどうすればいい？　裁判が終わるまで何も言わないのか？　だが、その場合にはもちろん……。

おぞましい考えを懸命に頭から振り払った。馬鹿馬鹿しいにも程がある。そんなことはまず起こらない。おれはわけもなく自分を不安に陥れて動揺しているんだ。あいつらがピーターに不利な証拠を掴めるはずはない。

だが、もしも掴んだら……いや、考えるだけ無駄だ。あり得ないことなんだから。

帰宅しようと部屋を出たとき、チャールズの顔は蒼ざめ、膝が震えていた。今日ピーターと会って話したときほど強い衝撃を受けた経験は絶えてなかった。

しかし間もなく、これは救いだったのだ、さもなければ途方に暮れていたに違いないと思われる状況になった。

数日後、夕食を済ませポートワインを傾けていると、ロリンズが一枚の名刺を持ってきた。『ジョーゼフ・フレンチ』とある。

その瞬間チャールズはどきりとした。名刺を手に取り、目を凝らして一、二秒稼ぐ。そして、努めて平静な声で言った。「ロリンズ、この方を書斎にお通しして、わたしは食事を終えたところだからすぐに参りますと伝えなさい」

玄関ホールから響く足音は『運命』そのものの歩みに聞こえた。さあ、今こそ度胸と自制心を示す時だ。少なくとも予備知識は頭に入っている。ピーターから話を聞いていて本当によかった。あそこでピーターと会っていなかったら、このありがたくない来客に不意を衝かれていたはずだ。うっかりぼろを出してもおかしくない。今その心配はない。備えはできている。

足音が消えると、サイドボードのブランデーを一杯あおった。気持ちが落ち着いたのを確かめて書斎へ向かう。

太り気味で中背よりやや低めの男が暖炉の近くに腰かけ、もう一人、警官と思われる私服の男が扉の脇に坐っていた。チャールズが入ると二人は立ち上がった。太り気味の男の、ひげをきれいに剃った顔は穏やかで、鋭い目をしているが青い瞳は優しげだ。その風貌にチャールズは安堵した。威圧的な人間を思い浮かべていたのである。

「こんばんは」相手が口を切った。「こんな時間にお邪魔して申し訳ありませんが、職業柄ご容赦ください。先ほどは名前だけお知らせしましたが、わたしはこういう者です」ポケットから別の名刺を出してよこした。「こちらはカーター巡査部長です」

「お名前は存じています」チャールズは言った。「あなたなんですね。先日従弟のピーター・モーリーに会ったとき、あなたが訪ねてこられたと聞きました」

「おっしゃるとおりです。先週の水曜に伺いました。では、モーリー氏はわたしがここにいる理由を話されましたか」

「ええ、話を聞いて仰天しました。叔父が自殺したことに疑問があるとお考えだとか」

「地元警察は検視審問の結果に納得していますが、州警察本部長は疑問があると考えているようです。いずれにしても、この町へ立ち寄ったら」相手は微笑んで、「無理やり引き留められ、協力せよと言われたのです」

「警部さんはどうお考えですか」

「まだ考えをまとめられるほど事実関係を摑んでいません。現在それをしているところで、ご協力いただければありがたいと思い伺った次第です」

この出会いをチャールズは意外に思い、いくらか安堵した。頭に描いていた警察組織のイメージと違っていたからだ。相手を脅し怯えさせようとする大声も、粗野な態度もない。この男は、思いやりがあるとまでは言えなくても、道理を弁えた人間らしい。だからといって、間抜けでないのは確実だ。

「何なりと協力しましょう」チャールズは答えた。

「ありがとうございます」男は脇のテーブルに手帳を出して開き、万年筆を取った。「まず全般的なことからお訊きします。どんなことでも構いません、死因究明の手がかりになりそうなことを話していただけますか」

チャールズはぎごちなく体を動かした。「できるかどうか心許ないですね。話せとおっしゃるのは、審問で証言されたことではなく、わたし自身が見聞きして知っていること、という意味ですよね？」

「あなた自身が見聞きしてご存じのことをお話しください」

「でしたら何もありませんね。あなたが考えたようなことは想像もしませんでしたから」

「これはわたしが考えたことではありません」相手は念を押した。「具体的にお尋ねしたほうがいいようですね。クラウザー氏の健康状態についてどういう印象をお持ちだったかお聞かせください。自殺に至る傾向があったとお考えですか」

神経過敏になっているせいか、チャールズはこの質問に罠の匂いを嗅ぎ取った。ここではっきりした意見を述べたら、あらかじめ考えていたと教えてやるようなものだ。

「叔父の健康状態はどんどん悪くなっていました。亡くなる数か月前から心身共に衰えてきていたのはたしかです。自殺の傾向を疑ったことはありません。審問の前に、ということですよね？」

「ええ、審問の前にです」

「審問の前に疑ったことは一度もありません。審問のあと、意外ではありましたが自殺だったのだと思うことにしました。とにかく、従弟から話を聞くまで、それ以外の死因を考えたことがなかったのは間違いありません」

フレンチ警部はうなずいた。「クラウザー氏にお会いになったのはいつが最後ですか」

チャールズはポケットから手帳を出した。「八月二十五日金曜です。その晩モート荘で食事をしました」

「そのときのクラウザー氏の様子はいかがでしたか」

「今お話ししたとおりです。めっきり衰えていましたが、あの日はいつになく調子がよかったです」

「わかりました。その少し前にもクラウザー氏にお会いになっていますね」

「はい」チャールズは手帳に目をやって、「前の週、八月十七日木曜ですね。叔父と昼食を取りました。叔父はあまり具合がよくなくて——発作を起こしたので、わたしはすっかり怖くなりました。事切れてしまったのかと、慌てて世話係のウェザラップを呼んだのです。ウェザラップが薬を飲ませると叔父は回復しました」

フレンチは発作の一件に興味を覚えたらしく、チャールズから聞ける限り聞こうとした。

「次の質問に答えたくなければ、答えていただかなくて結構です」と前置きして、「よろしければそのときの会話の内容をお聞かせください。クラウザー氏が体調を崩したことと関係があるかどうか知りたいと思いますので」

これも罠ではないかとチャールズは訝ったが、いずれにしても正直が最良の策である。「そうだったかもしれません」悔やんでいるような顔をした。「とにかく、あとで自分を責めました。会話の内容はアプルビー警部に話してあります。やむを得ない場合以外は公にしないでくれと頼みました。叔父に金の無心をしたのです」そしてアプルビーにした話を繰り返したが、そこに嘘はなかった。フレンチはメモを取り終えると考えている様子だった。

「この件について伺うことはもうなさそうですね」しばらくして口を開いた。「では、日付の確認をお願いします。あなたがクラウザー氏と昼食を共にしたのは十七日、次に食事をしたのは二十五日の晩でした。七日間空いていますが、そういう用件を延ばしておくには長いと思われませんか。お話に疑問を挟んでいるわけではなく、頭の中を整理しているだけですので」

「長いとは思いません」チャールズは答えた。この事情聴取は思いのほか楽にやり過ごせそうだ。「理由はいくつかありますが、もともと即座に対処しなければならない用件ではなかったということです。早いに越したことはなくても、そこまで急を要していたわけではありません。一、二週延びても問題なかったのです」

「わかりました。そして、最初に訪れた十七日に機械を購入する資金を手にしたのですね？」

「そうです。その件で叔父を訪ねたのはそれが初めてではありませんが、今話している日付で言えば最初のほうです」

「なるほど。で、ほかにも理由があるそうですね」

「はい。年老いた叔父を急かしたくなかったし、急かしていると思われたくもなかったからです。けれども、一番大きな理由は多忙さです。ロンドンへ行かなくてはならなかったのです。いや、ロンドンへ出かけていた、と言うべきですね。機械を購入するに当たって下調べをする必要がありましたので」

フレンチはうなずいた。「おかげで疑問が解けました。ロンドンには何日おられたのですか」

「二泊しました」警部が容易に入手できる情報や、秘密でも何でもないことは、気前よく提供したほうがいい。「月曜に車で出て、ノーサンバーランド大通りにあるザ・ダッチイ・オブ・コーンウォールに泊まり、火曜に機械の件でレディングのエンディコット・ブラザーズ社へ出向き、水曜に帰ってきました」

フレンチは肩をすくめ、「そこまで知りたかったわけではありませんが、教えていただけてよかったです。報告書が厚くなれば、よく働いているように見えますから。そういうところが肝心でしてね」と言って、にやりとした。「どうもヤードの人間は質問するのが性《さが》のようです。まあ、それ以外のことはほとんどしていない、というのが言い訳になるでしょうか」フレンチは手帳と万年筆をしまった。「アプルビーから聞きましたが、クラウザー氏が亡くなられたとき、国外におられたそうですね」

「はい、地中海クルーズの最中でした」

「それは羨ましい。わたしはサンレモより先に行ったことがありません。いつかローマへ行けたらいいなと思っていますが」フレンチは腰を上げた。

「ローマへ行かれるのでしたら」チャールズも腰を上げ、「あの時季は避けることをお奨めします。かなり暑いですから」

「あいにくわたしには暑さの心配をする必要がありません」フレンチは答えた。「どうもありがとうございました。またお訊きしたいことが出てくるかもしれませんが、今日はこれで」

飲み物を勧めようかと思ったが、チャールズはすぐその考えを打ち消した。彼らは町の警官ではない。夜も更けている。二人は丁寧に「失礼いたします」と言って辞去した。

最大の問題が蒸し返されて気は揉めるが、チャールズは少なくとも今日の首尾にはほっとしていた。警察の人間は似たり寄ったりで、同じようなことばかり訊いてくる。さっきもアプルビーの事情聴取とほとんど変わらなかった。一番よかったのは、どちらにも余計なことを話していないことだ。特にフレンチ警部には何一つ。おれ自身が確かめられないこと、おれが知っているはずのないことは話していない。それにしても質問がおざなりだったのには呆れた。的外れと言ってもいいだろう。あの程度だとわかっていたら、もっとうまくかわせたかもしれない。とにかくあの男はおれの返答にすっかり納得したようだ。何も疑っていないはずだし、疑う理由もない。取り越し苦労だった。おれは安全だ！

14　チャールズ強請に遭う

我が国のある地方に「降れば必ず土砂降り」という古い言い習わしがある。不幸はどのように訪れるか、との問いに対する先人たちの思索の結晶である。チャールズは歳を取らぬうちにこの諺の真実たるを身をもって知ることとなった。

フレンチの事情聴取をやり過ごしたとはいえ、チャールズはピーターの打ち明け話に強い衝撃を受けていた。そこから立ち直りかけていた矢先、さらに不安を掻き立てる人物が現れた。

三週間ほど経ったある日、チャールズはピーターとの約束を果たすべくモート荘で食事をした。その日は災いの予感が重くのしかかり、終日落ち着かず惨めな気分だったが、恐れているものの正体はわからなかった。自分に疑いの目が向けられるのだろうか……ピーターが逮捕されるのだろうか……。ピーターのことを思うと心が乱れた。完璧な計画を立てたつもりだったのに、他人に容疑が向く可能性になぜ思い至らなかったのだ。こんな重大なことを見落としていたとは。

会社での長い時間がようやく終わり、チャールズは家へ帰って着替えた。体を動かしたかったのと、満月に近い月が出ていたのとで、車は使わずモート荘までの一マイル強を歩くことにした。家の西側の木立を抜けると、湿原へ向かう細い上り道になる。この道から西に向かって一マイルほど先の集落へ道が分かれている。その小道は池の畔にあるモート荘の敷地を巡り、枝道に入って雑木林を抜けると屋敷を囲む低木の植え込みへ出る。雨が降ると歩けたものではないが、今夜は地面が硬く乾いている。

不安の影が自分とピーターを覆ってはいても、チャールズは宵のひとときをそれなりに楽しんだ。ピーターの表情は曇りがちで元気そうではないにせよ根は優しい男で、エルシーとは昔から気の合う仲だ。小柄で恰幅のいいエルシーは大の話し好きで、稀に見るほど親切で気立てがいい。ピーターは胸の内を妻に話していないのだろう、エルシーは男たちの心配事に頓着せず、とりとめもなく楽しげにしゃべり続けた。おかげで気が紛れ、チャールズとしてはありがたかった。

十一時ごろチャールズはみこしを上げ、数分後にはモート荘の外を歩いていた。雲は出ているが、月の光のおかげで足許は危なくない。低木の植え込みのあたりは風もなく静かで、肌を刺す寒さが明け方の霜を予感させた。

いくらも行かないうちに背後で音がした。勢いよく振り向くと男が近づいてくる。立ち止まると遠慮がちに声をかけてきた。陰気な口調で誰だかわかった。

「失礼ですが、チャールズさま。お急ぎでなければ、お話ししたいことがございます」

「ウェザラップか」チャールズは答えた。「ああ、構わんよ。どうかしたのか」

「あのう、少しご一緒してもよろしいでしょうか。お時間の節約になりますし」

「今はそれほど時間が惜しいわけじゃない。ま、とにかく歩こうか」

「ありがとうございます」二人は歩調を合わせ、木々の下をゆっくり歩いた。「実は、是非お耳に入れたいことがございます。ご存じかもしれませんが」

チャールズは話の続きを待ったが、ウェザラップは言い出しかねている様子だ。

「そう言われても、どんな話か聞いてみないことにはな」しばらくしてチャールズは言った。

「ではお話しします。ご主人さま、お亡くなりになったアンドルーさまのことでございます」

「ほう」チャールズはとたんに神経を尖らせた。「叔父さんのこと、とは？」

「検視審問が再開されたことはご存じですね」

「ああ、もちろんだ。それがどうかしたのか」

ウェザラップは一瞬間を置いて言った。「スコットランドヤードの方が捜査を始めたそうですね」

「フレンチ警部のことなら知っている。で、それがどうしたんだね」

「検視審問のことで、一つ伺いたいことがございます」

「検視審問の？　話してみなさい。心配事でもあるのか」

なおもウェザラップはためらっている。「失礼ですが、あれに満足していらっしゃいますか」

「あれとは？」チャールズの声はやや刺《とげ》を含んでいた。「審問のやり方かね、それとも評決についてかね」

「両方でございます。どちらかと申しますと評決のほうですが」

今やチャールズの神経はすっかり研ぎ澄まされていた。こういう切り出し方は気に食わない。

危険が迫っているのをひしひしと感じる。受け答えがたどたどしくならぬよう身構えた。

「何が言いたいのかわからんが、正しい評決だと思ったかどうかというのなら、わたしはそう思った。それがどうかしたのか」

ウェザラップはまたためらいがちに言った。

「わたくしには、警察は納得していないように見えました」

「今はそうらしいな。しかし、あのとき彼らはそんなことは言わなかった」

「証拠がございませんでしたから」

チャールズはこらえきれなくなった。「もう一度言うが、それがどうかしたのか」声が尖った。「ウェザラップ、要点を言ってくれないか」

「あのときからずっと考えているのでございますが、もしかするとわたくしは、警察が求めていた証拠を提供できるのではないかと」

「お前が?」

「はい」

「だったら、そうすればいいじゃないか」

ウェザラップは怪訝な顔になったが、すぐ話を継いだ。「別の面でいろいろ差し支えが出るかもしれません。警察の考えをお話ししたほうがよいようですね」

「さっきからそれを待っている」

「警察は、ご主人さまがお飲みになる錠剤の一つに毒が入っていた、と考えました」

鉄の自制心を持つチャールズも、殴られたかのように後ずさってしまった。狼狽ぶりをさらしているのはわかっているが、どうすることもできない。それでもとっさに働いた自己防衛本能で再び気を落ち着かせた。

「で、お前はそれを証明できると考えているんだな」静かな声で言った。

「さようです」

「どうやってだ?」

「今から数週間前のある晩」ウェザラップはゆっくりと切り出した。「一人の、男性のお客さまがお食事に見えました。食事のあとご婦人方は部屋へ下がられ、食堂はその方とアンドルーさまだけになりました。いつものことでございますが」

「それで?」

怒りが込み上げた。これはピーターが薬瓶に手を触れた件ではないか。なぜウェザラップはおれに話すのだ? 強請《ゆす》る気か? だとしたら、お門違いも甚《はなは》だしい。

「ご存じでしょうか、食堂の暖炉の向かい側の壁に配膳口がございまして、食器室とつながっています。あの晩、皆さまが食事を済まされたあと、わたくしは食器室におりました。配膳口の蓋はほとんど閉まっていましたが、完全に閉まっていたわけではございません。顔を上げると隙間から食堂の様子が見えました」

「盗み見した、というわけか」

「滅相もございません。まったくの偶然でございます。蓋が開いていると気づいて、手を伸ばしました。あれを見ていなければそのまま閉めたはずです。正直申しまして、目が離せなくなりました。蓋はそのあとすぐに閉めました」

チャールズは強烈な不安に襲われた。「で、何を見たんだ?」声がかすれてしまった。

「そのお客さまがアンドルーさまのワイングラスを不意に倒したのです」

一瞬、緊張をはらんだ沈黙が走った。「それで?」やはり声は妙にかすれていた。そんな声しか出なかった。

「わたくしは驚いて、じっと見ておりました。するとその方が不思議なことをなさいました。グラスを倒したのと反対の手、右手をテーブルにつき、アンドルーさまの薬瓶を取って、別の瓶を代わりに置いたのです。アンドルーさまはお気づきになりませんでした」

危険が現実のものとして目の前に現れると、不安は消え去り立ち向かう勇気が湧いた。

「ウェザラップ、お前は一部始終を見ていたのに警察に届け出なかったんだな。事後従犯としてお前も罪を免れないことを知らないのか」

「存じません。何のためにそういうことをなさったのか想像もつきませんでしたので」

「『事後』とは事が起こったあとという意味だ。毒死だとわかったとき、何があったのかお前は気づいたはずだ」

「そう推測することはできたかもしれません。わたくしには思いも寄りませんでしたが」

チャールズは荒々しく笑った。「そういう見方を陪審がすると思っているのなら、お前は想像以上の馬鹿者だ」

「いいえ、そんなことはありません」ウェザラップはきっぱりと言った。「わたくしが重い罰を受けることはございません。アプルビー警部のところへ行き、こう申し上げるつもりです。わたくしはこの上なく苦しい思いをしておりました、こういうことを目撃しましたが何の関係もないのだと自分に言い聞かせておりました、しかしこれ以上耐えられなくなりましたので、お知らせに参りました。今まで伺わなかったのはわたくしが弱い人間だからですが、ほかの筋からこの件が明るみに出ることを願っておりましたと。わたくしは数か月の懲役にはなるかもしれません。けれども、あのお客さまは絞首刑でございましょう」

「では、お前がどうすべきか言ってやろう。わたしに助言を求めているのならだが。もっとも、そうでなければお前はわたしに話さなかったはずだな。明日の朝、いや、善は急げというなら今夜のうちに、その話を警察へ持っていきなさい。お前の行動について、警察がお前とわたし、どちらの考えに納得するかわかるだろう」

「一、二か月の懲役を受ける程度の危険を冒すことになるのは承知しております。しかし、いったん届け出てしまえばこの先悩み苦しむ必要はなくなります」

「ならばなぜそうしない？　なぜわたしに意見を求めるのだ？」

「お話しいたします。わたくしはお金を必要としております。お金のためならば証言はせず沈黙を守る覚悟でございます」

「なるほど、よくわかった。強請ろうというわけだな」

「そうおっしゃりたければどうぞ。何と言われても構いません。わたくしは有益な取引だと考えております。わたくしの立場をご説明します。わたくしにはアメリカに嫁いだ妹があり、連れ合いがミズーリに農場を持っていますが、破産寸前です。ただ、急場をしのぐ資金があれば、経営を安定させられることは間違いありません。と申しますのも、土地が肥沃で申し分のない農場だからですが、詳しくは申しません。要は、わたくしが金を融通すれば、妹の連れ合いはわたくしを共同経営者として迎えるということです。新たな人生を幸先よく踏み出す機会を得て、しかも妹夫婦を救える、これがお金を必要としている理由でして、懸案はただ一つ、わたくしの沈黙にあのお客さまがお金を出すかどうかです。その価値があるか否か、わたくしにとってそれがすべてです」

「その客には、お前が約束を果たすかどうかの保証が得られない」

「おっしゃるとおりです。わたくしの言葉を信じていただくほかございません。わたくしがお金を受け取れば、いわばそれを証拠として、その方はわたくしの弱みを握ることになります。ですから、入手先を特定されない方法でお金を受け取ることを条件に加えさせていただきます。もちろん、その時点でわたくしは警察に届け出ていなかったのですから、あとで届け出ることは容易ではなくなります。理由はすでにお話ししたとおりです。それに、わたくしはアメリカへ渡り、二度と戻って参りません」

「それで、いくらで手を打つつもりだ」

「あのお客さまが最近手にされたお金の十六パーセント、一万ポンドでございます」

チャールズは耳障りな笑い声を上げた。「どうせなら十万と張り込んだらどうだ?」

「あのお客さまに十万ポンドは無理かと存じます。一万ポンドなら可能なはずでございます。当てずっぽうで申し上げるわけではございません。万事承知の上で、です。あのお客さまは六万ポンドの遺産を受けられました。それを五万ポンドだったことにしていただくというのがわたくしの提案です。五万ポンドでも相当な金額でしょう」

チャールズは冷ややかな硬い声で言った。「お前はその客がアンドルー叔父を殺したと考えているのだろう。ならば、その客がお前を殺さないとも限らんぞ」

「ご説明します」チャールズには窺い知れない理由があるのか、ウェザラップは執事らしい慇懃な口調と態度を崩さなかった。「わたくしの提案がそのように迎えられる場合もあるかと、あらかじめ身を守る手段を講じておきました」

何食わぬ顔でやり過ごしていたつもりでも、チャールズの気力は徐々に萎えていった。ウェザラップは自信満々だ。穏やかな口ぶりに迫力がある。脅すまでもないのだ。再び迫ってきた強烈な不安を何とか押し返した。

ウェザラップは一拍置いたが、チャールズが黙っていると先を続けた。「わたくしは自分が目にしたことを詳しく文章にまとめ、日付と時刻と名前を書きました。それを封筒に入れて厳封し、ピーターさまに預けました。そのとき、これは家族に関わるもので、わたくしが死亡した際に息子と娘の手に渡るべき重要な証書ですと申し上げました。実は息子も娘もおりませんが、ピーターさまはご存じありません。ピーターさまには、わたくしの代わりに封筒を安全な場所に保管していただき、万一の場合は開封して対処してくださるようにとお願いしました。

こうしておけば間違いございません。アンドルーさまの死の謎も、わたくしを殺害する動機もそこに書かれているわけですから」

この男は真実を語っているのか、こけおどしか。何としても確かめなければ。

「ふん、馬鹿馬鹿しい」チャールズは強く言った。「ピーター君がそういう芝居がかった話を真に受けると思っているのか」

「あの方は信じてくださいました」

「そんなものとっくに失くしているさ」

「いいえ、きちんと保管して施錠なさるところを見ておりました」

チャールズは素早く頭を働かせた。嘘でないとしたら、封書はピーターの書斎か。ならばこの身は危うい。逮捕、裁判、その後に待ち受ける運命から逃れたいなら、思い切った手を打つしかない。

「一万ポンドと引き換えに自分が見たことを忘れるというんだな？　その客にしてみればそれだけの価値はあろうが、忘却を買える保証がないところが問題だ。なあ、ウェザラップ」チャールズは顔を近づけ、一段と低い声で言う。「仮にわたしがお前に一万ポンドやるとして、お前が約束を守るとどうやったら納得できる？　それに答えられれば、金はお前のものだ」

単刀直入な問いかけにウェザラップはいささか不意を衝かれたようだ。「お答えできません、チャールズさま」ためらいがちに言った。「それを確かめていただく方法があるとは思えないからです。もちろんお約束はいたしますが、それで納得してはいただけないでしょう。ご意向に添いたくとも、その難題をどうすれば解決できるのかわたくしにはわかりません。何かございますか」

「わたしが必要とする保証は二つある。一つは、一万ポンドを渡したら、目撃したことを絶対他言しないという保証。もう一つは、さらに金を要求することはないという保証。ウェザラップ、お前は知恵の回る男だ。これまでの行動がそれを示している。我々を満足させる策を考え出すことぐらいわけはなかろう」

「お言葉を返すようですが、この提案を呑む呑まぬはあなたさま次第でございます。いずれにせよ、わたくしは筋を通す所存です。こうすれば解決できると言ってくだされば、喜んでそういたしましょう。わたくしは誓って、一万ポンドより多くは望みません。アメリカに姿を消し、あなたさまの前には二度と現れません」

「お前は賢い男だ。わたしを悩ませるのもほどほどにしておけ。そうだな、こういうのはどうだ？　よく考えたわけではない、思いつきだ。錠剤のことでお前はわたしの急所を握っている。こちらは手も足も出ない。そこでだ、仮にその件でわたしがお前に口止め料を払えば、口止め料を払った事実そのものが立証可能になるから、お前は間違いなく事後従犯で、逃げ道はない。しかし、わたしはお前を密告することができない。事件の核心は薬瓶のすり替えにあるからだ。お前がわたしを密告することもできない。人殺しの口止め料を受け取っているからだ。お前は一万ポンドを手に入れ、妙な真似をしない限り、その金がお前に累を及ぼすことはない。ウェザラップ、わたしはお前がどういう人間か理解している。お前が妙な行動を起こすとは思っていない。だから、今も言ったように、なぜお前が異を唱えるのかわからん」

「チャールズさま、わたくしは今のところ罪を問われない立場にあります。あなたさまは、わたくしが自分の、言うなれば特権的立場を放棄して、自ら首吊り縄に首を通すことを求めていらっしゃいます。たしかに、偶然、あるいは誰かを通じてそういう結果が生じないとも限りません。それを話し合っても仕方のないことではありませんか」

「お前はもう潔白ではない。そこを勘違いしている。警部に何を言おうが戯言《たわごと》にすぎん。お前は潔白ではない、自分でもわかっているはずだ。わたしの合意が得られなければお前はせっかくの金もびた一文遣えないのに、それで何の得がある？」

「わたくしはそのお金をいつでも好きなだけ遣うことができます」

「いや、それは無理だ。お前が金を遣い、我々が仲違いをして、お前が密告したらどうなるか。そのときわたしはお前を密告する。警察はお前の身辺を洗う。執事の仕事で得た金を上回る支出があったことはすぐわかる。当然入手先を訊かれる。お前は言い訳をする。裏づけ捜査が行われ、そこでお前は終わりだ。つまり、金を遣ったが最後、罰は免れない。なあウェザラップ、わたしの負けだ。それは認める。だが、そのことで人生を台無しにされるのはごめんだ。これは初めから考えていたのだが、面倒なことになったらわたしは命を絶つ。まあ、そういうことだ。筋を通す気があるなら、お前に一万ポンド渡そう。ないのなら、わたしは命を絶ち、お前には一文も入らない」

　この言葉は思いのほか相手を動かしたようだ。こちらの言い分を値踏みしているらしい。機に乗じてチャールズはもうひと押しした。

「これから我々がすべきことを言おう。二人とも一両日じっくり考える。手許に一万ポンドの金はないから、どのみちそうしなければならん。よく考えてくれ、わたしも考える。その上で互いの意見をすり合わせよう。わかっているとは思うが、こちらは常に妥協する用意がある。もう一度会ってその場で決めればいい。どうだ、ウェザラップ」

「ごもっとも。一つのことを除いて同意いたします。それまでにフレンチ警部がわたくしのところへ来たらいかがいたしましょう。厄介なことを訊かれた場合、わたくしは自分の立場を知っておかなければなりません」

「わかった、教えよう。お前が予防策に関してわたしの意向に添うなら、一万ポンド払う。添わなければ払わんし、密告されれば命を絶つ。それだけのことだ。あとはお前の好きにするがいい」

「お考えはわかりました。次はいつお会いできますか」

チャールズは思案した。「この場では答えられん。連絡を取り合う方法はあるか」

「電話はいかがでしょう。ご家族への言伝のついでにお話しいただくということで」

「わかった、それでいい。ただ、電話でお互いの名を口にするのはまずい。そうだな、お前はジェフリーズ、わたしはオーディンウッドということにしよう。それでどうだ？」

「わかりました。では、おやすみなさいませ」

ウェザラップが影のように木立の闇に姿を消すと、チャールズは家に向かって歩き出した。

足の運びは自動人形さながら、あたりの景色はまったく目に入らない。それほど甚大な痛手であった。安住しかかっていた砂上の楼閣が崩れ落ちたのだ。現状は、叔父の命を奪う計画を立てる前よりはるかに悪い。あのとき危うかったのは会社と将来の境遇だったが、今は命そのものだ。事件の核心部分を暴露されたら、おれは吊るされたも同然だ。そう思うと冷や汗が出た。

ウェザラップは密告するだろうか。見当がつかない。あいつに言ったことは全部はったりだ。あいつが警察に行き、通報が遅くなったのは自分の落ち度ですと素直に認めるのは造作もないことだ。あいつが言ったとおり、受ける罰はせいぜい数か月の懲役、いや、無罪放免であってもおかしくない。逆に、あいつの弱みを握る手段はないのだ。あいつは馬鹿ではない。金を受け取った証拠を残すことは承知するまいし、それ以外におれがあいつの弱みを握る方法はない。だが、そんなことに何の価値があろう？　無だ。生殺与奪の権を握られている以上、こちらがどうあがこうと釣り合いは取れない。

だめだ、どう考えても、おれの人生はあいつの手の内にある。おれは絶えず、故意にせよ偶然にせよ、真実が明らかになるのではと怯えながら過ごすことになろう。いつまた金を催促されてもおかしくない立場に置かれ、それを断ることはできない。あいつは一万ポンドを手にアメリカへ渡る気でいるが、金を遣い果たしたらどうなる。もっとよこせと言いに戻ってこないだろうか？　来るに決まっている！

ともあれ、一万ポンドを小額紙幣で用意する方法を考えよう。二千ポンドは自宅にある。この前ロンドンの金貸しから借りた残りだ。ウェザラップは当座の分として受け取るだろう。理不尽なことは言うまい。遺産を手に入れるには数か月かかることぐらいわかるはずだ。

チャールズは夢遊病者のように家へ入ると、強い酒を二、三杯あおってベッドに横になった。眠ろうとしたわけではない。静寂の中、落ち着きが戻るにつれ、置かれた立場の真の恐ろしさが押し寄せた。おれの人生、いや人生以上のものが、前々から信用が置けないと思っていた男の思うままなのだ。耐えられるか？　恐怖の影に怯えながら人生を送ることができるか？　発狂するのではないか？　いっそ死ぬほうが楽か？

チャールズは気力を奮い起こそうとした。待てよ、時間が経てば経つほどウェザラップは通報しにくくなる。気前よく金をやって秘密の暴露を一年間食い止められたとしたら？　その場合、恐れながらと警察へ顔を出せるだろうか？　事後従犯として有罪判決を免れる機会はあるだろうか？

ある、とチャールズは思った。あいつが言うように、出頭して改悛の情を示せば軽い罰で済む。もっと早く通報するつもりでしたが、優柔不断で、真相は別の方面から解明されるかもと思いながら先延ばしにしていましたと言い訳すればいい。無論、口止め料の件が発覚しないことが前提だ。そこさえ押さえておけば何とかなる。

もっとも、あいつの身に何が起ころうと、こちらは万事休すだ。そう思うと口に酸っぱいものが込み上げてくる……。

次の瞬間、恐ろしさのあまり背中に汗が滲んだ。ウェザラップが酒飲みであることを思い出したのだ。

度を超すことはめったにないが、休みの日に酔っ払うことがある。へべれけになるまで飲むわけではなく、上機嫌な酒と言っていい。そう、舌が滑らかになる酔い加減だ！

それだけではない。ウェザラップが約束しようと、どれほど口止めしようと、万全と言えるか？　本人がどういう心づもりだったにしても、ほろ酔い気分のときにうっかり洩らさないだろうか？

だとすれば打つ手はない、ただ一つを除いては。その方法は、ウェザラップが話しかけてきた瞬間から心の奥底に潜んでいたが、チャールズは懸命に追い払おうとしていた。だが、身の安全を図るには、窮余の一策を講ずるほかない。またしても、自分の命か他人の命かの選択だ。前にその策を講じたときは、自分の命は秤の上のごく一部でしかなかった。今度は重みが違う。チャールズの目の前に、忌まわしい小屋、首吊り縄、床に描かれた真四角の囲みがくっきりと浮かんだ。それ――あらゆるおぞましい出来事の行き着く先――か、ウェザラップの命か。おれはどちらに向き合えばいい？

そのとき封書のことが頭をよぎった。ウェザラップは、一度人を殺した者が再び同じ罪を犯す可能性があることを見越して先手を打っている。

チャールズはそちらに思考を向けた。ウェザラップが本当に書いていて、嘘ではなかったら。実際にピーターが封書を持っていたら、逃れる道はないのか？

いや、きっと何かある。ウェザラップの始末という大きな難関を越えられれば、それも何とかなる。封書は――存在するのなら――どのみち処分しなければならない。ウェザラップが通りで車にひかれて死んだとしてもピーターは開封するだろう。そのとき、おれはどうなる？

考えれば考えるほど、そんなものの存在が信じられなくなってきた。封書は諸刃の剣《つるぎ》だ。手違いでうっかり開封されたら――ままあることだ――ウェザラップの目論見は台無しになる。自分が見たことばかりか、それを故意に隠していることまで公になるのだから。あの男がそんな危ない真似をするとは思えない。

封書のことが出まかせなら、やつを始末しやすくなる。封書が存在したところで、どうにかできるだろう。

しかし、自分にウェザラップを片づけられるのか？　数時間ベッドの上で考えるうち、だんだんと形が見えてきた。錠剤に毒を仕込むことに比べれば簡単で、完璧な方法とは言えないかもしれない。が、それしかなかった。ぐずぐずしていたら取り返しがつかなくなる。やれるうちに思い切って実行し、失敗するほうが――そのときは命を絶つまでのこと――手をこまぬいたまま生き地獄を――生きられたとして――生きるよりましだ。

チャールズが眠りに就く前にウェザラップの運命は決していた。

15　チャールズ強硬手段に出る

翌朝チャールズが目を覚ましたとき、計画の輪郭はできていた。細部を詰める必要はあるが、難しくはない。唯一の心配は、その計画を実行に移す前にウェザラップが通報しないかということだが、それは考えられない。執事風情に一万ポンドは途方もない額だ。

差し迫った危険について考えているうちに、己の頭上にも剣が吊るされていることをチャールズは忘れかけていた。疑惑がピーターに向いている件である。だが、チャールズにはどうすることもできなかった。ウェザラップが目撃したことを洩らさなければピーターの身は安泰だ。ウェザラップはピーターも強請っているのではなかろうか。あり得ないことではない。だからこそ前の主人の死後もモート荘に雇われているのでは……。

ピーターの問題もどうにかできないだろうか。

そのときふと気がついて、チャールズは己の鈍さに呆れた。できるに決まっているではないか。自分だけでなくピーターの身も守ることができる。どうやって？　もちろん同じ方法でだ。ピーターの危険もおれの危険も根っ子は同じ。アンドルー叔父の死亡前夜、ピーターが食堂で叔父と二人きりになったとき薬瓶を手にしていたと証言できるのはウェザラップだけだ。やつが証言しなければ、そのことは誰にも知られない。ならば絶対に証言させてはならない。

想像力という不幸を呼び込む才に恵まれたチャールズには、ウェザラップを排除しピーターを救うことは神聖な義務だと思えてきた。少なくとも忌むべき邪悪の汚名を着ることはない。そう、これも、善悪どちらかではなく、二つの悪のうちどちらを採るか――命対命ではなく、二つの命対一つの命の問題だ。二つの悪のうち、より軽いほうを選ぶのは当然ではないか。

その日チャールズは会社で、新たな計画の細部を詰めにかかった。要領は電気モーターの配線を決めていくのと変わらない。問題を一つずつ取り上げ、対策を練り、効果を確かめる。すべてが終わったときチャールズは確信した。慎重に進めれば、前回同様発覚する恐れはない。まずはピーターを一晩家から遠ざける。ピーターがいると作戦に支障が出かねない。おそらく計画の中でそこが最難関だ。自分が関わっていると知れてはいけない。疑心暗鬼になっているピーターに怪しまれないことだ。

具体的にどうするかは昼前まで決まらなかったが、あとの部分は淡々と進んだ。とそのとき、千載一遇の機会が出現し、残っていたかもしれない迷いを完全に吹っ切らせた。昼食を済ませ、会社へ戻る前に寄るところがあって本通りを歩いていたとき、駅のほうへ走るピーターに出くわした。

「もうすぐ汽車が出るんだ」ピーターは足を止めて言った。「一晩ロンドンへ行ってくる」周囲を見て声を落とし、「正直言うと、悪夢みたいな毎日に耐えられなくて。尾行されるか取り押さえられるか、確かめてみたくなった」

飛び込んできた幸運に、チャールズは耳を疑った。しかし、大げさに賛同するのは禁物だ。

「それも悪くはないな、ピーター。まあ、無用な心配だと思うが、連中を試すには打ってつけだろう。うん、いい考えだ。いつ帰ってくるつもりだい？」

「明日には帰ってくる。行きたくて行くわけじゃない。やってみるだけだから」

チャールズはうなずいた。「それはそうだな。急いでいるんだろう。じゃあ、また」

いざ悪事を働く段になると人間は妙に迷信深くなる。冒瀆的な言動に心理的抵抗が働かなかったら、チャールズは、これは神の与えたもうた機会だと口走ったのではなかろうか。ともあれこの機会は逃せない。計画の実行は今晩と決まった。

狙う相手と会う段取りをつけるだけでよかった。脇道の電話ボックスからモート荘へ電話をかける。思ったとおり、ウェザラップが出た。

「返事はするな、ジェフリーズ」早口で言った。「オーディンウッドだ。明朝午前二時に舟小屋で会いたい。鍵を持ってきてくれ。渡したいものがあるから、明かりがある建物の中がいい。承知なら、こう言うんだ。『失礼ですが、おかけ間違いです』」

「失礼ですが、おかけ間違いです」とウェザラップの声が言った。これなら人に聞かれても心配ない。かちりという音がして電話は切れた。

先のことは考えまいと気を張って過ごす午後の時間は悪夢だった。誰の目にも落ち着きなく映る姿をさらすわけにはいかず、工場へ降りていくことはためらわれた。同じ理由でゲアンズと話すのも憚られ、書類の山を抱えてゲアンズが部屋へ入ってきたとき、大事な手紙を書いているところだから明日にしてくれと追い返した。

ようやく午後の時間が終わりに近づき、チャールズは書類を片づけて定時に会社を出た。自分の様子が普段と違っているのに気づいた者はいないはずだ。あとは使用人のロリンズを遠ざければいい。

帰宅して一人になっても着替えず、夕食までの若干の時間を利用して、最後の準備に取りかかった。工作室へ行き、先日水道修理に来た業者が置いていった太い鉛管を鋸《のこぎり》で一フィート切り取った。一方の端を柔らかい粗布で包み、紐でしっかり縛る。これで棍棒状砂袋《ブラックジャック》と同じように傷痕を残さず相手を倒せる。この恐るべき武器は、三フィート余り残った鉛管と一緒に工作室の抽斗に隠した。玉から解《ほど》いた丈夫な紐三十ヤード、金庫破りが使うような鋭い鏨《たがね》の付いた短い鉄梃《バール》、強力な懐中電灯も同じ抽斗に入れた。次に、二十五フィートほどある丈夫なロープを持ってきて、上着で隠れるように体に巻きつけ、忍び足で寝室へ上がった。扉に鍵をかけ、ロープを衣装簞笥に隠し、ポケットには錠剤の細工に使ったゴム手袋を入れる。最後に、分厚く束ねた新聞紙を札入れに押し込んだ。

準備が調った。階下で新聞を手に坐っていると合図の銅鑼《どら》が鳴り、普段どおり夕食を食べ始めた。ロリンズは食堂に控えているわけではなく、呼び鈴を鳴らすと給仕に来る。その際に言葉を交わすのが習慣なので、苦痛ではあったがいつもと変わらぬよう心がけた。

夜の時間は果てしなく進みが遅かった。書斎で本を手にしても、気が昂っているせいで内容が少しも頭に入らない。目下の危険な企ては、前とはかなり趣が異なっていた。前回は、時間が経ってから望みどおりの効果を発揮するよう、種を仕込むだけでよかった。決定的な場面には居合わせず、痛ましい光景を目にすることもなかった。しかし今度は相手とじかに向き合い、この手で命を奪わなくてはならない。言葉のあやではなく、文字どおり血にまみれる。それを思うとチャールズは身悶えした。

十時半、いつものように飲み物を運んできたロリンズは、机に向かってせっせと書き物をしている主の姿を目にした。チャールズは顔を上げず、低い声でおやすみと言った。その前に食堂へ行って飲んでいたから、これは二杯目だった。酒の力で気持ちが落ち着き、思考は正常な状態に近づいた。いつもの時刻が来ると寝室へ上がった。

だが、眠るためではない。着替えもせず、チャールズは準備を続けた。寝室の扉に鍵をかけ、衣装簞笥から出したロープに二フィート間隔で結び目を作る。隣り合う窓を開け、柱になった縦仕切りにそのロープを回して結び、先が地面に届くまで繰り出した。

家の出入りは寝室からと決めていた。階段と玄関は使いたくない。階段はぎしぎし音を立て、玄関扉はバネ式の閂《かんぬき》がうるさく響く。屋敷内を歩けば眠りの浅いロリンズ夫婦にすぐ気づかれる。チャールズは、物音がしなかったのは家から誰も出なかった証拠、という論法が通用するかもしれないと踏んでいた。その理屈だけでアリバイが証明できるわけではないが、多少の役には立つだろう。

いつも本を少し読んでから寝るので、明かりは点けておいた。しばらくすると明かりを消し、ベッドに横になり——待った。

書斎にいたときも時間はなかなか進まなかったが、今は輪をかけて遅く感じられた。チャールズはこの先に待ち受ける舞台を心の目に映し出し、己の役を何度も稽古した。どんなことが起こり得るか、そうなった場合どうするか、延々と考えを巡らせる。玄関ホールの時計が十二時を打ったのは明かりを消す前だったが、ようやく十二時半を告げるくぐもった反響音が階下から漂うように聞こえてきた。やがて一時の鐘が、そして一時半の鐘が鳴った。

さあ、時間だ。懐中電灯を点けて忍び足で窓際へ行き、窓枠に登る。縦仕切りを支えにして体を外へ回し、結び目を頼りにロープを伝って地面へ降りた。

計画に打ってつけの夜だった。ここ数日降らなかったので地面は硬く、足跡は残らない。あいにく満月に近いが、雲が空を覆っているし、どのみちほとんど木陰にいる。枝葉が風にあおられているから、少しぐらいの音は掻き消されるだろう。

しばらくその場を動かず、誰にも見られていないことを確かめてから、足音を忍ばせて工作室へ回った。鉛管二本と紐と鉄梃を持ち、懐中電灯とゴム手袋をポケットに入れて、待ち合わせ場所へ向かう。

三十時間ほど前に歩いた道をできるだけ急いだ。自宅を囲む木立を抜け、湿原に至る細い上り道へ出ると、モート荘の敷地に沿う脇道へ入った。そこから池を巡る木立へと足を向けた。木下闇は薄気味悪く、不明瞭な道筋をたどるのは容易ではなかった。それでも、しばらく進むうちにかすかに揺らめく水面が見え、舟小屋の黒い影が正面に現れた。

入口は大きく回り込んだ角にある。チャールズは音を立てぬよう鉄梃と紐と長い鉛管を地面に置いた。粗布を巻いた短い鉛管は上着の下に隠し、入口へ回った。腕時計の蛍光文字盤は二時五分前を指している。

「お前か、ウェザラップ」

そっと声をかけると、中で動く音がして返事があった。

「さようでございます」

「出てくるのに面倒はなかったか」

「ええ、何も。ピーターさまがロンドンへお出かけになりましたのでたやすいものでした。おかげで物音に気づかれずに済みました」

「ロンドン行きのことは聞いていた。だから電話をかけたんだ。そのほうが都合がよかろうと思ってな」

「ごもっともで。お決まりになりましたか」

「決めた」チャールズは舟小屋に入って扉を閉めながら、「明かりを点けたほうがいいが、誰かに見られないとも限らん。ああ、じっくり考えたが、なるほどお前の言ったとおりだな。名誉にかけて約束を守ると誓いを立てる以外、お前の善意を保証する手段はない。だから、わたしはお前を信じることにする――正直なところ、そうせざるを得んのだ」

「心からお約束いたします。わたくしはお金を受け取り次第アメリカ行きの船に乗り、二度と戻って参りません」

「金を持ってきた。無論、全部ではない。わかると思うが、遺言書の検認手続きが済むまで相続財産には指一本触れられん。だから掻き集められる限りの金だ。二千ポンドはあるだろう」

暗闇でも相手のわずかな身じろぎから貪欲さと満足が伝わってくる。緊張しているのだろう、結構でございますと答える声はかすれていた。

「一晩中ここにいるわけにもいかん」チャールズは続けた。「懐中電灯は持っているか」

「はい」

「よし。では、中身を検《あらた》めてもらおうか」チャールズはウェザラップの手に、新聞紙で膨らんだ札入れを押し込んだ。「小額紙幣ばかりではないと思う。ここで明かりを点けるのはまずい。窓のない隅へ行こう」

二人は窓から射す青灰色の四角い月影から離れ、漆黒の闇へと歩いた。チャールズはウェザラップの左斜め後ろから半歩の距離を保った。ウェザラップは札入れをしっかり握って進む。チャールズは歩を運びながら上着に隠した鉛管を取り出した。そしてウェザラップが懐中電灯を点けるや、静かに鉛管を振り上げ、無警戒な執事の頭に渾身の力を込めて打ち下ろした。

ウェザラップは声もなく頽《くずお》れ、動かぬ塊となった。懐中電灯で照らす。よし、うまくいった。間違いなく死んでいる。頭蓋骨が陥没しているが、鉛管に粗布を巻いていたのと帽子をかぶっていたのとで、傷は目立たず、出血はほとんどない。

チャールズは額を拭った。厭な瞬間だった。だが、やってしまったのだ。もう引き返せないし、己を憐れむ暇もない。今は冷静を保ち、勇気を奮い起こすべき時だ。おれならできる。

まず、死者の手から札入れを引き剝がした。血が付いていないか確かめて、自分のポケットに突っ込んだ。そして、嫌悪感と闘いながら死者の服を探った。

やはり、ここか。目当てのものはズボンのポケットにあった——鍵だ。おそらく書斎のフランス窓の鍵だろう。だとすれば願ったり叶ったりだ。モート荘の寝室は玄関の真上に並んでいるが、書斎は寝室から離れている。

しかし、鍵はもう一つ——舟小屋のがあるはずだ。行ってみると、扉の錠に差さっていた。持ってきた鉄梃と紐と長い鉛管を運び込み、内側から鍵をかけた。

次にやるべきことのためには、ありったけの勇気を奮い起こす必要があった。まず、全部のポケットを探って、死体が発見されても自分との関わりを示すものがないことを確かめた。それから、上着の下に帽子を入れボタンを留める。離れ離れにならないよう何度か巻き直しながら、紐で二本の鉛管を死体に括りつけた。最後に、繋留してある二艘の一方に死体を運び込んだ。

もやい綱を解き、静かな水面へ小舟を出した。できるだけ音を立てないように漕ぎ進め、池の中央に来るとオールを外した。チャールズはそこで恐るべき行為の証拠を消し去る作業に取りかかった。

舟をひっくり返さずに死体を水没させるのは容易でなかった。それでも、どうにかやり遂げた。少しずつ船尾から押し出すと、死体は突然息を吹き返したかのように腕からするりと抜け、軽い水音を立てて沈んだ。しばらく泡が出ていたが、そのうち水面は静かになった。

舟底を念入りに調べ、密やかに小屋へ引き返したとき、顔から汗が流れ落ちていた。舟を元どおりにつなぎ、床を濡らさないようオールをハンカチで拭いてオール掛けに戻す。何も残していないことを見極めると、鉄梃を手に舟小屋を出て錠を下ろし、鍵をポケットへ入れた。これで終わりではなく、まだ封書の始末が残っている。存在は疑わしいとはいえ、はっきりさせなければならない。

足音を忍ばせてモート荘への小道をたどり、書斎のフランス窓に着いた。鍵は合った。細心の注意を払って窓を開け、そっと入って窓を閉める。

まず、抜き足差し足で玄関ホールへ行き、舟小屋の鍵を定位置の釘にかけた。こうしておけばウェザラップの失踪に舟小屋が関わっていたとは思われず、結果として池に注意が向くのを避けられる。

チャールズは書斎へ引き返し、玄関ホール側の扉に施錠して探索に取りかかった。封書がこの部屋にあるのなら、何としても見つけなければならない。

部屋の隅から始め、少しずつ移動しながら家具も書類もしらみ潰しに調べた。金庫がないのは幸いだった。抽斗に鍵はかかっておらず、錠が下りていたのは書き物机の蛇腹扉だけだった。一番可能性がありそうなのはそこなので、ほかを調べ終えるとその机に戻った。

鉄梃の尖ったほうを天板と蛇腹扉の間に差し込んで、こじる。てこの力で木は窪み、錠が次第に緩んだ。ほかに適当な手段はなかったとはいえ、蛇腹扉が開くと同時に銃声のような激しい音を立てて木が裂けた。

「しまった」チャールズは心の中で舌打ちした。何もかもぶち壊しだ。「音を聞かれたな」

慌てて蛇腹扉を元に戻す。玄関ホール側の扉の錠を外し、フランス窓から抜け出すと、窓を閉めて鍵をかけた。

やはり聞かれていた。エルシーの部屋の窓に明かりが灯った。チャールズは神経を尖らせた。計画が挫折したら万事休す。あの机にウェザラップの封書があったら絞首刑になったも同然だ。

様子を窺っていると、応接間の窓が明るくなった。チャールズは用心深くその窓に近づいた。カーテンの隙間から中を覗く。

戸口に立っているエルシーは、ガウンにスリッパを履いていた。部屋をこわごわ見回している。しっかり者だ、度胸がある。泥棒が入ったと思っただろうに、誰も起こさず一人で確かめに来るとは。

エルシーは室内をざっと調べただけで出ていき、明かりを消した。チャールズが急いで書斎の窓辺へ行ったとき、明かりが点いた。いよいよ運命の分かれ道だ。鉄梃がつけた机の傷に気づくだろうか? 再びカーテンの隙間から息を殺して成り行きを見守る。

エルシーは素早くあたりを見て部屋の中ほどへ進むと、壁を見つめた。絵が落ちた音かと考えたのだろう。机には目もくれない。まずいところを見られずに済んで、心底生き返った気分だった。

あとはエルシーがベッドに戻るのを待つだけだ。チャールズはエルシーの部屋の窓に目を向けた。

作戦実行の前も時間が経つのは遅く感じられたが、今は完全に止まっていた。無慈悲に光を放っているエルシーの部屋の窓を眺めながら、チャールズは永遠にも等しい時間を待ち続けた。

絶望の淵に沈みかけたとき、光は消えた。腕時計を見ると十五分しか経っていない。エルシーが眠りに就くのを見込んで、あと三十分じっとしていることにした。

　その三十分を過ごすのは並大抵のことではなかった。夜は冷えて静まり返り、じっとりした霧にも気づかず、去来する様々な恐怖との闘いで必死だった。夜が明けてしまう。事を終える前に明るくなるだろう。今度書斎へ行ったら、きっとエルシーに気づかれる。たとえその場をしのげても、封書がなくなるわけではない。そもそも書斎にはないかもしれない。ピーターが銀行に預けていたとしたら――ありとあらゆる局面が次から次へと頭に浮かんだ。

　いくら金を出してもいい、ブランデーを一杯やりたい。フラスクを持ってこなかったのが悔やまれる。ブランデーがあるとないでは大違いだ。病的な恐怖はいっぺんに吹き飛んで、落ち着けたろうに。次は忘れないぞと心の中でつぶやいた瞬間、こんな忌まわしいことをまたやるのかと思って吐き気がした。

　自分で決めた三十分がようやく過ぎて、見張りは終わった。いざ行動となると神経はいくらか凪いだ。再びフランス窓を開け、机に戻る。錠は壊れていたが、苦心の末に蛇腹扉を押し上げた。扉を全開にすると抽斗の錠が一斉に外れたので、順に調べることにした。

　ピーターの身の回りの書類に手が届いたことで、チャールズはほっとした。小切手帳、預金通帳、出納帳のほか、個人的な書類が収まっている。封書が屋敷内にあるとしたら、ここだ。しかし見つからなかった。急いではいたが隈《くま》なく調べた。だから、調べ終わったとき、この部屋にはないと確信できた。

やはりはったりだとの思いが強まった。封書などないのだ。とにかく、あろうとあるまいと、自分にできることはもうない。屋敷の中でほかに見込みのある場所は知らないし、ピーターの取引銀行を調べるわけにもいかない。

封書こそ見つからなかったが、頭をフル回転させられるものが出てきた。何かといえば札束で、百三十五ポンド十シリングあり、一瞬迷ったがポケットに押し込んだ。

開けたときと同じく慎重に蛇腹扉を閉め、来たときと逆の手順を踏んだ。玄関ホールに通じる扉を解錠し、フランス窓から外に出て窓の錠を下ろし、鍵をポケットにしまう。自宅へ向かう途上、鍵を土中に埋めた。

何とかなったとチャールズは思った。封書は見つからなかったが、ずっとゴム手袋をしていたから証拠は残っていない。何より札束は好都合だ。計画は思った以上にうまく運んだと言っていい。

工作室の棚に鉄梃を戻す。隠したいところだが、ここに置いてあるのをロリンズが知っている。暖炉で札束を燃やし、灰を丁寧に崩した。ロープのところに戻り、脱いだ靴の紐を結んで首に回す。ロープを登るのはきつかったが、やらなければ自分の首が危ない。やっとのことで窓にたどり着いた。ロープを引き上げ、結び目を解き、巻いてから衣装簞笥にしまった。十分後、チャールズはベッドに入っていた。

16　チャールズ司法に手を貸す

夜の作戦はおおむね成功だった。忌まわしい仕事を手際よく、勇気を奮ってやり遂げた。終始冷静さを失わず、証拠は巧みに消した。やむにやまれぬ行動だったが、あれ以上うまくはいかなかったに違いない。

思った以上に申し分なく事が運んだのは、札束のおかげだ。あれが失くなっていることで、これまで欠けていたもの——動機——の説明がつく。ウェザラップは金欲しさにピーターの机を漁り、略奪品と共に行方をくらましたと見なされるだろう。

ウェザラップの衣類やトランク、身の回り品を持ち出せればどんなによかったか。そうできれば自らの意志で失踪したと証拠立てられるのに。札束を見つけた瞬間そのことは頭に浮かんだが、危険を冒す気になれなかった。ウェザラップの部屋の位置をはっきり知らないし、メイドの部屋に近ければ物音を聞きつけられる。

一日二日は精神的にきついとわかっていたから、着替える間も絶えず気力を奮い立たせた。まず、計画のうち唯一延ばさざるを得なかったこと——工作室へロープを返さなければならない。難しいことではなく、ロリンズ夫婦に邪魔されない時間まで待って持っていけば終わる。あっという間にロープはロリンズが知っている定位置にぶら下がっていた。

朝食をいつもどおりに済ませ、しかるべき時刻に出社して仕事に取りかかった。意外なことにモート荘から何も知らせがなかったので、かえって気がかりだった。適当な口実で電話しようかと思ったが我慢した。

十一時ごろ待ちに待った知らせがあった。エルシーが電話をかけてきたのだ。ウェザラップのことで困っているの。姿が見えない上に言伝も何もないのよ。ピーターは出かけているし、どうしたらいいかしら。

チャールズは詳しく聞かせてくれと言い、エルシーの話をすぐに笑い飛ばした。たしかに妙な話だけど、そのうちひょっこり現れるさ。用事で出かけて手間取っているんだろう。前にもそういうことがあったんじゃないのかい？

いいえ、そんなことは一度もなかったし、あの人らしくないわ。エルシーは腹を立てているようだ。

期待どおりの筋書きで進行していた。チャールズは相変わらず、大したことじゃなかろうという調子で、そんなに心配ならこれからそっちへ行こうかと言った。エルシーは迷惑をかけてごめんなさいと言いつつも安心したらしい。すぐ行くよと言って電話を切った。

いずれ警察を呼ぶことになる。エルシーにそう勧めるつもりだった。通報役は自分が務めよう。できれば警察が到着する前にピーターの衣装戸棚を覗きたい。まさかとは思うが、封書が置いてあるかもしれない。

軽く考えていることを行動で示すため、モート荘へ行くのを三十分遅らせた。エルシーは嬉しそうにチャールズを迎え、よほど気を揉んでいるらしく、すぐに顚末を語り始めた。

「ゆうべのウェザラップはいつもと変わりはなかったわ。ベッドには入ったみたいだけど、朝になるといなかったの。何の知らせもよこさずによ。こんなこと一度もなかったし、そういうことをしそうな人じゃないから。チャールズ、どうしたらいいと思う？」

「自分の意見を言うのは控え、代わりに質問をした。ウェザラップが何かほのめかすとか妙な素振りをするとかはなかったかい？　ピーターと言い争ったとか、手紙が来た、誰かが訪ねてきた、言伝があったとかは？　身内のことは何か聞いてる？」

エルシーに心当たりがないのは当然で、どうやらあのときの電話は誰にも聞かれていなかったらしい。チャールズは徐々に気をよくした。

「ウェザラップの部屋は見たの？」

「ええ、メイドたちが。ベッドを使った跡があるって」

「いなくなったときの服装や、身の回りの品を持ち出しているか、その辺はどうなんだろう。あらかじめ考えての行動かどうかわかるかもしれない」

「二人に訊いたら、普段のお仕着せだと言ってたわ。燕尾服じゃなくて非番のときに着るツイードの上着だって。帽子はなかったけど、ほかに気がついたものはないそうよ」

「家の周りは見たのかい？」

「もちろんよ」

チャールズはますます気をよくした。

「ピーターはいつ帰ってくる？」

「夜まで帰らないわ」

「だったら、もう一度みんなで家の内外を見て回ろうか。それで何も見つからなかったら警察に電話するのがいいと思うけど。どうだい？」

エルシーは手を揉み合わせた。「ああ、また警察のお世話になるの。でも仕方ないわ、知らせないわけにはいかないものね。あなたの言うとおりにする。何も見つからなかったら、電話しましょ」

チャールズはこの機会を利用した。二人のメイドが呼ばれると手配りを決め、エルシーたちからごく自然に離れて独自に調査に乗り出した。思ったより簡単に済み、衣装戸棚に封書はなく、ほかに隠されていそうな場所もなかった。

屋内が終わると外へ出た。こちらも徹底的に調べたが無駄骨だった。一同は居間へ引き揚げ、チャールズは部屋の中を行ったり来たりした。

「そろそろ昼だね、エルシー」しばらくして声をかけた。「ルーカスに電話したほうがいいんじゃないかな。ぼくがかけようか？」

「そうね、チャールズ。お願いするわ」

通報を受けたルーカス警視は言葉を挟まず、すぐ人をやりますと言った。スウィンバーンさんはお手数ですがそれまでお待ちいただいて、その者に詳しく話してください。

数分後、ブレイ巡査部長が制服巡査を伴って現れた。挨拶をして、チャールズは自分が聞いたことを話した。ブレイたちはチャールズ、エルシー、二人のメイドから事情を聴取したあと、ウェザラップの部屋を調べに行った。

「お昼は食べていけるでしょう、チャールズ」エルシーが言った。

せっかくだけど会社へ戻ると答えた。ぼくにできることがあればまた来るよ。いや、午後には必ず。きみを一人きりにはしておけないからね。

エルシーは、わざわざありがとう、おかげで助かったわと言った。

実のところ、チャールズはその場にいるのが精一杯だった。余計なことを言ったり、したり、あるいは言い忘れたり、し損ねたりしてボロを出すのではないかと気が気でなかったからだ。それだけでも神経はすり減るが、それで終わりではない。何といっても昨夜あったばかりのことだ。どこに目を向けても、舟小屋の床にぴくりとも動かず不気味に横たわる姿が見える。耳について離れないのは、頭蓋骨に振り下ろした鉛管の鈍い厭な音と、船尾から死体が吸い込まれるように消えていったときのかすかな水音。その光景と音を記憶から消し去ることは不可能だと思い始めていた。

クラブで昼食を取る気になれず、五、六マイル先のパブまで車を走らせた。パンとチーズをウイスキーソーダで流し込み、会社へ帰った。

留守中これといったことはなく、煙草をくゆらせながら一時間休んだ。そうして気力を回復したチャールズは、再びモート荘へ向かった。玄関でエルシーが迎えてくれた。

「いらっしゃい。あなたが来るのが見えたから。ねえチャールズ、ひどいのよ！」手を揉み合わせながら、「何が見つかったと思う？　あの人ったら、ピーターの机をこじ開けて、お金をたくさん盗んだの！」

「まさか」チャールズは呆気にとられた口調で言った。「ウェザラップが？　信じられないな。好きにはなれなかったが、真っ正直な男だとずっと思ってたんだ。驚かさないでくれよ」

「わたしだってびっくりしたわよ。もう怖くてたまらない。とにかく入って」

チャールズはエルシーに続いて居間へ行った。「じゃあ、ウェザラップの消息はわからないんだね？」

「ええ、何も。刑事さんたちはまだ書斎にいるわ。実はね、夜中にウェザラップの物音を聞いたのよ」

「きみが？」

「そう、朝の三時ごろかしら」エルシーは腰を下ろし、チャールズにも坐るよう椅子を示した。「下の階からピストルを撃ったみたいな大きな音が聞こえたの。たまたま目が覚めてて、絵が落ちたんだと思ったわ。夜中に絵が落ちてぎょっとしたことが前にもあったし。それで下へ降りて確かめたんだけど、どこにも異状はなかったから、板が干割れしただけかなと思ったの。でも刑事さんは、きっと机をこじ開けたときの音でしょうって」

「きみは勇敢だなあ、エルシー。鉢合わせしなかったのは不幸中の幸いだったね。襲われてたかもしれないだろう」

「すぐ近くにいたはずだって、刑事さんは言ってる。机の陰か窓の外にいただろうって。あと

「ああ、そうしよう。いやあ、こんなに驚いたのは初めてだな。よりによってウェザラップだなんて。とても信じられないよ」

「わたしもよ」

「いくら盗られたんだい？」

「正確にはわからないわ。百ポンドはあったと思うけど」

「じゃあ、もっと多かったかもしれないんだね」

「お金じゃないの」エルシーはまた手を揉み合わせた。「それだって困ったことだけど。何もかもよ。ねえチャールズ、すぐまたこんなことが起こるなんてひどいと思わない？　この家にいるなんて、もう一日だって耐えられないわ」

「わかるよ、エルシー。ピーターも頭が痛いだろうな」

「ああ、そこまで考えたくない。ただでさえ心配事を抱えている人なのよ。きっとここにいなかったことを悔やむわ」

「おそらくそれが理由だよ。わたしを一人にしていたわけだから」チャールズは大急ぎで筋書きをこしらえた。「こういうことをやろうと考えたら、ピーターの留守を狙うはずだ」

「でしょうね」エルシーはこくりとうなずいた。

「お昼は食べたの？」

「いいえ。考えもしなかった」

「だったらエルシー、何か食べたほうがいい」チャールズはきっぱりと言った。「食べられなければ、コーヒーでもウイスキーソーダでもいいから飲むんだ。疲れ切ってしまったら何にもならないからね。刑事の相手はぼくがする」

「あなたはどうなの、チャールズ」

「ぼくは食べた。ありがとう」

我ながら驚いたことに、気力を保ったまま玄関ホールを渡って書斎へ行き、扉をノックして中に入った。ブレイが机の前で立ち上がった。

「ご苦労さまです」チャールズは声をかけた。「何か見つかったそうですね」

「ええ、いささか思いがけない発見ですが。まさか執事がこんなことをしでかすとは思いも寄りませんでした」

「同感です。どういうつもりだったんでしょうね」

ブレイは首を横に振った。

「壊された机というのはそれですか」チャールズは興味津々の様子で覗き込んだ。「モーリー夫人はこじ開ける音を聞いたと言ってますね」

「夫人の聞かれた音はそれだと思われます」ブレイはより正確な言い方をした。「執事のことをご存じですか、スウィンバーンさん」

やはり警察の人間だな。訊きはしても一切教えない、それがこの連中のやり方だ。

「ええ、まあ。亡くなった叔父に長年仕えていましたから。何度も顔を合わせています」

「家族や親類のことを耳にされたことはありますか」

「いいえまったく」

「女性関係の噂は？」

「さあ」

「私生活で秘密を抱えていたとか」

「その手の話は聞いたことがありません」

「クラウザー氏の存命中、こんなふうに姿をくらましたことはありましたか」

「ありませんね、わたしの知る限りでは。彼の部屋は調べたんですか」こちらが質問攻めに遭う道理はない。

「調べましたが、何も見つかりませんでした」

ブレイは進んで口を開く男ではなく、それから二言三言交わしただけでチャールズは書斎を出た。食堂でエルシーがコーヒーを飲んでいた。

「よかった、何か食べたんだね」そう言ってから口調を変え、「ピーターが何時の汽車で帰ってくるかわかる？」

「夕食にちょうど間に合う汽車よ」

「ぼくが迎えに行こう」

それから一時間以上モート荘に残り、この問題についてエルシーと話し合った。というか、エルシーが話をするのに任せて自分は耳を傾ける体《てい》で坐っていた。しまいには辛抱しきれなくなって、仕事の約束があるからと言い訳して腰を上げた。一人になりたくてたまらなかったが、自分だけいなくなると疑いを向けられるかもしれず、そんな危険は冒せない。工場にいれば一人でいるのとほとんど同じで、午後の長い時間をどうにかやり過ごした。

執事がいなくなったと聞いたピーターは目を丸くして、詳しく話してくれとせっついてきた。チャールズは自分が知っていることと知らないことを慎重に分けながら伝えた。

「車で来たんだ。家まで送るよ」

ピーターは困惑し、悲しんでもいた。「魔が差したんだろうか」と何度も繰り返す。「金に困っているなんておくびにも出さなかったんだ。あれっぽっちの金のために危ない橋を渡るとは。それにねチャールズ、もう一つ不可解なことがある。ぼくがあそこに金をしまっていると、どうしてわかったんだろう？　教えた憶えはないんだ。エルシーは知ってるけど、エルシーが他人にしゃべるわけないし」

そこまでは考えていなかった。「きみがエルシーに話しているのを立ち聞きしたのかな」

「そうなんだろうね」首を傾げながらもピーターは言った。

自分の意見が通ったのでチャールズは胸を撫で下ろした。ピーターは執事の犯行説を受け入れたらしい。

「エルシーも気の毒だね、こんな騒ぎになって。叔父さんのことがあったばかりなのに」チャールズはそう言うと、当たり障りのない話を始めた。

チャールズにとってその晩は悪夢さながらだった。とにかく情報を手に入れたかった。警察は何をしているのか。何を発見したのか。この件が見かけより深刻だと思う理由はあるのか。そして何より、この件とおれを結びつける根拠はあるのか。自分がどういう立場か知りたいあまりに、捜査の進捗状況をブレイ巡査部長に尋ねに行こうかと何度も考えるほどだった。相手の受け答えから推察できると思ったからだ。正気の沙汰ではないという心の声が聞こえなければ、実行に移していただろう。

翌日も同じだった。ああ、知ることさえできれば！　モート荘へ電話をかけたが、知りたいことは引き出せなかった。というより、ピーターは話す材料を持っていないのだ。書斎のフランス窓の鍵が失くなっていること以外はわかっていないという。

次の日も、その次の日も同じだった。新情報は一切なし！　チャールズの不安は峠を越し、時間が経つにつれて心は軽くなっていった。重大な発見があったら耳に入るはずだ。うろたえることはない、万事うまくいっているのを感謝すべきだろう。人生二度目の危機は過ぎ去った。前回と同じく無傷で切り抜けられたのだ。びくびくする必要はなかった。作戦は成功。今度もおれは安全だ！

ところが四日目になってチャールズは凄まじい衝撃に見舞われた。

日曜だった。日曜にテニスができないとゴルフをする。コースに出ようとした矢先、ピーターから電話がかかってきた。声を聞いてすぐ何かあったとわかった。

「悪い知らせだよ、チャールズ。ぼくらが考えていたよりずっと悪いことになった。ブレイ巡査部長がさっきうちへ来たんだけど、何をすると思う？　池をさらうんだよ」

チャールズは急に寒気を感じた。池を！　膝が震え出した。が、全力で気を取り直した。

「池をさらうって」鸚鵡返しにして時間を稼いだ。「ピーター、いったいどういうことだい？　まさか警察は……」

「そのまさかだよ。ウェザラップは死んだと考えてる。池に沈んでいるとね。今から始めるそうだ。本当に恐ろしい話さ」

「でも、わからないな。どうしてだろう……警察は何があったと考えてるんだ？」

「さあ。舟小屋の鍵を貸せと言ってきて、何を見つけたのか知らないけど、今度は舟を使わせろって」

チャールズは少しずつ自制心を取り戻していた。「大変だね、ピーター。エルシーも気の毒に。これで何か出てきたら、相当こたえるだろう」

「ああ、今だってずいぶん参ってる。この間のことに加えてこれだからね。ぼくは驚いてないよ。そんな感じはしてたから」

「きみはそうかもな。だけどぼくは、そんなことが起こったなんてとても信じられない。いったい誰が――そんなことをしたんだろうか」

「金目当てじゃないかな、よくわからないけど」

チャールズは、じかに話したいからそっちへ行くと言って電話を切った。頭がすっかり混乱していた。車を運転しながら、舟小屋でのことを反芻した。忌まわしい時間――記憶に焼きついている一瞬一瞬――を振り返るほどに、痕跡は残していないとの思いが強まった。とはいえ何かが見つかったのだ。否応なく一つの疑問が持ち上がる――どんな痕跡であれ、直接自分につながるのか、あるいは誰かがそこにいた事実を示すだけなのか。確かめたい。わからないままでは気が変になりそうだ。

しかし、場にそぐわない興味を示すのは禁物だ。ピーターともエルシーとも警察とも普通に顔を合わせ、関心ある第三者として振る舞えるだろうか？　いや、そうしなくては。しくじれば命取りになる。

ピーターについては心配するまでもなかった。ピーターのほうが普通ではなかったからだ。この捜索を気に病んでいる様子で、それはエルシーも同じだった。少し話してからチャールズとピーターは池へ向かった。舟が三艘出ていて、二艘はモート荘の舟小屋から、もう一艘は隣家からの借り物だった。男が二人ずつ乗り、一人は漕ぎ手を務め、もう一人は大きな熊手のような道具を操っていた。ブレイは舟に乗っている。舟小屋の前に警官が立っていて、ピーターとチャールズが近づくと敬礼した。

ピーターは警官を会話に引き込んだが、甲斐はなかった。池さらいは上の発案でありまして、なぜ実施するのか自分にはわかりません。いえ、何も見つかっておりません、まだ始めたばかりですので。舟小屋でどういう発見があったか知りません。いつまで続くか申し上げられません。この男は間違いなく警官の鑑だ。

不吉な作業を見守りながらチャールズは思った。警察のやり方は徹底しているから、いずれ死体は発見される。今は岸辺を探っているが、捜索範囲は徐々に広がって、池の中央に達するのは時間の問題だ。

その日は果てしなく長く感じられた。チャールズは落ち着けなかった。ゴルフはやめにして、モート荘でピーターのそばにいた。家に帰って一人になりたかったが、知らせが入るかもしれないと思うと離れられない。発見もなく夜を迎えたとき、いっそう辛くなったのかほっとしたのか自分でもわからなかった。

次の日も同じだった。いや、悪くなったと言うほうが当たっている。そのころにはもう舟が池の中央の忌まわしい場所に迫っていた。あとどれくらいで達するのかわかるなら大金をくれてやってもよかったが、やきもきしている姿をさらすわけにはいかない。無用な関心を示さないようにして、とにかく一日を切り抜けるほかなかった。

その晩、チャールズは疲労困憊して体中が痛んだ。酔い潰れるまで飲んでベッドに入るのは生まれて初めてだった。

翌朝、頭が割れそうに痛かったが、それは救いでもあった。別に考えることができたというか、池のことを忘れていられる時間が少しはできたからだ。チャールズは仕事に集中しようとし、ある程度うまくいった。

午前の半ば、ピーターから電話があった。死体が発見されたという。

17　チャールズ安堵する

ピーターはあまり情報を摑んでいないらしく、死体が発見されたこと、それが他殺によるものであることだけ教えてくれた。ピーターは会って話そうと昼食に誘ってきた。チャールズは恐怖心をこらえて承知した。

チャールズがモート荘に着いたとき、ピーターもエルシーも取り乱していた。ピーターは、一両日屋敷を離れないよう釘を刺されていた。検視審問に呼ばれることになるからだという。

「まだ足りないっていうのかしら、もういい加減にしてほしいわ」とエルシー。「ウェザラップはとっても気の毒だと思うわよ、あの人のことあんまり好きじゃなかったけど。でも、気の毒なのはわたしたちも同じよ。いくらもしないうちにまた警察沙汰だなんて。ここには住んでいたくない。この家がますます厭になっちゃった」

チャールズは詳しく聞かせてくれと頼んだ。

「話すことはあまりないんだよ」ピーターは言った。たしかにそのとおりだった。それでもわかったことが二つあり、不安を掻き立てられた半面、安心もした。

「知ってるかい」ピーターは続けた。「スコットランドヤードの警部がまだこっちにいて、池の作業はその人の指示だって。ここらで聞き込みをしてるらしくて、昨日池で見かけたよ。どんな具合か見に行ったら、ブレイと話してた。ブレイはぺこぺこしながら聞いてたよ」

思いがけない打撃だった。それでもチャールズはしっかり返答した。

「ええと――何て言ったかな――フレンチか、ロンドンへ帰ったんじゃないのかい？　このところ全然名前を聞かなかったから」

「ぼくもそう思っていたけど、違ったらしい。何を突き止めようとしてるんだろうね」

チャールズは曖昧に首を振った。それこそが不安の元なのだ。

「きみはウェザラップが殺されたと言ったね。警察はなぜそう判断したんだい？」

「重いもので頭を殴られたらしくて、頭蓋骨が割れてたんだ。凶器は鉛管の可能性があるとブレイは言ってる。鉛管が二本、死体に括りつけてあったそうだ。計画的犯行だね、犯人が重しを用意していたのなら」

チャールズはうなずいた。「謎が深まったわけだ。第一、金目当てで殺されたのなら、ウェザラップが金を持っていたことを犯人はどうやって知ったんだろう」

「わからない。ぼくも不思議に思ったから、ブレイにぶつけてみた」

「何て言ってた？」

「わたしもそこがわからなくて困っております だって。向こうは口が堅いからね」

「あなた、警察はわたしの意見に賛成したって言ってなかった？」エルシーが口を挟んだ。

「たしかにそう言ったけど」ピーターは言葉を選ぶように言った。「自信はない。ぼくの推測だからね、判断材料がろくになくて」

チャールズは従妹を振り返った。「きみはどう考えてるんだい、エルシー」

「誰かが泥棒に入って、物音を聞きつけたウェザラップが下に降りたんじゃないかと思ったの。外まで追いかけたウェザラップが呼び止めたら、相手に手向かいされて、殺された」

「冴えてるね、エルシー。その可能性は高そうだな。で、警察はこの説を信じているんだろう、ピーター？」

ピーターは体をもじもじさせた。「そう思っていたんだけど、今は何とも言えない。さっきも言ったろ、その話をしたらブレイは感心した顔をしてたよ。それで大体の説明はつく。でも、それなら泥棒は金が机の中にあると知ってたことになるけど、それは考えにくいんだよ」

「そう決めつけるのはどうかな」チャールズは言った。「金は偶然見つけただけかもしれない」

「じゃあ、泥棒は何を探してた？」

「金目のものなら何でもさ。机に金があるかもしれないと考えるのはもっともな話じゃないか。現金じゃなくても、値打ちものがあるはずだってね」

「食堂には銀の食器がいっぱいあったんだ。どうして持っていかなかったんだろう」

「食器はかさばるし、処分が難しい。目的は金だよ。ぼくはそう思うな。エルシー、きみはどうだい？」

すっかり納得したとは言えないが、今のところこの仮説が最有力だということで三人の意見はまとまった。「そのとおりならいいんだけど」エルシーが言った。「長年勤めていた人が泥棒だったなんて厭だから」

「ぼくもそう思う」ピーターが言った。「ウェザラップは悪い人間じゃなかった。お義父さんに気に入られて、よく尽くしていたし」

「教えてくれないか」チャールズが言った。「書斎の窓の鍵が失くなってると言ってたけど、死体から見つかったのかい？」

ピーターは知らなかった。ブレイに訊きそびれ、向こうも教えてくれなかったという。

チャールズとピーターは昼食が終わるまで話し続け、書斎へ移って葉巻に火をつけた。

「一つ訊きたいことがある」テーブルにポートワインのデカンタを置き、向かい合ってチャールズは言った。「もう気づいているよな。この件できみの心は平安になる。叔父さんが亡くなる前の晩、きみが叔父さんの薬瓶に手を触れた証拠はもう存在しない。そうだろう？」

ピーターは何度かうなずいた。「ああ、それは考えたよ」意味ありげに視線を向けて、「実のところ、死体が見つかってからほかのことは考えてないと言っていいくらいさ。見つかったとき喜びが込み上げて、我ながら恥ずかしくなった。わかってもらえると思うけど」

「当然じゃないか」チャールズは優しく言った。「ほかにどんな気持ちを表せって言うんだい。ぼくはきみが心配することはないと思ってた。もう気にしなくていいんだよ」

「チャールズ、そう言ってくれると気が楽になるよ。ぼくにとっては悪くない結果だけれど、ウェザラップのことは気の毒でならない。可哀想だよ、あんなふうに死ぬなんて。でも、考えようによっては、楽な死に方だったかな。少なくともあっという間だったはずだから」

チャールズは口実をこしらえて早々に退散した。話を続けるのが辛くてならず、うまく振る舞えているとは思うが、へまをする危険は常にある。口を滑らすのは呆気ないほど簡単で、知るはずのないことをしゃべってしまったが最後、絶対に言い逃れはできない。それからは終日拷問を受けているようだった。いったいおれはどうなる？　チャールズを苦しめるのはこの疑問だった。理屈の上では安全だと思っても、あらゆる可能性が次々と頭に浮かんだ。

その夜遅くピーターから電話があった。明日の午前十時半、町役場で検視審問が開かれると警察が知らせてきたという。きみも出席するかとピーターが訊いてきた。

「そうだね、行くよ」チャールズは答えた。「エルシーは元気かい？」

「うん、どうにか。明日のことを楽しみにしてるわけじゃないけどね」

「エルシーは呼び出されないんだろ？　身許を確認したら休廷になると思うけど」

「うちに来た警官は、はっきりしたことは言わなかった。とにかくエルシーも呼び出しを受けてる」

意外にもその夜チャールズはぐっすり眠った。それでも目覚めると気分は暗く、やってしまったことが心に重くのしかかっていた。最初は恐ろしい夢を見ていた気がして、だから本当はぞっとする立場にはないのだと安堵を覚えた。一瞬、恐怖は存在しないと信じ込んだ。しかし、すぐに思い出した。これは悪夢などではない。実在する恐怖なのだ。おれは二度も人殺しをした。その記憶はいつまでも残る。何をしようと消し去ることはできない。しかも、倫理的な重圧に押し潰されかけているだけではなく、身に危険が迫っていた。死の危険、いや、死よりも悪い危険が。

それでも朝食を食べて濃いコーヒーを飲むと落ち着いて、町役場に着いたときには冷静さと自信を取り戻していた。とにかく今日はそれほど悪いことは起こらないはずだ。証人として呼ばれたわけではない。成り行きを黙って見守ればいいのだ。

人混みを押し分けて中に入ると、前と同じ場面を見るようだった。今回もブレイ巡査部長の案内で椅子に坐り、しばらくしてピーター、エルシー、モート荘のメイド二人がやってきた。傍聴席はほとんど失業者で占められていた。強い関心を集めていることも変わらない。

検視官は、アンドルー叔父の審問を主宰したエマスン博士だった。そのとき同様、予備手続きはてきぱき進んだ。殺人が疑われるので陪審が同席することになり、その氏名が呼ばれた。

警察側の出席者は格別強力だった。ブレイ巡査部長と部下の巡査に加えて、ルーカス警視とフレンチ警部も来ている。四人が席に着くのを見てチャールズの胸は騒いだが、殺人事件なら出席するのが当然かと思い直した。どのみち自分には関係ないことだ。

ピーターが最初の証人だった。事件の衝撃からは立ち直っており、表情は硬いものの落ち着いていて、不安は感じていないらしい。検視官の質問を注意深く聞き、素早く丁寧に答える。模範的な証人だ。

ピーターはまず、遺体は我が家の執事ジョン・ウェザラップに間違いありませんと言った。そして知る限りのウェザラップの経歴を話し、申し分のない人物だったと証言した。つねづね生真面目な人間だと思っておりましたので、わたしの金を盗んだとすれば実に意外なことと言わなければなりません。わたしの義父、故アンドルー・クラウザーに仕える前のことは何も存じません。家族のことも一切知りませんし、その方面の話をするのを聞いたことも、よからぬことを企んでいたと考える理由もありません。ウェザラップは自身のことを話しませんでしたから、私生活については何もわからないのです。いいえ、金に困っていると聞いたことはありません。そういう話を耳にしていたら、わたしは救いの手を差し伸べたでしょうし、ウェザラップもそう考えてわたしを頼ったに違いありません。亡くなる直前、変わった様子は見られませんでした。

検視官が盗まれた金について質問すると、ピーターはこう答えた。農機具の競売で大量に買い入れようと現金を用意していました。購入費の残りは百三十五ポンド十シリング。ほとんどが一ポンド札でしたが、五ポンド札も若干交じっています。モート荘には金庫がないので、札束は丸めて鍵のかかる机にしまいました。家内にはそのことを話しましたが、ほかの人には話していません。立ち聞きされてはいないはずですが、断言はできません。事件当夜わたしはロンドンにいました。このたびの出来事には途方に暮れるしかなく、何が起こったのか想像もつきません。

陪審からの質問にピーターは、机の鍵は一つしかないと思います、いつもポケットに入れていますと答えた。机は開けっ放しのこともありますが、現金をしまうときは鍵をかけるようにしていました。うっかり開けて札束に気づくということはなかったはずです。

次にエルシーが呼ばれた。ピーターが証言したウェザラップの人柄と生前の様子をおおむね裏づけ、身内や個人的なことはまったく知らないと答えた。事件当夜についてはこうだ。わたしは横になっていましたが目は覚めていました。午前三時ごろ階下から銃声のような大きな音が聞こえました。以前夜中に壁から絵が落ちたことがあり、今回もそれだと思いました。階下の部屋を調べましたが絵は一枚も落ちていなかったので、きっと板が干割れした音だと思いました。いいえ、使用人は呼びませんでした。特に異状はないと思いましたので。翌日、警察の方から書斎の机に裂け目があると教えられました。できたばかりの傷でした。わたしが聞いたのは机の木が裂ける音だったかもしれませんが、はっきりそうだとは申し上げられません。

朝になるとウェザラップの姿が見えません。メイドたちに尋ねるとベッドには寝た跡があると言います。しばらくは何もしませんでした。外出したんだ、そのうち戻ってくると思いましたので。それでも一向に現れませんので、十一時ごろ従兄のチャールズ・スウィンバーンに電話で相談しました。チャールズが家に来てくれて、みんなで家の内外を捜しました。ウェザラップは見つからなかったので、警察に知らせようとチャールズが言いました。わたしはお願いするわと言ってチャールズに電話をかけてもらい、警察はすぐに来てくれました。

何が起こったのかわたしには理解できません。ウェザラップは本当に真面目な人でしたから、お金を盗ったのだとしたら驚くほかありません。

続いてメイド二人が呼ばれた。ウェザラップがいなくなった朝、わたしたちが部屋を調べました。ベッドは使った跡があって、普段着のチョッキとズボン、出かける夜によく着ていた古いツイードの上着がありませんでした。前の晩はいつもと変わらない様子で、何が起こったのか想像がつきません。日中ウェザラップに手紙が届いたり言伝があったりしたか、二人とも知らないと答えた。

次の証人、スコットランドヤードのフレンチ警部が呼ばれると、傍聴席の関心はにわかに高まった。証言台に立って宣誓したのは、朗らかで人の好さそうな平凡な男だ。口調は穏やかで丁寧だが、聞き手が知りたいと思う内容はほとんどなかった。

フレンチは、故人が行方不明になった当時はコールドピッカビーでモート荘の前当主の死亡事件を捜査中で、地元当局が本件についてもロンドンに捜査の許可を求めたため、自分は本庁から指示を受けて着手したと述べた。

「わかりました、警部」と検視官。「では、本件についてわかっていることをあなた自身の言葉で陪審に説明してください」

「まずモート荘へ出向いて事情を聴取しました。入手した情報に基づき、モート荘に隣接する池をさらうようルーカス警視に手配をお願いしました。その結果、池の中央付近で遺体が発見されました。引き上げたところ、水中で五日ほど経過していると思われ、行方不明だった期間と一致します。ウェザラップ氏とは先の捜査の際に会っており、氏の遺体であることは一見してわかりました」

どんな情報を「入手した」のか、教えてくれたら相続財産の大半をくれてやってもいいとチャールズは思った。だが、教えてもらえないのはわかりきっている。フレンチは朗らかにゆっくりと先を続けた。

「遺体を調べると犯罪の証跡が見つかりました。後頭部が陥没しており、殴打による頭蓋骨骨折であることは明らかでした。無帽の状態で、帽子はボタンを留めた上着の内側にありました。体には直径四分の三インチの鉛管が二本括りつけられ、一本は長さ十四インチ、もう一本は三十五インチで、腐敗が始まって遺体が浮き上がるのを防ぐ意図であることは明白です」

「殺人事件であると確信していますか」検視官が訊いた。

「はい。私見では事故、自殺、共に考えられません。衣服やポケット内部を検《あらた》めましたが、特別なものはありませんでした」

「手紙や文書は?」

「まったく」

「失くなった紙幣はどうですか」

「見つかりません」

「わかりました。どうぞ続けてください」

「わたしが把握している詳細な情報はすべて陪審に提示されています。書斎の壊れた机のほかには、屋敷内、故人の部屋とも、事件の解明につながるものは見つかっていません。書斎の机は鉄梃のような道具でこじ開けられていました。また、書斎のフランス窓は施錠されていましたが、鍵は失くなっています。事件前日は錠に差してあったそうです」

「窓の周辺に足跡などの痕跡は見つかりましたか」

「いいえ、晴天続きで地面は硬くなっていましたので。机を調べると、天板の錠の留め具沿いに、鉄梃の圧力でできたと思われる亀裂が見つかりました。その亀裂が生じる際には大きな音を立てたに違いなく、モーリー夫人が耳にしたのはその音だと考えました。もちろん証拠はありませんが」

「なるほど。ほかに話すべきことはありますか」

「いいえ、これで全部です」

「何が起こったかを説明する立場にはないということですね？」

フレンチはわずかに口許を緩め、「そうです」と答えた。

検視官は少し間を置いた。「わたしが質問したのはこういう理由からです」おもむろに口を開く。「ここに一人の男性がいて、知られている限りでは模範的な人物でありながら、遺体で発見されたときの状況から、死亡直前に雇い主の金を盗んだ可能性が指摘されています。死者が不当に汚名を着せられるとすれば嘆かわしいことです。それだけに、ほかに事実関係の説明が存在するのではないかとわたしは考えています」そこで言葉を切り、身を乗り出した。「答えてください、警部、これからわたしが述べる仮説が真実ではない理由があるかどうか」

エマスン検視官が再び間を置く。フレンチは畏まって言葉を待った。聴衆の関心は一点に集中し、会場は沈黙に包まれた。

「仮に故人が」検視官が口を開いた。「夜中に物音を聞くなりして不審な動きに気づき、階下に降りて何者かが盗みを働いている現場に出くわすか、犯行後に立ち去るところを目撃したとします。故人は賊を捕えようとしたものの、相手が凶器を持っている可能性があり果たせない。

そこで、どこへ行くのか突き止めることにした。それが賊の注意を惹いて揉み合いになり、故人は犯行の発覚を逃れようとした賊に殺害された。警部、あなたが集めた情報から、死者の窃盗容疑を晴らすこうした仮説に真実性はあると考えますか」

フレンチはぎごちなく体を動かした。「わたしが知り得た範囲でその仮説に矛盾する事実はありませんが、それが真実であることを示す証拠は持ち合わせていないと申し上げます」

「そうですか、わかりました。盗みに関して故人は潔白であるという前提で事実関係が説明できるか知りたかったのです」

「説明はついても、証拠がありません」

「なるほど。それほど単純ではないということですね」検視官はメモに目を通し、「わたしからは以上です」と言い、さらに間を置いてから、質問はありませんかと陪審に声をかけた。

陪審長が手を挙げた。「警部に伺います。机をこじ開けるのに使われた道具を捜しましたか。その場合、見つかったのでしょうか」

検視官がうなずいたのを見てフレンチは答えた。「最初の質問の答えは『はい』ですが、次の質問の答えは『いいえ』です。そのような道具は見つかりませんでした」

陪審長の質問はそれだけで、フレンチは証言台を降りた。

次に呼ばれたグレゴリー医師は、遺体の傷についてフレンチが言ったことを専門用語を用いて繰り返し、殺害目的で加えられた傷であるとしか考えられないというフレンチの見解を裏づけた。

これで証言は終わり、エマスン検視官はまとめに入った。まず、アンドルー・クラウザーの審問のときと同じく、説教めいた口調で陪審の役目を説明し、遺体が誰であるか、死因は何かを決めなければならないと言った。皆さんは、死亡の責任を誰かに帰すべきであると思うならばそう述べる必要がありますし、その責任が特定の個人あるいは複数人にあったと考える場合はその意見も表明しなければなりません。皆さんがこれらの点に結論を下すのは難しくないと思います。遺体の身許についても死因についても明確な証言がなされていますから、証言を疑う理由がなければ何ら評決に躊躇することはないはずです。わたしの見る限り、殺害の罪を誰が負うべきかに関する証言はなされておりません。皆さんも同じ考えであれば、未知の個人あるいは複数人による故殺という評決になると思われます。では、退席して審議をお願いします。

七分ほどの審議ののち、陪審は検視官が言ったとおりの評決を下した。

評決が読み上げられる間、チャールズの頭の中では小さな歌声が響いていた。これでおれの身は安全だ！　警察は何も疑っていない。厄介事は終わりだ。ウェザラップの件だけではない、アンドルー叔父の件も安心していい。おまけにピーターも安全なのだ。さあ、忌まわしい一連の出来事を忘れ、まともな思考を取り戻して、お留守になっていた目的の追求に専念するのだ。ユナのことさえ考えられなくなっていたとは情けない。もう悩むことはない。今日にもユナに会って結婚式の日取りを決めたいと言ってみよう。

チャールズの物思いはピーターの声に破られた。「ウェザラップに親類がいるかどうかわからなくて。死亡広告を出すか迷ってるんだ。もちろん葬儀はうちで手配するつもりだけど」

「ぼくだったら広告は出さないね」チャールズは言った。いつまでも取り沙汰されてはかなわない。「大金持ちが亡くなったわけじゃあるまいし。きみが葬儀を仕切るのは立派だと思うけど、それで充分だろう」

ピーターは小刻みにうなずいた。「きみが必要ないって言うんなら広告はやめておくよ。今日はこれで帰ろうか。近いうちにまた会おう」

「ああ、そうだね」チャールズは駐車場から車を出し、工場へ向かった。

安全！　万物が示し合わせたように同じ言葉をかけてくる。運転する車のタイヤの音にも、往来に鳴り響くクラクションにも、工場近くの裏町で遊ぶ子どもらの賑やかな声にも、チャールズはその言葉を聞いた。社長室の開いた窓から届く小鳥のさえずり、リリングストン嬢が打つタイプライターのかたかたいう音でさえ、平和と安らぎの調べだ。何も疑われていない！　心に闇を作ってきた不吉な黒い影は遠ざかって、学校から解放された少年のような心地だった。

しかしすぐに小さな反動が来た。見方を変えれば、どちらの事件も終わっていないのだ。警察は双方の事件から完全に手を引いたわけではない。捜査が続行される可能性はある……。

チャールズは再び自問した。捜査が続行されたところでどうだというのだ。何かが明かされるのか？　いや、何も！　もう終わったことだ。そういえばユナはどうしているだろう。午後会いに行こう。ああ、何と甘美な思い！　ずっと連絡しなかったことも、おれのせいではないとわかってくれるはずだ。もしかしたら式の日取りを決めることに賛成して、歓喜の杯を満たしてくれるかもしれない。

しかしその午後、チャールズは大きな失望を味わった。ユナが不在だったのだ。グロスターの友人宅を訪ね歩いて一週間は戻らないという。それでも連絡先を教えてもらい、夜には思いの丈を吐露した手紙を書き上げた。

日を追うごとにチャールズはかつての日常に復していった。やがて不安の色は顔から消え、生来の屈託ない表情が戻った。忌まわしい出来事は記憶からきれいさっぱり追い払われつつあった。

工場の業績がわずかながらも上向いてきた。納入期日前に届き据えつけも終わった新しい装置が稼働を始めている。チャールズは真新しい機械に目を細め、工場長のサンディ・マクファーソンは「社長、やっぱりいいですよ」と昂奮を隠さない。今日は新しい製造ラインでの原価が出る緊張の日だった。

「こいつらは標準A型の加工賃を二シリング三ペンスから一シリング五ペンス一ファージングに減らしてくれます。一基当たり約十ペンスですよ」マクファーソンは嬉しそうに言う。「あのダーリントンの仕事、見積りは七十二ポンド下がるでしょう。この機械が入ってたら取れましたよ」

その日の夕方、リーズ近くのやや大口の入札に向けて修正した見積書が郵送された。数字は前より百ポンドほど下がっていた。数日後、受注できたことを知って全従業員が沸き立った。のちにチャールズが聞いたところによると、二位との差は約二十五ポンドだったという。

「お前さんの言ったとおりだな、サンディ。装置の入れ替えが効いたよ」チャールズは部下の功績を認めることにしている。

「はい、そのようですね」マクファーソンはうなずいた。

自宅に建築士を呼んだこともチャールズの日常に興を添えた。二部屋増築し、玄関ホールを広げ、電気器具をすべて改良型に取り替える計画が具体化した。庭師も呼んで、大きくなった建物と周囲の調和を図る案を練った。こうした計画を披露する場面を思い浮かべてチャールズは悦に入った。ユナのことを忘れていなかった証拠になるだろう――そんな証拠が必要ならば。

ピーターも数か月ぶりに晴れやかな気分でいるようだ。新しく執事を雇い入れ、野菜作りの規模を拡大する計画を立てているという。夢中になることができたのがプラスに働いて、ピーターの世間に対する見方は前より明るくなった。

チャールズは人生の新たな幕開けを感じていた。順風満帆の、誰にも負けない幸福を味わう人生の新章が始まったのだと。

ところが、そんな想像に待ったをかけ、後ろ暗い一時期を経て手に入れた希望を吹き飛ばす出来事が降って湧いた。チャールズは再び疑惑と苦悩に囚われ、現実としての恐怖が刻々と迫っていた。

18　チャールズ恐怖を味わう

ある製造業者団体の四半期ごとの夕食会がニューカースルで行われる。大切な商談後の催しということもあって、チャールズは出席を決めた。火曜の午前中に列車で現地へ向かい、一泊する。思ったとおり有意義な集まりで、水曜の昼食後チャールズは上機嫌で会社へ戻った。

社長室に腰を下ろすと秘書を呼び、不在中に届いた郵便物を持ってこさせた。それらの処理が終わると、ゲアンズは衝撃的なことを口にした。

「昨日スコットランドヤードの方が――フレンチとおっしゃいましたか――訪ねてきました。社長が休暇旅行の少し前にロンドンへ行かれた話をされたそうですが、日付のメモをどこかへ置き忘れてしまい、報告書を仕上げるのに必要だからということでした」

寝耳に水だった。フレンチ警部がまだいる？　どういうことだ。

「何だ、そんなことか」しっかりしなくてはと思いながらも声が震えてしまう。「日付を訊かれるくらいどうということもない。教えてやったんだろう？」

老秘書は首を横に振った。「いいえ、わたしは存じませんので。社長に直接お尋ねくださいと申しておきました」

「警察に密告する気分だったかね？」チャールズはくつくつと笑った。作り笑いにしては上出来だ。「そんな大げさな話じゃなかろうに。知りたいのはそれだけだって?」

ゲアンズはよくわかりませんと答えた。何事につけ、この男はよくわかっていた例《ためし》がない。警部はかなりの時間ここにいたらしい。どんな話をしたんだ? はい、取引がはかばかしくないことや、このあたりではどのように困難を乗り越えているかなど、いろいろでございます。警部さんは、ヨークシャーと、つい最近仕事をしておられたリンカンの経済状態の違いを話され、工場で人員や賃金を削らずに済んだか、そういう恐れがあったか、いつ人員削減や賃金カットの危機が迫り、その脅威がいつ取り除かれたかをお尋ねでした。

チャールズは聞いているうちに気落ちしたが、とにかく秘書を追い出すことに神経を集中した。「近ごろはそんな話ばかりだな——情けないことに」精一杯軽い調子で、「それだけか、ジェイムズ。午後の便でアームストロング社に見積りを送っておいてくれ」

ゲアンズが書類をまとめて出ていくと、チャールズは改めて衝撃的な知らせに向き合った。フレンチがコールドピッカビーを離れたのは間違いないと誰もが思った。戻ってきた目的は何だ? 事件が蒸し返されることはないはずでは? それも、ウェザラップではなくアンドルー叔父のことが。ロンドンへ行った日付を訊くとはいささか見え透いている。スコットランドヤードの警部たる者がメモを置き忘れることなどあるものか。おれの留守に会社へ来てそんなことを訊くとは白々しい。あの男の狙いはほかにある。

狙いは何だ? 会社に関する質問に意味はない。資金不足のことではないだろう。資金繰りが苦しかった事実を隠したことはないのだから。だとしたら、何なのだ?

チャールズは得体の知れない脅威に怯えた。いや、脅威などそもそもありはしない。あの男の言葉は真実で、報告書に必要なメモをどこかに置き忘れただけのことなのだ。

そういうことだと自分を納得させようとしたが、帰宅すると再び不安に襲われた。フレンチはここにも来ていた。ロリンズ夫婦に会って同じ話をしていったという。忠義者のゲアンズと違い、ロリンズはあっさり日付を教えた。しかもフレンチは、会社へ行ったときと同じく、雑談を装ってチャールズの身辺事情を聞き出していた。家を空けることは多いか、どれくらい客を招くのか、ユナ・メラーとよく会っているかまでも。そして家の立地を褒めちぎり、周囲を歩いて景色を眺めていいかと尋ねた。

わけのわからないことをするものだと思いつつ、チャールズは不安を掻き立てられた。とはいえフレンチの動向はそれきり聞かなかった。どうやら町を離れたようだ。日が経つにつれ、フレンチが話した報告書の件は額面どおり取ればいいという思いが勝った。気に病むことはなかったらしい。

それからは順調だったが、ユナとの仲は進展しなかった。ユナは上機嫌で、誘えば一緒にゴルフをしたり家や庭の設計図を見たりしてくれたが、結論を下そうとはしなかった。結婚式の日取りを決めるどころか、あなたと結婚するかどうかまだ決めていないと言ったこともある。改築案を素晴らしいと言いながら、実行に移すのは許さない。要するに、気を持たせるだけで実《じつ》がないのだ。しかしどうすることもできない。答えを強いれば「ノー」と返ってくるのは、それとなく洩らした言葉でわかっている。甘んじるほかなかった。

そしてある晩、よもやあるまいと思っていた恐るべき事態が現実のものとなった。

その日、工場で厄介事が持ち上がった。原材料が納入されず重要な仕事が滞って、納期に間に合わなくなりそうだった。大車輪で取り組んでいたので不安が募り、皆の神経がささくれ立った。チャールズは関係書類を家に持ち帰って、契約違反の納入業者へ送る賠償請求書の草稿を書くつもりだった。事は単純ではなく、揉めれば訴訟になることも予想された。

食事のあと葉巻をくゆらせながら夕刊に目を通し、九時ごろ書類を手に書斎にこもった。チャールズは集中力がある。こちらの主張の要点はすぐに書き上がり、項目ごとに丁寧に裏づけをしていった。仕事は存外はかどって、十時になったとき、あと三十分ほどで終わると思われた。

その数分後、庭に車が入ってくる音がして、玄関で呼び鈴が鳴った。チャールズは耳を澄ました。応対に出たロリンズが玄関ホールで話している。重々しい足音に続いて書斎の扉が開き、ロリンズが告げた。「ルーカス警視とフレンチ警部がお見えです」

来客の顔を見た瞬間、チャールズはその時が来たのを悟った。気の進まない用向きだからか、二人とも沈痛な、思い詰めた表情をしている。こちらへ歩いてくるようには見えなかったのに、いつの間にか両脇に立っていた。チャールズはためらいがちに立ち上がった。ロリンズは部屋を出ていった。

すぐにはどちらも口を開かなかったが、扉が閉まると警視が沈黙を破った。

「スウィンバーンさん、申し上げにくい用件で伺いました。職務上の義務として伝えます。あなたの叔父アンドルー・クラウザー及びその使用人ジョン・ウェザラップ殺害の容疑であなたを逮捕します。これが令状です。あなたの発言はすべて記録され、証拠として用いられることを申し添えます。車で参りましたので、静かに同行してくだされば必要以上に不自由をおかけしないことを約束します」

膝から力が抜け、チャールズは椅子にへたり込んだ。胸がどきどきして、息をするのが苦しい。今の言葉は何だ、信じられん。疑わしいというだけで逮捕できるはずはない。おれに不利な物的証拠を警察が手に入れられるものか。そうだ、そんなことはあり得ない。おれの計画に抜かりはなかった。警察はとんでもない勘違いをしている。おれは夢を見てるんだ。これは現実じゃない。こんなことが現実であるわけがない！

混乱しながらも動く人影には気がついた。目の前にタンブラーが現れ、フレンチの声がした。

「どうぞ」

促されるままブランデーを一息に飲み干した。体が欲していたものだ。動揺はたちまち治まった。グラスを静かにテーブルに戻したチャールズの顔には、笑みさえ浮かんでいた。

「今の言葉を聞いて胆を潰したことはたしかです。しかし警視さん、大変な勘違いをなさっているようだ。まあ、ここで何を言っても無駄でしょうが。同行せよと言われるのなら、もちろんそうします。誤解はあっさり解けるでしょうから」

「だとよろしいですね、スウィンバーンさん」ルーカスが言った。「弁護士にはすぐに会えますので、存分に打ち合わせをなさってください。では、参りましょうか」

チャールズは立ち上がった。「わかりました。上着を持っていきたいのですが」

「ええ、どうぞ」

意外にも二人は体に触れたり腕を摑んだりせず、手錠すらかけなかった。だが、どちらへ動いても瞬時に取り押さえられる距離にいた。三人は密集隊形を保って玄関ホールへ移動した。チャールズは上着の前に立った。

「わたしが取りましょう」フレンチが腕を伸ばした。チャールズは袖を通し、やはりフレンチから渡された帽子をかぶると、玄関へ歩き出した。が、立ち止まった。

「ロリンズには言っておいたほうがいいですね。それとも代わりに伝えてくれますか」

「お好きなようにしてください、スウィンバーンさん」

「では、その呼び鈴を押してください」

想像がついていたのだろう、ロリンズは即座に現れた。恐怖に凍りついたような顔をしている。

「この方々と出かけてくるよ」チャールズは精一杯軽い口調で言った。「一両日で戻れるだろう」

「かしこまりました」けなげに答えるロリンズの声を背に、チャールズは玄関ホールから夜の闇に出た。気丈に振る舞いつつも心は沈んでいた。果たしてこの扉を再び見ることがあるだろうか。これは警察の手違いか、それとも終わりなのか。ルーカスの声がした。「どうぞ、乗ってください」

待機していた車にフレンチが乗り込み、チャールズは言われるまま続いた。最後に警視が乗り、後部座席に三人がぴたりと並んだ。もう一人、扉の外に立っていた私服の警察官が助手席を占めると、車は出発した。

移動中は誰も口を開かなかった。チャールズは恐ろしさを感じるばかりで、筋道を立てて考えることはできなかった。おれに不利な何かをこの連中が摑んでいるとは思えないが、陪審を納得させるに足る証拠が揃ったからこそ逮捕に踏み切ったのだろう。まあ、考える時間はたっぷりある。今は、言動に注意して真相を覚られないことだ。警察の取り調べがどういうものかは聞いたことがある。必ずしも不当とは言えないが、怯えていて当然の一個人に、明敏で経験豊富な、落ち着き払った知恵者数人が相対するという。しかし、ブランデーの力で自制心は取り戻したし、おれの計画に疎漏はない。きっと持ちこたえられる。

車はいつまでも走り続けるかのようだった。闇の中でも我が家を囲む木々の黒い塊は見える。広々した田園地帯に出て、ゲイル川を跨ぐ橋を渡り、散在する人家を眺めつつ進むと、車は向きを変えて門のある中庭に入った。背後で門が閉まる。閉ざされた門の意味するところを考えるゆとりはなかったが、がちゃりという忌まわしい音はチャールズの記憶に深く刻みつけられた。車を降りても三人の密集隊形は変わらず、机が一つ隅に置かれただけの殺風景な部屋へ入った。警視がてきぱき動き、いろいろなことが目まぐるしく起こるため、チャールズはほとんどついていけなかった。

初めに、チャールズの容疑は、八月二十五日にコールドピッカビー、モート荘在住のアンドルー・クラウザー、及び十一月一日に同所在住のジョン・ウェザラップを謀殺したことであると告げられ、言いたいことはあるかと訊かれた。発言しなくてもいいが、あなたの言ったことは証拠として用いられる。チャールズは、これは何かの間違いです、今は話すことはありませんと答えた。

これで事務的な手続きが済んで、チャールズは別室へ連れていかれた。そこで徹底的な身体検査をされた。ポケットに入っていたナイフや折り畳み式の鋏など、金属製の尖った道具を除いて衣服が返却されると、留置室へ入れられた。

常に優しく扱われることにチャールズは驚いた。質問はせず、まして脅しつけたり、知らず知らずのうちに自供に追い込む姑息な手を使うこともない。身体検査をした男たちは愛想がいいほどで、屈辱感を味わわせないよう配慮しているのがわかった。留置室に錠を下ろした巡査にはお休みなさいと声をかけられた。フレンチも警視も、遺憾ではあるが私情を交えるわけにはいかない規定業務としてこなしている。顧問弁護士のアレック・クイルターに事の次第を伝える役目はルーカスが引き受け、翌朝には面会できるよう段取りをつけてくれた。これ以上望めない扱いと言える。

施錠された扉で自分がこの世で大切にしているすべてから隔てられ、硬いマットレスに腰を下ろしたとき、真の恐怖がチャールズを襲った。安全だと自分では思う。しかし、同じことを、思いも寄らぬ終末へ向かった多くの者が考えていたのだ。妻を毒殺したドクター・クリッペンは、犯罪の痕跡を隠した上にまんまとアメリカ行きの船に乗ったとき、安心しきっていたはずだ。花嫁を次々と浴槽で溺死させたジョージ・J・スミスも、愛人をばらばらにして鍋で煮たパトリック・マーンも、自らの死を偽装するためにヒッチハイカーを気絶させ車ごと火をつけたアルフレッド・ラウズも、その他大勢の殺人犯も、我が身の安全を疑っただろうか。おれは連中よりうまくやったとどうして言えよう?

どういうわけか、薄暗がりに一人でいると、申し分なかったはずの計画が色褪せて見える。そういえば、今までに読んだ推理小説では、どの犯罪者も完璧な計画を立てながらことごとく失敗に終わる。オースチン・フリーマンによる二部構成の諸作品がまさにそれだ。犯罪者は誰も、我が身の安全と計画の万全を確信する。しかし、水も洩らさぬかに見えた計画が実は笊《ざる》同然で、しくじりや見落としや手がかりの穴だらけなのだ。

窮策に打って出てからこれが初めてではないが、チャールズは心の底から苦しみを味わっていた。この先どんなことが待ち受けているのかと思うとたまらない。寝返りを打つこと数時間、ようやく眠りに就いたがあまり眠った気はしなかった。厭な夢に追いかけられているうちに、気さくな巡査の声で目が覚めた。巡査はしばらくして朝食を運んできた。

「クイルター氏は九時半に来られます。あなたには十一時に治安判事裁判所へ出廷してもらいますが、形式的な手続きで五分とかかりません。その前にクイルター氏と面会できます」

「ありがとう」チャールズは答えた。「クイルター氏はここに来るんですか」

「ええ、こちらへ案内します」

チャールズはまだ混乱していたが、昨夜の凄まじい恐怖は去っていた。落ち着いて考えることができるようになり、弁護士が到着するころには明るささえ取り戻していた。

アレクサンダー・クイルターはいかつい顔をした大男で、込み入った法律問題より法廷での駆け引きに長けているとの定評がある。共同経営者のダンスフォルドが前者に通じているので、組み合わせとして申し分ない。豪傑肌のクイルターは、チャールズに威勢よく声をかけてきた。

「これはこれは」扉が開き切らないうちから大きく響く。「とんだ目に遭いましたねえ。すぐに出して差し上げますから。警視は何を考えているんですかね」

「しばらくだね、クイルター。早速駆けつけてくれて助かるよ」

クイルターは挨拶を返し、決まり切った励ましの文句を述べてから、声を落として用件に入った。「では、いきさつを詳しく聞かせてください。自由を勝ち取ることが第一でしょうから、隠し事は一切なしで願いますよ。ありのまま話すことです。その上で方針を立てますので」

チャールズは話し始めた。会社が資金難に陥ったこと、モート荘に亡き叔父を訪ねたこと、援助を頼んで冷たくあしらわれたことは事実を話した。続いて、工場の機械のこと、銀行やボストックから金を借りようとしたこと、自宅の絵を質草にして工面したこと。その際ロンドンへ赴いたが、絵の質入れと機械の調達にレディングへ足を延ばしたことだけに話をとどめた。それから、心身共に疲れて地中海クルーズの旅に出た。途中ナポリで知らせを受け急いで帰路に就き、葬儀に間に合った。最後に、機械を購入して会社の業績が上向いたと言い添えた。話したことはすべて真実だが、叔父とウェザラップの死については何も知らないときっぱり否定した。

「そういうことでしたら申し分なさそうですな」チャールズの話を聞き終えるとクイルターが言った。「一つ二つ残念なところはありますが、まあ問題ないでしょう。ところで、遺言の相続額はご存じだったんですね？」

「ああ、知っていた。叔父が遺産の大半をモーリー夫人とわたしに分け与えるつもりだったことを知らない者はいなかった。叔父は口癖のように言ってたからね」

クイルターは次々に質問した。いくつか返答に手こずったが、チャールズはうまく切り抜けた。我ながらいい筋書きができたと満足し、話し終えたときには、これなら万全で無罪間違いなしだと思われた。

「差し当たりできることはこんなものでしょう」クイルターは最後に言った。「あなたは十一時に予備審問のため治安判事裁判所に出廷することになっていますが、その後再び留置となるでしょう。反論はそのときじっくり検討できます」

「出廷前には何もできないということか」

クイルターは首を振った。「何もできません。再留置はまず間違いありません。お気の毒ですが、警察は必ずそうします。まあ、耐えていただくほかないですね。保釈も無理でしょう。しかし心配無用です。期待なさらんほうがいい。こういう容疑で認められた例はありません。しかし心配無用です。腹立たしいでしょうが、じきに終わります。訴追側の主張がわかるまで、こちらにできることはほとんどないので。こちらの立場がわかるのはそのときです。法廷弁護士をどうするかとか、もろもろの相談はのちほどできます」

顧問弁護士との面会が終わって、チャールズは喜べばいいのか落ち込むべきなのかわからなかった。クイルターは事件が公判に持ち込まれると確信しているらしいが、それは警察が訴追に踏み切るということだ。それでいて、万事任せてくれという自信満々な口ぶり。そういう態度が癖になっているだけか？　待ち受ける結末を思うと、またしても恐怖の大波が迫るのを感じた。

しかし考え込む時間もなくチャールズは法廷へ連れていかれた。地元有力者が選任される治安判事は四人とも町内の顔見知りだった。この場に居合わせる気まずさから、皆ばつの悪そうな顔をしていた。四人はひたすら事務的に手続きを進め、警視から逮捕理由の説明を受けると、討議もせず再留置を認めた。数分後、チャールズは再び留置室に入れられた。

そうしてチャールズは経験したことのない時間感覚を身につけていった。時の進行は果てしなく遅く感じられた。処遇に不満はなかった。本は読めるし、食事もそう悪くない。不愉快な思いをさせる人間もいない。ただ、己の妄念から逃れることはできなかった。

さらに気がかりなのは、面会を重ねるごとにクイルターが事件を深刻に受け止めている様子を見せることだった。ときおり返答に困る質問をしてくる。たとえば、シアン化カリウムを買ったことがあるか、だ。この件に関しては執拗だった。「ねえスウィンバーンさん、本当のことを話してください。買ったんですか、買わなかったんですか」チャールズが買わなかったときっぱり答えると、「では、訴追側があなたが買ったと申し立てても反論できますね？」チャールズは、胸の内で震えながらも、相手の勢いに合わせてできると返事をした。

時はだらだらと過ぎた。治安判事を前にした最終手続きで公判に付されることが決まると、訴追側の証拠が強固なことにチャールズはほとんど口が利けなくなった。ところがクイルターはあまり気にしていないらしく、こちらの準備はできているとだけ言う。この審問の前後にクイルターは奔走し、公判の二週間前にはすべての準備が調った。ルーシャス・ヘプンストールという法曹界きっての勅選弁護士が被告人側弁護人を引き受けると、同じく法廷弁護士の第一人者エヴァラード・ビングが補佐に就くことになった。協議は幾度も行われ、金銭と知恵の限りを尽くして対策が練られた。チャールズは自分でも意外なほど耐えていたが、これなら何とかなるとしばらく楽天的になっても、決まって反動で落ち込み、ひやりとした恐怖が訪れる。特に夜はいけなかった。眠れないことも多く、そうしたときは必ず厭な汗をかいた。公判までひと月の間に頬がこけ顔色は悪くなり、髪に白いものが交じるようになった。

ついに公判の日が訪れた。

19　チャールズ出廷する

九週間に及ぶ留置室暮らしで、チャールズから陽気な楽天家の側面はほとんど失われた。陪審が不利な評決を下すはずがないという思いにしがみつくものの、激しい疑念に取り憑かれることもあった。クイルターとルーシャス・ヘプンストールの肚の内がわかるなら大金をくれてやってもいい。二人は悲観的な言葉を口にせず、いつも、公判はただの手続きだ、避けて通れぬ不愉快な儀式ではあるが、決して悪い結果にはならない、といった調子だ。そのたびに疑問が湧いて……チャールズはこの九週間で九年分歳を取った。

その火曜の朝、チャールズは言い知れぬ災いが迫っている漠とした重苦しさで目を覚ました。その正体に気づいた瞬間、またしても激しい恐怖に襲われた。公判が始まってくれたらいいのにと思うことは何度もあった。辛い試練であろうと、こんなにも長い宙ぶらりんな状態に比べたらましだと思っていた。だがいよいよになると、宙ぶらりんのほうが希望を失くすことよりずっとましだと気づいた。

向き合わねばならぬ試練は二つあった。クイルターによると、容疑が二件あるので裁判は別別に行われ、クラウザー事件の審理が完了してからウェザラップ事件に移る。このやり方にチャールズは憤慨した。まとめてやらないだと。苦痛が増すだけではないか。クイルターの説明では、慣行だから変えられないという。

たっぷり出された朝食も、ろくに喉を通らなかった。裁判所への道のりは悪夢の中にいるようだった。ぼんやりした頭でたどり着くと、石敷きの廊下を外れた一室へ連れていかれた。ベンチがあり、看守二人の間に腰を下ろす。

長くは待たされなかった。扉に合図の音がした瞬間、看守は弾かれたように立ち上がった。

「裁判長閣下が入場されました」一人が言った。「わたしについて階段を上がってください」

その看守に続いて階段を上がると、もう一人がすぐ後ろについた。法廷はすぐそこだった。静かで薄暗い待機室から、ざわつく眩しい場所へ。急激な変化にチャールズはうろたえた。目をしばたたきながら感じたのは――そう、感じたのは――八方から注がれる視線だった。法廷には溢れんばかりの人が集まり、誰もがこちらを見つめている。まるでケダモノの目つきだ。ちらりと見回したが、この視線には耐えられなかった。目を落とし、看守に促されて被告人席に進み、起立して待った。すぐには何事も起こりそうにないので、もう一度周りを見た。

かつて窃盗事件の証人として法廷に出たときのことが思い出された。見下ろすと、手前に事件を担当する双方の法廷弁護士が助言役の事務弁護士と共に着席していて、少し離れたところに新聞や雑誌の記者がいる。弁護士席の向こうは書記官席で、その背後の一段高い法壇、つまり裁判長席に、かつらをかぶり赤いガウンを纏った小柄な老紳士が坐っている。裁判長の後ろの壁に象徴的に掲げられているのは王室の紋章だ。右手に無人の陪審席が、左手に証人席があって、それぞれの背後の席は傍聴人で満員だった。

一気に眺めたところで、チャールズは正面の動きに惹きつけられた。裁判長席の前で、書記官が立ち上がって何か言っている。驚いたことに、それは自分に向けられた言葉だった。

「チャールズ・ハーグレイヴ・スウィンバーン、あなたは一九三三年八月二十五日、ヨークシャー州コールドピッカビー、モート荘のアンドルー・クラウザーなる人物を予謀の殺意を持って殺害した罪で起訴されています。陳述を求めます。あなたは有罪ですか、無罪ですか」

危難がいざ目の前に迫ると、チャールズはたちまち冷静になった。答える声は自分でも意外なほどしっかりしていた。「無罪です！」

無罪の答弁がなされると、法廷での手続きはゆっくりと情け容赦なく進められていった。チャールズには、傍聴に集まった全員が昂奮し緊張しつつ待ち望んだ、己の生死がかかった裁判の始まりが、とてつもなく単調で劇的要素に欠けているように思われた。実際、始まったことに気づいたのはしばらくしてからだった。

まず陪審が招集された。被告人側訴追側とも人選に異議はなく、手続きは順調に進んだ。男が九人に女が三人、氏名を呼ばれた順に陪審席に着く。チャールズは目を凝らし、どういう判断をする人間だろうかと想像を巡らせた。一人目は陪審長で、ずんぐりした、髪が白くなりかけている、毅然とした男。上流階級相手の貿易商か小売商人といったところだ。はっきりした考えを持っていそうだが、その考えは偏狭で、きっと手堅い『実務家』タイプだ。想像力に欠け、どんな問題でも妥当な解決策を受け入れることを得意とし、形而上的というか心理的な配慮を戯言《たわごと》と片づける人間だ。ジンクスという姓だった。

次に呼ばれた人物で釣り合いが取れる。背の高い痩せこけた男で、髪は黒く、夢を見ているような目をしていて、頬は蒼白く、指が鉤爪のように細長い。この男は、陪審長との考えの違いをすぐに察知する。実務家肌の考え方には生理的に反撥し、自分では心理的配慮に基づいて意見を述べているつもりだが、実は偏見だったりする。男は陪審長に続いて席に着いた。

それから順に進み出た十人を見て、これぞ想像に違わぬ大衆の典型だとチャールズは感心した。顎の引っ込んだ小男は、いつだって自分より先に発言した者の肩を持ち、どうしようもない間抜け顔の男は逆に、誰が何と言っても絶対に自説を枉《ま》げない。あとはごくありふれた善良そうな男たちで、公平たらんと心がけながらも温情を加えることにやぶさかではない。女のうち二人は思いやりのある悲しげな視線をこちらに投げたが、痩せて不機嫌そうな顔をしている三人目はおそらく胃弱なのだろう、口やかましいに違いない。この三人目の女で陪審は揃い、宣誓式が行われた。

場の主宰者ではあるが自らは加わらないヘリオット判事は、干からびたスフィンクスの置物のように動かない。だが、無表情の顔に多くの歳月と人生経験が滲み出ている。厳格な裁判官だと聞く。非常に公正で、甘くはないと。法律分野の知識は人生に関する知見に劣らず深いと言われ、下された判決を不服として上訴するも覆った例はまずない。

目の前で新たな動きが始まっていた。冒頭手続きは完了し、訴追側の主任弁護士が冒頭陳述を行うために立ち上がる。

チャールズはサー・リチャード・ブランダーのことも耳にしていた。判事と同じく、手強い闘士であると噂される一方、罪深い不運な人々に対しては公正そのもので、彼らの生命や自由を奪うことを己の哀しい義務と見なしているという。大柄で肩幅の広いこの男は、心を打つ雄弁よりも冷静な判断と論証に才を発揮する。状況は冷徹な事実から容赦なく炙り出されると固く信じ、被告人側弁護人による熱のこもった弁論を、簡潔で無味乾燥な文章によって完膚なきまでに打ちのめすことができる者は、この人を措いてほかにない。

サー・リチャードは、テーブルに屈み込んで資料を揃えながら静かに話し始めた。言葉が聞き取りにくく、そのため法廷内はたちまち静まり返って、場の注意が集中した。目的が達せられるとすっと立ち上がり、左手を腰に当てる独特のポーズを取って、豊かな声を廷内に朗々と響かせた。

気の利いた言葉で事件の重大性と陪審の重責について前置きしてからが本領だった。

「この不幸な事件に目新しい特徴はありません。遠い過去にも類似の事件を見出すことができましょうし、人間の本質が変わらない限り、同じことが繰り返されるのは間違いありません。すなわち、利欲に駆られた殺人であります。追って説明いたしますが、被告人は金銭的な困難に陥っていました。多額の遺産の相続人でもありました。遺産を手に入れて金銭的困難から逃れるため、被相続人を殺害した罪に問われているのです。

この嫌疑に答えるべく被告人席に立つチャールズ・ハーグレイヴ・スウィンバーンは、一八九八年生まれ、現在三十五歳であります。バクストンとヨークのパブリックスクールに学び、前途有望な少年時代を過ごしました。一九一三年リーズ大学へ進学。やがて戦争が勃発し、一九一六年に入隊。フランスで二か年の名誉ある軍務に服し、二度負傷。除隊後リーズ大学に戻って課程を終え、理学の学位を取得。一九二一年クラウザー電動機製作所入社。同社は当時被告人の父親と叔父の共同所有でしたが、のちに被告人が単独所有者となっております。翌一九二二年、被告人の叔父にして電動機製作所の共同所有者であるアンドルー・クラウザーが引退。自己出資分を引き揚げて、事業から完全に手を引きます。そのため同社は被告人の父ヘンリー・スウィンバーンの単独所有となり、それに伴って被告人は経営に関わるようになりました。五年後の一九二七年、ヘンリー・スウィンバーンが他界し、被告人は会社の所有者となりました」

こう切り出したサー・リチャードは会社の経営状態に話を移し、チャールズが引き継いだ当初は順調であったが、やがて苦境に陥った経緯を説明した。不況が始まってから会社の資金繰りが悪化の一途をたどったことを数字を挙げて示す。それが自分以外の目に触れたことのなかった秘密帳簿から引っ張ってきた数字だと思うと、チャールズの口の中に苦いものが広がった。

「これらの数字は陪審の皆さんに証拠として提出されます。昨年夏の半ばには被告人の立場が耐え難いものになっていたことがおわかりになるでしょう。破滅が目の前に迫っていました。思い切った手を打たなければ破産です。

こうした事情がのちに手を染めたとされる犯行の動機であったことは充分考えられますが、被告人には、当時の生活水準を維持したい理由がもう一つありました。第二の動機が第一の動機より強力であったか否か申し上げることはできませんが、皆さんは極めて強力であったに違いないとお考えになるでしょう。被告人には、心を寄せる女性がいたのです」と、サー・リチャードは議論を展開していった。ユナの名が出されただけでチャールズは歯嚙みしたが、恋を実らせようとした努力の足跡は冷酷なほど詳細に明かされた。

「一切を失いたくなければ金を手に入れなければなりません。では、どこで手に入れればいいでしょうか。

被告人は通常の方法を試みました。のちほど皆さんに提出される証拠によれば、被告人は取引銀行ですでに六千ポンド借り越していましたが、八月十四日、支店長にさらなる借越を申し入れました。また同日、貸金業者から一千ポンド借りようとして不首尾に終わっています。

通常の方法は失敗しましたが、手をつけていないところがありました。被告人の叔父アンドルー・クラウザーは資産家でした」サー・リチャードは、アンドルー・クラウザーの資産、遺言、健康状態、一風変わった気性を手短に説明した。「被告人は叔父に援助を求めるため、八月十五日、十七日、二十五日にモート荘を訪ねました。結果として、アンドルー・クラウザーは被告人に一千ポンドの小切手を渡しましたが、それ以上の金額が融通されることになっていたかどうかは疑問です。一千ポンドを受け取ったとき、あと一千ポンドはもらえると思ったと被告人は供述しています。しかしながら陪審の皆さん、一千ポンドあるいは二千ポンドでさえ、被告人には焼け石に水だったのです。被告人がつけていた秘密帳簿を調べると、破滅を免れるには少なくとも六千から七千ポンド必要だったことがわかります。

ならば」サー・リチャードは鋭い口調で、「必要な金はどこで手に入れるのか？　道は一つしかありません。被告人は叔父の遺言の内容を知っていました。アンドルー・クラウザーが死亡した場合、自らの将来が保証されることは明白でした」

サー・リチャードはそこで資料を繰ったが、それがポーズであることはすぐにわかった。雄弁家の本能で、論点の理解を促すにはここで間合いが必要と察したのだ。聴衆は静まり返り、固唾を呑んでいる。チャールズは勇気を奮い起こそうと努めた。情け容赦のない暴露によって、チャールズの動機は闇夜を照らす灯台の光のように疑う余地のないものとして浮かび上がっていた。チャールズは自分に言い聞かせた。動機は争点にならない。それは前々から認めている。行動は証明できるものか。

「さて」サー・リチャードは再開した。「消化不良になっていたアンドルー・クラウザーは、症状を和らげるため一日に三度錠剤を服用していました。この錠剤、消化薬のソルターは、瓶入りの市販薬です。被告人は、消化不良に悩む叔父が毎食後に一錠服用することを知っていました。ですから、毒物を仕込んだ錠剤を薬瓶に入れることができれば、叔父がいつかその錠剤を飲んで死亡することが被告人には明らかであったはずです。入れた当人がその場に居合わせなくてよいことも。実際、毒物を混入した一錠がアンドルー・クラウザーの薬瓶に入れられたこと、そして故人がその錠剤を飲んだ結果死亡した証拠があるのです」

激しい恐怖がチャールズを襲った。このことを訴追側が持ち出してくるのはわかっていた。けれども、こうまできっぱり言われると、たとえようもなく恐ろしかった。サー・リチャードは相当自信があるらしい……いや、それがあの男の仕事ではないか。金をもらってそう振る舞っているのだ。気にすることはない。チャールズは自らを奮い立たせた。

「先ほど、八月の十五日と十七日に被告人が叔父を訪ねたと申し上げました。十七日の訪問の際、被告人は叔父から一千ポンドの小切手を渡されましたが、結局願いは聞き入れられないと悟ってモート荘を後にしたと考えてよいでしょう。一千ポンド受け取り、さらに一千ポンドももらえる可能性があったとしても、必要なのは六千から七千だったのです。よってこのとき、被告人が事を起こす覚悟を決め、故人の運命が定まったと申し上げてよいと思います。

四日後の二十一日、被告人は車でロンドンへ向かい、二泊しました。工場に導入を検討中の機械を注文すべくレディングの会社を訪ねるというのが表向きの理由です。レディングを訪ねたのは事実ですが、別の用件を二つ済ませた証拠があります。

第一の用件とはこうです。アンドルー・クラウザーを殺害しても、遺贈される金を自由に扱うには、数か月とは言わないまでも数週間待たなくてはなりません。ですから、大金が手に入るまでのつなぎ資金が必要です。

さて、ロンドンへ行く際、被告人は車に十四枚の絵画を積み込ませたとの証言があります。父親がこつこつ蒐集したもので、総評価額は約三千ポンドに上ります。被告人は洗滌に出すと言って持ち出しましたが、洗滌されてはいません。二千百ポンドの質草にされたのです。このとき銀行口座には振り込まれず、現金で支払われています。また、質入れの期間を半年と見積もったことが判明しており、これは、被告人が半年先には手許に金があると想定していたことを示すものと言えます。

ロンドンでの用件の第二は凶々しいものです。ロンドンから戻る日の午前中、被告人はウォータールー駅近くの薬局で、スズメバチの巣を駆除したいと言って、偽名でシアン化カリウムを一オンス購入しました。これはアンドルー・クラウザーの死因となった毒物です」

法廷内がざわめいた。発言の意味が伝わった証拠だ。サー・リチャードの言葉はじわじわと効果を発揮している。陪審にどんな影響を与えているだろうと、チャールズは食い入らんばかりの眼差しで顔色を探った。陪審長はもう肚を決めたようで、その顔は「有罪！」と叫んでいる。自分の思いどおりにできるなら審理を打ち切ってこの場で評決を下してやるとでも言いたげだ。隣の貧相な男は疑わしげな顔だが、この男はどんな問題に関してもそれ以外の表情をするとは思えない。あとの男たちは明白だと考えているらしい。思いやりがありそうに見えた二人の女の顔つきも、すっかり変わっていた。悲しげではあるが、こちらと目を合わせまいとしている。痩せた女は喜んでいるようにさえ見える。眺めているうちにチャールズの心は沈んでいった。

巧みに抑揚をつけながら音楽を奏でるように陳述を続けるサー・リチャードに、チャールズは恐怖の視線を向けた。チャールズの目には、この訴追側弁護士の風貌そのものが、忌々しい、不気味な存在に映っていた。執念深さと残忍さを併せ持つ顔――堂々たる面構え、大きな鼻、角ばった顎、薄い唇、迫力ある眼差し。危険な男だ。そういう相手が敵であり、ほかならぬおれの命を奪おうとしている。

考えに夢中でサー・リチャードの言葉を少し聞き逃したので、チャールズはすぐに注意を戻した。

話は八月二十五日のこと——三度目のモート荘訪問——に移っていた。

「さて、ある疑問が浮かびます。なぜ被告人はその日に訪ねたのでしょうか？　先に申し上げたように、被告人は八月二十三日にロンドンでシアン化カリウムを購入しています。また、故人が死亡した原因はシアン化カリウムを含む錠剤を飲んだことでした。二十五日のモート荘訪問を最後に、被告人は故人と会っていません。ですから、被告人が故人の薬瓶に毒物を入れたとすれば、この機会を措いてほかになかったことになります。

再び同じ疑問が浮かびます。なぜ被告人はその日に訪ねたのでしょうか？　数日前に二度訪れていたのですから、ただのご機嫌伺いではなかったはずです。同じ理由で、借金を申し込むためとも考えられません。その方面で手は打ち尽くしていたからです。とすれば、訪問の目的はただ一つ、毒物を仕込んだ錠剤を薬瓶に入れるためとしか考えられません。この推定が真実であるかどうか、判断するのは皆さんです。

ちなみに、この訪問について重要なことをお知らせしておきます。その晩、食事が済んでご婦人方が席を立ったあと、被告人は故人と食堂に残りました。二人きりでいたとき、ワインのグラスが倒れてテーブルクロスを濡らしました。繰り返し申し上げますが、証言を聞き終わったとき、これが偶然の出来事か、それとも被告人が故人の注意を逸らして毒入りの錠剤を仕込むための意図的な行動か、判断するのは皆さんです」

次にサー・リチャードは地中海クルーズを取り上げた。「被告人が実行したと考えられる企みに欠かせない要素は、アリバイを用意することでした。被告人はアンドルー・クラウザーが死亡する際、遠く離れた場所にいる必要があり、実際ナポリにいたのです」そして、旅行代理店にツアーを予約したこと、クルーズのあらまし、ナポリで受け取った電報の内容、チャールズが急遽コールドピッカビーへ戻って葬儀に出たことが話された。

「さて、この休暇旅行について特に注意していただきたいことが二点あります。第一は二つの日付の関係です。被告人が旅行代理店へ電話で予約を入れたのは八月二十六日の午前です。陪審の皆さん、被告人が叔父と食事を共にし、錠剤を仕込んだと考えられるのはその前夜、二十五日でした。段取りがつくまで出発を決断せず、それが成るや一番日付の早いクルーズに予約した、と考えられないでしょうか。

第二は、被告人がクルーズ中、終始神経を昂らせて落ち着かず、小旅行から戻ると必ず郵便物の有無を尋ね、デッキに電報が届くと目に見えてそわそわしていたとの証言があることです。クルーズの同行客だったシアマン夫人によりますと、被告人の様子を不審に思って口にしたところ、体調が悪かったので気分転換に来たと説明したそうです。被告人が叔父の訃報を待って情緒不安定傾向にあったと仮定するほか説明がつきません。

あと一点申し上げて終わりにします。悲劇が起こったとき、被告人所有の絵画十四枚は担保としてロンドンの質店に預けられていました。したがって、被告人の自宅の壁には十四か所の空きがあり、それが被告人の経済的困窮をあからさまに示します。被告人は何としてもそれを避けようと努めました」続けてサー・リチャードは、チャールズがスピラー&モーガン商会から五千ポンドの貸付を受けたことを詳述した。

サー・リチャードが結びの言葉を述べると補佐役のライオネル・コパードが立ち上がり、一声を放った。「パーシヴァル・クロスビーを」

すると審理が始まって初めて裁判長が発言した。「コパードさん、そろそろお昼ですからここで休廷としましょう。二時に再開します」

看守がすぐチャールズの腕に触れて、待機室へ降りるよう合図した。振り返ると皆が立ち上がり、退廷する裁判長を恭《うやうや》しく見送っていた。

チャールズは訴追側の手持ち証拠が強固であることに衝撃を受けていた。証拠については治安判事裁判所の審理の際にも聞いたが、サー・リチャードの口から出ると想像をはるかに超えた不利な立場に追い込まれている気がしてならない。有罪判決が下るかもしれないという実感が初めて湧いた。しかしクイルター弁護士は、声をかけに来たとき、訴追側の陳述にまったく動じていないようだった。「ヘプンストールがやり返しますから期待していてください」としか言わない。それなりの慰めにはなったが、もう少し何とか言ってくれてもいいじゃないか！

元気を出せ、食わなきゃ体が持たんぞと、看守が言葉は荒いが親切に勧めてくれても食べられなかった。しかし喉はからからだった。チャールズは水分を取ると、ぼんやり坐って待った。

定刻になると審理が再開された。クロスビーが呼び出され、コパードは立ち上がって尋問を始めた。

事務弁護士だけあってクロスビーは模範的な証人だった。訊かれたことによく通る声で簡潔に答え、自分から進んでしゃべることはない。コパードは穏やかな声で鄭重に接した。

証人の地位と資格を確かめ、コパードはクラウザーの家系と電動機製作所の沿革を尋ねた。長年アンドルー・クラウザーの顧問弁護士を務めてきたクロスビーが、製作所を引退した際の諸手続きや遺言書の作成について説明した。被告人のスウィンバーン氏が遺言書の条項とそれらの条項が氏に与える影響をご存じだったことは直接聞いたことがあります。クロスビーの証言によってチャールズの動機は疑問の余地なく立証された。

コパードが坐ると、エヴァラード・ビングが反対尋問に立ち上がった。ビングも証人に対して丁寧で穏やかだった。チャールズにはこの弁護士の仕事ぶりが物足りなかった。いかにも身が入らない様子で、埒もない尋問ばかりしている。ビングはコパードがすでに尋ねたことを繰り返し、どうにかクロスビーから、遺言書に名前の挙がった受取人は皆、ウェザラップは例外かもしれないが、おのおの遺贈される額を知っていたとの言葉を引き出した。さらに、アンドルー・クラウザーが死亡する前夜、クロスビーとピーターはモート荘で食事をし、ピーターが資金援助を申し込んでオッタートン農場を担保にすることが検討された事実も明かした。

「ところでクロスビーさん、その晩あなたは故人と内密に話をされましたか」

「いいえ」

「モート荘におられる間、故人と二人きりになった時間はなかったのですか」

「はい。クラウザー氏と二人きりにはなりませんでした」

「では、ピーター・モーリー氏が故人と内密に話す機会があったかどうかについてはいかがですか」

初めてクロスビーはためらった。「なかったと思います」少し間を置いて、「わたしは――」

ビングはこれまでにない強い調子で口を挟んだ。「その晩あなたが部屋を出て、二人だけになった時間はなかったのですか」

コパードは立ち上がった。「裁判長閣下、これは本件に無関係な質問と考えます」

「無関係ではありません」ビングは即座に言い返し、裁判長に向かって、「わたくしは、故人が亡くなる前の晩、疑惑を起こさせるような内輪話をする機会があったか否かを知りたいのです」

短い押し問答の末、裁判長は質問を認めた。

「では、クロスビーさん」ビングは、正義を挫こうとする卑劣な試みを打ち破って満足だと言わんばかりに、義憤を込めた口調で続けた。「質問にお答えください。その晩あなたが部屋を出て、二人だけになった時間があったのですか」

「はい、そういう時間はありました。しかし、ほんの二、三分です。食後、わたしは二人を食堂に残して、コートのポケットに入れていた書類を取りに玄関ホールへ行きました」

ビングの質問はどれも無意味で、確信も興味もなく惰性でやっているように思われた。やがてビングは惰性の努力さえ放棄して腰を下ろしてしまった。

チャールズは心底がっかりした。先の見えない話を聞かされただけ、勅選弁護士もこの調子ならおれは終わりだ。

次の証人はピーターで、サー・リチャードが尋問に当たる。まずフランス行きの一部始終を問われ、機内でアンドルーが昼食後に錠剤を飲むところはピーターとウェザラップが見ていたという事実を含む、アンドルー・クラウザーの死にまつわる詳細が語られた。次にピーター自身に関する質問になった。答えはクロスビーがすでに述べたことの繰り返しだった。はい、わたしも経済的に困っていて、チャールズに相談したことがあります。家内とチャールズは義父の財産の主な相続人でした。ピーターは、クロスビーが述べたクラウザーの家系や家族構成、会社の沿革についての証言をおおむね裏づけた。ピーターの話に関心を惹く内容はほとんどなく、新事実が語られることもなかった。

エヴァラード・ビングによる反対尋問も、これといった収穫はなかった。ビングは渡仏のことはほとんど取り上げず、ピーター自身のことを尋ねた。単刀直入な質問に、ピーターは金が手に入らなかったら自分も破産するところだったと答えた。さらに、農場の経営が苦しくなったのはお前の頑張りが足りないからだと義父に的外れなことを言われ、援助を渋られたことを認めた。ところがビングは、有利な証言を引き出せる一歩手前まで来たところで追及をやめた。チャールズの体は怒りに震えた。こいつらに莫大な報酬を払ったのは、しっかり弁護させるためで、お粗末な仕事をさせるためじゃない。今まで何もしていないではないか。チャールズは、これほど無力感に囚われ、孤独を味わい、八方塞がりを感じたことはかつてなかった。

次にヘンギスト号の客室乗務員ジェイムズ・ブラッドリーが呼び出され、クロイドンからボーヴェまでの旅の様子と機内食について説明した。故人はどの料理も食べ、コーヒーを飲んで、食器とカップはブラッドリーが下げた。フランスの医師と警察による宣誓供述書も提出された。アプルビー警部は、遺体の本国移送に携わったこと、薬瓶に残っていた錠剤を分析技師のグラント氏に渡したこと、チャールズの秘密帳簿を発見したことを話した。そして最初の事情聴取におけるチャールズの証言内容を読み上げ、秘密帳簿を出して数字を逐一挙げると、そのほか専門的形式的な事柄を取り上げた。反対尋問で重要な証言は得られなかった。

その次の証人はウィルフレッド・ウィザローだった。ノーザンカウンティズ銀行コールドピッカビー支店の支店長を務めておりますと告げ、チャールズの会社の財務状況が黒字から赤字へと転じた経緯を説明した。チャールズの口座が貸越状態だったこと、その上に一千ポンドの融資を申し込まれたこと（懇願されても断ったとウィザローは認めた）、チャールズが故人名義の小切手一千ポンドを自分の口座に預けたことを述べた。

ここでルーシャス・ヘプンストールが反対尋問に立ったので、チャールズは期待を膨らませた。今度こそ有利な証言を引き出してくれよ……。

しかし、ゆったり構えて身の入らないところは補佐役と同じで、有利な証言は得られなかった。その努力すらしていないように思われた。ヘプンストールがウィザローから引き出したのは、叔父が援助してくれることになったので新たな融資は必要なくなったとその後チャールズから聞いたという証言だけだった。

この茶番が終わると――自暴自棄になりかかったチャールズにはそうとしか呼べない――ボ

ストックが証言台に上がった。証言は短く、チャールズから一千ポンド融資の要望があったが、断らざるを得なかったと述べた。ビングの反対尋問には、叔父に援助してもらえることになったから融資はもういいとチャールズがあとで言ってきたと答えた。

次の証人を呼び出す声に、チャールズの胸は苦しくなり鼓動が速まった。証言台に立つのがユナ・メラーだったからだ。法廷内で姿を見なかったので、目の前に現れるといっそう衝撃が大きかった。顔は蒼ざめているが、取り乱した様子はない。チャールズははっきり理解した。裁判の結果がどうあれ、永久にユナを失ってしまったのだと。

尋問に立ったサー・リチャードは鄭重そのものだった。答えにくいことを伺わなくてはならず恐縮ですが、やむを得ません。物柔らかな問いかけに、ユナは、チャールズはわたくしとの結婚を望んでいて、何度もプロポーズされましたと答えた。決心がつかず、はっきり返事をしませんでした。ですから婚約しておりませんし、今もそういう関係ではありません。

続いてヘプンストールが立ち上がったが、反対尋問はありませんと言って坐ってしまった。我慢もこれが限界だった。怒声が喉元まで出かかった。お前たちはおれのために何もしないつもりか。これが法廷弁護士の料簡なのか――べらぼうな金を請求し、何もしないで手に入れるのが。チャールズは再び恐慌に襲われた。このまま何もしなければ、おれは負ける。クイルターの注意を惹こうとしたが叶わなかった。

ユナの姿はとうに消え、休廷が必要ではないかという囁きが交わされていた。クロスビーによるクラウザーの家系に関する証言が長引き、ピーターとウィザローの証言にも手間取った。

時刻は五時を回っており、裁判長が休廷を宣言した。疲れと恐ろしさと空腹で虚脱状態に陥りかけたチャールズは、なすすべもなく留置室へ連れ戻された。

動機は証明され尽くした。明日はおれの身に何が起こるのだろう？　チャールズは小さく呻いた。

20　チャールズ絶望に耐える

それでも救いはあった。朝までぐっすり眠れたのだ。チャールズは腕にも脚にも痛みが走るほど疲労困憊し、ベッドにたどり着くや倒れ込み、すぐに寝入った。麻酔をかけられたかのようで、夢も見なかった。翌朝、留置室の扉が開いて朝食が運び込まれるまで目が覚めなかった。

昨日あれだけの衝撃を受けたにしては前向きな気分だった。チャールズは自分に言い聞かせた。訴追側の主張を聞くと、傍聴人はどうしたって被告人の有罪を信じる。一方、被告人側の主張が終わると無罪に違いないと思う。ヘプンストールの言い分を聞くまでは絶望すまい。ヘプンストールは定評があるし、思ったよりいい仕事をしてくれている。ユナへの反対尋問をしなかったのは正しい判断だった。あれ以上ユナに居心地の悪い思いをさせていたら陪審の反感を買っただろう。ヘプンストールは見通していたのだ。

今朝も初日と同じく地下の待機室で侘《わび》しく過ごし、同じく裁判長が着席してにわかに活気を帯びた法廷へ連れ出された。今朝は冒頭手続きは行われず、陪審の名が告げられ着席すると、審理が再開された。

最初の証人はペネロピ・ポリフェクス。ユナ同様顔は蒼ざめて、証言は渋々だった。兄が消化不良の薬を毎食後飲んでいる話をチャールズにしたことがあります。チャールズはモート荘で八月十七日に昼食を、二十五日に夕食を取りました。どちらの日もわたしと娘は食後に席を立ち、チャールズと兄は二人きりになりました。

「ポリフェクス夫人にお尋ねします」コパードは続けた。「あなたはモート荘でリネン類の管理をなさっていましたか」

「はい」

「被告人があなたと食事をした晩のことを憶えていらっしゃいますか」

「憶えています」

「八月二十五日でしたね？」

「そうです」

「翌八月二十六日に、執事の故ジョン・ウェザラップからリネンのことであなたに依頼がありましたか」

「ございました」

「どういう依頼でしたか」

「新しいテーブルクロスを出してくれということでした」

「新しいテーブルクロスを、どういった理由で頼んだのですか」

「前日の夕食後にワイングラスが倒れて汚れたと申しました」

「汚れたテーブルクロスをご自身で確かめましたか」

「確かめました」

「申し出どおり汚れていたのですね？」

「ええ」

夫人には、ワインをこぼしたのが夕食の同席者ではなくウェザラップだったかどうかまではわからないので、ビングは突っ込んだ反対尋問をしなかったが、一つ証言を引き出した。夫人はきっぱりと、チャールズが食事をした晩——錠剤を仕込んだとされている晩——そわそわしている様子はありませんでしたと言った。

次にロリンズが呼び出された。いかにも申し訳なさそうに、チャールズが自宅の絵を洗滌に出した日と持ち帰った日を証言した。

サミュエル・トゥルーラブの名が告げられたとき、チャールズは、これで事件の全貌が明らかになると悟った。警察はどうやってトゥルーラブを捜し当てたのだろう。そもそも絵を質入れしたことになぜ気づいたのか、想像もつかなかった。

アランデル街で会った口達者な男は、これまでの証人より場慣れしていた。店内でのやり取りの説明に偏りがないことは、認めないわけにはいかなかった。スウィンバーンさまは絵画をお持ちになり、半年間質入れしたいとおっしゃいました。鑑定に出し、二千百ポンドご用立てできると判明しました。この額にスウィンバーンさまは納得されましたが、取引銀行には伏せておきたいということで、現金でお支払いしました。

反対尋問に立ったビングの投げやりな態度に、チャールズは怒りを覚えた。預ける期間は半年ぐらいと被告人は言ったそうですが、間違いありませんか。もっと長くとか短くという話は出ませんでしたか。

トゥルーラブは、どの程度の期間預け入れるかお考えではなかったので、半年でよろしいですかとこちらから申し上げましたと答えた。念のため、お預かりした品物を買い戻せるのは最長二年ですとお伝えしますと、スウィンバーンさまは、それなら問題ない、二年のうちには事業の成否ははっきりするだろうとおっしゃいました。

チャールズが秘密裏に事を運ぼうとしたことに関して、わたくしどもの商いでは日常茶飯事でございますとトゥルーラブは答えた。お客さまがお金に困っておられることを他人に知られたくないというだけですから。

この証言にはほっとしたが、次の証人を見て震え上がった。眼鏡の奥で目を瞬かせているのは、猫背の痩せた薄汚い年寄りだった。名はエベニーザー・ピーボディ。

サー・リチャードが立ち上がって始めた質問に答えていく。わたしはロンドンのウォータールー駅近くのスタムフォード街で薬局を営んでいます。八月二十三日のことはよく憶えています。その日、男性のお客さまがスズメバチの巣を駆除したいと言ってシアン化カリウムをお求めになりました。ですが、毒物を見ず知らずの方に売ることは法律で禁じられていますので、そう申し上げました。するとお客さまは、そのことは知っている、身許のことなら心配無用とおっしゃり、「フランシス・カーズウェル　サービトン、シカモア大通り、ダブコット荘」と書いた名刺をお見せになりました。そして、ポケットから封筒をいくつかお出しになりました。どれも名刺と宛先が同じで、消印もありました。一応納得しましたが、品物をお渡しする前に念のため二つ質問しました。サービトンのことはよく知っていて医者の知り合いもいますので、お客さまに、デイヴィス先生はご存じですかと訊きました。すると「イーデン通りの？」と正しい住所をおっしゃり、もう一人名前を挙げられたかかりつけ医の住所も正確でした。ここまで確かめれば問題ないと思いましたが、念には念を入れて品物を取りに行くとき電話帳を調べたところカーズウェル氏の名前があり、住所も名刺のとおりでした。

「では、その客に毒物を売ったのですね？」

「ええ、売りました」

「どれくらいの分量ですか」

「一オンスです。缶入りで、スズメバチの巣の駆除には充分な量です」

「毒物販売記録簿に署名させましたか」

「もちろん」

「これがその記録簿ですか」サー・リチャードは補佐役から帳簿を受け取って証人に渡した。

「そうです」

「それはその客の署名ですか」

「はい、あのときお客さまが書かれたものです」

「なるほど。それではピーボディさん」サー・リチャードは芝居がかった調子になる。「あたりを見回してください。法廷内に、フランシス・カーズウェルと名乗ってあなたからシアン化カリウムを買った男性がいますか」

老人は目を細くしてチャールズを見つめた。「はい」

「誰ですか」

「被告人です」

「本当にそう言い切れますか。宣誓した上で証言されていることをお忘れなく」

「はい、その方に間違いありません」

サー・リチャードは腰を下ろした。救い難い絶望の谷に沈んだチャールズは、この証言が全員に、とりわけ陪審に及ぼした影響を感じないわけにはいかなかった。結果はわかりきっている。これ以上続けて何の意味がある？　今すぐ打ち切ってさっさと終わりにしてくれ。おれの負けだ！

しかし、立ち上がったヘプンストールは、無関心で、平然として、退屈しているふうにさえ見えた。しかも、反対尋問を始める前にビングに耳打ちしたとき、年下の弁護士の返事に笑った——声を立てて笑ったのだ。これ以上どうなるものでもなかったが、チャールズは立ち上がって叫び、やり場のない怒りをぶちまけたかった。人から金をふんだくっておいて相応の仕事もせず、こんなに追い詰められているときに笑うとは！　胸の内を表す言葉が見つからない。

「さて、ピーボディさん」ヘプンストールは明るく丁寧な口調で言った。「あなたは、八月二十三日に被告人があなたのお店に来てシアン化カリウムを買っていったとおっしゃいました。次にあなたが被告人の姿を見たのはいつですか」

老人は小首を傾げた。「手帳を見てもいいでしょうか」許可されると続けて、「十月三十一日火曜です」

「十月三十一日火曜」ヘプンストールは繰り返し、「わかりました。どこで見たのですか」

「コールドピッカビーです」

「なぜコールドピッカビーへ行ったのですか」

「警察に頼まれましたので」

「警察は理由を説明しましたか」

「はい」

「どのような理由ですか」

「わたしが毒物を売ったお客さまと同じ人物か、確かめてほしいということでした」

「なるほど」

ヘプンストールの愛用する片眼鏡は雄弁な小道具で、資料を調べる際には外し、証人や陪審に目を向けるときにははめる。このとき片眼鏡をはめ直したヘプンストールは、穏やかな明るい声で次の質問に移った。

「ピーボディさん、あなたが毒物を売った客は、お店にどれくらいの時間いましたか」

「……そうですね、三、四分でしょうか。五分だったかもしれません。時計を見ていたわけではありませんので」

「もちろんそうでしょう。およその時間がわかれば結構です。で、あなたはその時間を三分から五分と推定しておられる。では伺いますが、お店の中は明るいですか、暗いですか」

「まああだと思います」ためらいがちに口を開いた老人の言葉を、ヘプンストールは遮った。「まあまあ？　それでは答えになっていませんよ、ピーボディさん。わたくしが尋ねているのは、あなたのお店の中が明るいか暗いかということです。多くの人がお店に行ったことがあり、知っていることをお忘れなく」

老人はばつが悪そうだ。「あまり明るくありません」と申し訳なさそうに言う。「工事をしてもっと明るくしたいと前から思っているんですが、不景気で延び延びになっています」

「そうですか。あなたを責めていると思わないでください。わたくしは事実を知ろうとしているだけです。店内はあまり明るくない。それはなぜでしょう。外の光が入りにくい造りなのですか」

「広さの割に窓が小さいのです」

「窓が小さすぎて採光がよくない。もう一つ伺います。その毒物の購入者は光を正面から受けていましたか、それとも光を背にしていましたか」

老人は一瞬困った顔をして、おもむろに口を開いた。「背にしていました」

「客は光を背にしていた。どんな帽子をかぶっていましたか」

老人はまた困った顔になった。ヘプンストールはややきつい口調で質問を繰り返した。

「そこまでは注意していませんでした」不機嫌そうに答えた。「仕事のことを考えていて、お客さまの身なりは気にしませんでした」

ヘプンストールは至って丁寧だった。「あなたは仕事のことを考えていて、客の身なりは気にしなかった。当然だと思います、ピーボディさん。先ほども申しましたが、あなたの行動を責めているとは取らないでください。わたくしは、あなたが客の帽子に目を留めたかどうかを知りたいだけです。あなたは客の帽子に目を留めなかった。眼鏡はかけていましたか」

ピーボディは口を開きかけたが、思いついたように被告人席のチャールズを見ると、下を向いた。

「客は眼鏡をかけていましたか」ヘプンストールが繰り返した。「かけていたと思います」

「かけていると思いました」と答え、すぐ言い直した。

「客は眼鏡をかけていたとあなたは思った。しかし、被告人がかけていないことを確認すると、自信がなくなった。そうですね」ヘプンストールは詰問調になっていた。

すかさずサー・リチャードが立ち上がり、それは不当な決めつけだと異議を出した。

「不当も何も、決めつけてはいません」ヘプンストールは反論した。「わたくしが証人に、客は眼鏡をかけていたかと尋ねると、証人はわからないという趣旨の答えをしている。それに間違いありませんね、ピーボディさん」

ピーボディは落ち着きなく身じろぎした。「いえ、そうじゃないんで――今思い出しました。そのお客さまは眼鏡をかけていました」

「ほほう、やはりかけていたのですね。それは鼻眼鏡でしたか、蔓《つる》のある眼鏡でしたか」

「蔓のあるほうだったと思います」

「と思います？　蔓のある眼鏡だったと誓って言えるのですか」

いいえ、とピーボディは答えた。そこまでの確信はなく、眼鏡が縁なしか金縁か鼈甲縁《べっこう》だったかという質問にも答えられなかった。

チャールズはヘプンストールの意図に気づき、辛抱強く耳を傾けることにした。

どうやら誤解していたらしい。ヘプンストールは報酬に見合う仕事をしている。何を探せばいいか弁えていて、最高の技術で手に入れようとしているのだ。再び希望が兆した。

ヘプンストールの丁寧かつ執拗な質問に、ピーボディはしどろもどろだった。ヘプンストールは客の身なりを順に確認していった。客は淡いカーキのオーバーかレインコートを着ていたが、区別はつかないと老人は言った。手袋の有無、指環をしていたかどうかも見なかった。だが、どちらもしていなかったとは言い切れないと答えた。この方面の質問が終わったとき、ピーボディの証言の信用性はぐらついていた。

続いてヘプンストールは毒物の販売に関する法律について質し、今回のことは法律違反に当たるとピーボディに認めさせた。ピーボディが過失をあっさり認めたため、この点で信用が損なわれることはなく、ヘプンストールはさりげなく話題を移した。

「ピーボディさん、この見取図を見てください」ヘプンストールは一枚の紙を渡した。「ご覧になったことはありますか」

「はい、ございます」

「何の見取図でしょうか」

「わたしの店のです」

「そこにA、Bと点が二つ記してありますね」

「はい」

「その二つの点は何を示していますか」

「わたしがシアン化物を販売したとき、お客さまとわたしが立っていた場所を示しているようです」

「位置は正確ですか。だいたい合っているかということですが」

「はい、これで合っています」

「どちらが客の位置ですか」

「Aです」

「すると、Bはあなたが立っていた位置ですね」

「ええ」

「裁判長閣下、見取図の検証はのちほど行います」ヘプンストールは紙を手渡しながら言った。

反対尋問はこれで終わり、次に筆跡鑑定人ホラス・ドリンクウォーター氏が呼ばれた。あらかじめ入手していた被告人の筆跡見本と、前の証人の毒物販売記録簿に記載された文字を比較検証したところ、同一人物によって書かれたものだと証言した。

ヘプンストールによる反対尋問は、三つだけの短いものだった。

「ドリンクウォーターさん、ご意見によると、両方は同じ人物の筆跡ということですが、断言できますか」

「いいえ、断言できる鑑定人は一人もいないはずです。わたしの判断と信念に基づいてそうであると申し上げますが、百パーセント間違いないと言えるわけではありません」

「なるほど。筆跡鑑定のご経験は豊富なのですね」

「かれこれ二十五年以上やっております」

「ドリンクウォーターさん、教えてください」ヘプンストールの口調がにわかに厳しくなった。「長いご経験で、誤った鑑定をなさったことはありますか」身を乗り出し眉間に皺を寄せて、証人を鋭い目で見つめた。

ドリンクウォーターはもじもじして、「いいえ、ありません」と、しばらくして答えた。「それはないと思います。とにかく、めったにありません」

「記憶にはないということですね」ヘプンストールは低い声でつぶやくと腰を下ろした。

次に呼ばれたイソベル・カミングという女性は、フランシス・カーズウェル名義の名刺を作ったことを認めた。そのときの客と被告人は似ているが、同一人物かどうかまではわからないという。

証言台に立ったフランシス・カーズウェル氏本人は、八月二十三日にピーボディ氏の店には行っていません、ピーボディ氏からも誰からもシアン化カリウムを買ったことはありません、前の証人の店で名刺を注文したことはありませんと言った。被告人側は反対尋問をしなかった。

シアマン夫人は、いかにも不承不承といった様子で、クルーズ中のチャールズは昂奮しやすく落ち着きがなかったと述べ、本人にそのことを伝えると、このところ調子が悪く神経が参ってしまったので逃げ出してきたのだと釈明したという。続いて証言したジュピター号の職員は、チャールズがしきりに手紙や電報を気にしていたと述べた。

この二人の証言についてビングは、どちらも個人的な感想であり、チャールズの行動に具体的な裏づけがあったわけではないという供述を引き出そうとした。これが功を奏したのだろう、陪審は証言をあまり重く受け止めなかったようだ。

旅行代理店トーマス・クック社の社員は、チャールズがクルーズの申し込みをしたと証言した。反対尋問で得るところはなかった。

スピラー&モーガン商会のスピラー氏は、チャールズに五千ポンド貸しつけたと証言した。前の証人と同じく、反対尋問で得られるところはほとんどなかった。

続くグレゴリー医師への尋問は長くかかった。故人の健康状態と空の旅に耐え得る体調だったかどうかについて、検視審問の際と同様の証言をした。また、シアン化カリウムの作用を説明し、錠剤に含まれていたと仮定すると、個人的な意見だが、観察された状況の説明がつくと述べた。

分析技師のギャヴィン・グラント氏はグレゴリー医師の証言を若干補足した。検視審問の際にも述べましたが、遺体の臓器を調べたところ、シアン化カリウムが検出されました。検出量は約三グレーン、故人が服用していた錠剤と同じ大きさのものに混入可能な分量で、致死量に達していたと思われます。

「それで、グラントさん」サー・リチャードが尋ねた。「故人の薬瓶に残っていた錠剤を分析されましたか」

「アプルビー警部からソルター消化薬の瓶を受け取りました。故人のポケットにあったもので、残っていた錠剤を分析にかけました」

「詳しく説明していただく必要はありませんが、しかるべき物質は含まれていたのですね」

「ええ、成分を徹底的に調べました」

「故人の臓器からそれらと同じ物質は検出されたのですか」

「いいえ、まったく検出されませんでした」

「その事実から、故人は機内で昼食を終えたあと消化薬を飲まなかったと言えますか、それとも言えませんか」

「これまで言及されているように、故人が昼食後間もなく亡くなったとすれば、消化薬は飲まなかったと断言できます。飲んでいたら検出できたはずです」

「ピーター・モーリー氏は、故人が昼食後に一錠飲んだと証言しています。この証言が正しいとすると、矛盾をどう説明なさいますか」

「飲んだ錠剤には消化薬以外の何かが含まれていたに違いありません」

「よくわかりました。そこを伺いたかったのです」

反対尋問はおざなりだと思われた。証人に辻褄の合わないことを言わせようとしているのはわかるが、得られたものは皆無だ。

グラントが証言台を降りるとサー・リチャードが立ち上がって、こちら側は以上ですと言った。一時を回っていたので、ただちに昼食のため休廷となった。

被告人席から階段を下りるとき、チャールズはついに最悪の事態が来たと思った。ひどい、考えていたより百倍もひどい成り行きだ。おれがシアン化物を買ったことを、警察はどうやって突き止めたのだろう？　どこに手落ちがあったのかわからない。

悲嘆と絶望のあまりチャールズは感情をほとんど失くしていた。自分が自身の外側にいて、遠い遠いところから見下ろしているようだ。公判そのものが急によそよそしく感じられた。勝ち目などあるものかと思うと、危機に瀕しているのが自分の命だという意識は失せていた。

機械的に食べ物を腹に詰め込み、多くの者たちが絶望して死へ向かった悲劇の階段を機械的に上った。夜が来る前におれはやつらの仲間入りだ。

21　チャールズ希望を取り戻す

ひどい疲れを感じながら、チャールズは再び被告人席にたどり着いた。裁判と裁判に関わるあらゆる人間にうんざりしていた。大きな鼻、角ばった顎、薄い唇、断固として譲らない意志を秘めた面構えのサー・リチャード・ブランダー。片眼鏡をかけたヘプンストール。こちこちの『実務家』陪審長に、隣の痩せこけた夢想家。ゆったりした物腰の二人の女と痩せた意地悪女。くたびれた皺くちゃ顔の裁判長。左目が斜視気味の書記官。もう、誰も彼もが憎らしく、厭わしい。

だが、つらつら考えている時間はなかった。チャールズが席に着くとすぐ、被告人側の陳述を開始するためにヘプンストールが立ち上がった。

「陪審の皆さん」太い声を明るい調子に和らげて言う。「わたくしが呼んだ証人はわずか四人で、証言に長時間かかる方はいませんので、先例には悖《もと》りますが、被告人側弁護人の陳述の前に証言していただくことにします。ここで一つ申し上げておきたいのですが、わたくしは依頼人には供述させないつもりです。

被告人が証言台に立ち、自ら述べる権利は長年にわたって法で認められております。被告人自身による供述は、当然の権利とされる以前は認められませんでした。一見疑わしい状況について、真相を語れるのは被告人のみという場合がたびたびあるにもかかわらず、それが許されないのは酷なことでした。幸い現在そういう不当な扱いは解消されています。

ところが、あらゆる利点がそうであるように、被告人を証言台に立たせることにも欠点はあり、想定外の結果が生じています。それは、被告人を証言台に立たせないと被告人が不利になり始めていることです。陪審の皆さん、これが極めて遺憾な事態であるというのは、無実の者であれ罪を犯した者であれ、厳しい追及を受けると多くの人間が精神的肉体的に耐えられず不安定な挙動を示し、不幸なことにそうした挙動はしばしば有罪の証拠であると――それが誤りであっても――受け取られるからであります。ですから、せめてわたくしはこの慣習に抗おうと決心しました。被告人本人によらなければ重大な供述は得られないと確信しない限り、被告人を証言台に立たせるつもりはありません。思うに、今回の審理において、わたくしの依頼人がなし得る供述はすべてほかの方にしていただいております。ですから、依頼人を証人として請求する必要がありません。このようにいささか退屈な脱線をしましたのも、ひとえに皆さんにわたくしの真意をご理解いただきたいからです。

前口上はこれくらいにして証人を呼びます。ゴドフリー・アンダーソンさん！」

聞いたことのない名を耳にして、チャールズはにわかに興味を掻き立てられた。利発そうな若者が証言台に上り、宣誓した。

「あなたは気象庁に記録係として勤務していらっしゃいますね」ビングが証人の氏名と資格を確かめてから訊いた。

「はい」

「昨年八月二十三日のロンドンの気象記録をお持ちですか」

「はい」

「午前十一時から十二時まではどんな天候だったか、陪審の皆さんに話してください」

「強い低気圧の中心が……」

「そこは結構です、アンダーソンさん。我々一般人が理解できるように表現するとロンドンの天気はどうだったのでしょう?」

「ええと、気圧は二十九……」

「まだ専門的ですね。教えてください、そのとき晴れていましたか、雨でしたか」

「その時間帯に雨は降っていませんが、空は厚い雲に覆われ、降り始めたのは……」

「空は厚い雲に覆われていた。そこを伺いたかったのです。とすると、暗かったのですか、明るかったのですか」

「暗い一日でした」

「結構です。空が厚い雲に覆われて、暗い一日だった」ビングは腰を下ろした。

訴追側は証人から、そのときの暗さは陽光が射していないときのごく普通のどんよりした感じであったという陳述を引き出しただけで納得した。

「アーサー・ヒギンボサムさん!」ヘプンストールが呼ばわると、またチャールズの知らない男が証言台に上がった。小柄で鋭い目鼻立ち、気負った怖いもの知らずの態度は若いフォックステリアを思わせる。

わたしは写真師で、エベニーザー・ピーボディ氏の店を撮影しましたと証人が言った。はい、これが――七十三、七十四、七十五、七十六号証を手渡して――その写真です。証拠が裁判長と陪審に回覧される。ヒギンボサム氏は、普段撮影する写真に比べて画質がはるかに劣りますが、店内がとても暗かったため、露出時間を長く取ってようやくその程度まで写すことができたのですと言った。晴れた日の昼ごろ自然光で撮影し、人工の光源は一切使っておりません。

三番目もチャールズが知らない証人だった。モーリス・バーロウという建築技師で、ピーボディ氏の店の見取図を描いたという（ヘプンストールがピーボディに見せた図が再び提出された）。はい、店内の様子はこの図で間違いありません。わたしが記したA、Bの点は、先ほどピーボディさんがおっしゃった位置です。わたしは店内で実験をしました。ピーボディさんにAの位置、証言にあったように当時客がいた場所に立ってもらい、わたし自身はBの位置、同じく証言にあったように当時ピーボディさんがいた場所に立ちました。するとピーボディさんは背中から光を受けるため、わたしにはこの方の顔がはっきり見えませんでした。

バーロウは専門的な立場からも店を調べた。店内が暗い理由は二つある。第一は広さの割に窓が小さいことで、店の窓ガラスの実面積と一般的な建築の平均値を、バーロウは数字を挙げて比較した。第二は、商品などで窓の採光が妨げられていることだった。七十五号証の写真を見ていただければわかりますとバーロウが言うと、その写真は再び裁判長と陪審に回覧された。

今度は訴追側のやり方がおざなりに思えた。コパードが反対尋問に立ったが、型どおりの質問をしただけで、大したことを聞き出せなかったのはチャールズにもわかった。

「アーサー・ニューポートさん！」

被告人側第四の証人をチャールズは知っていた。覗き込むような表情をした、素っ気ない、腰の曲がった小柄な老人で、科学者だと名乗ったのは筆跡鑑定人の謂《いい》である。自分の資格と地位について詳述した老人に、ビングが一枚の紙を手渡す。

「その紙をご覧になったことがありますか、ニューポートさん」

「あります」

「それは何ですか」

「被告人がわたしの目の前で書いた筆跡見本です」

「五十七号証をお願いします」

ピーボディ氏の毒物販売記録簿が証人に渡された。

「八月二十三日付の、フランシス・カーズウェル氏によるものとされる署名が記された箇所はわかりますか」

「はい」

「それが被告人によって書かれたか、そうでないかを答えられますか」

ニューポートはぎこちなく体を動かした。「絶対確実とまでは言えませんが、そうではないと思います」

「被告人が書いたものではないというお考えですね。ありがとうございます」ビングは腰を下ろした。

ライオネル・コパードが勢いよく立ち上がった。

「あなたは、この記載事項が被告人によって書かれたかどうか、断言はできないとおっしゃるのですね？」

「絶対確実とまでは言えませんが、被告人が書いたものではない、それがわたしの考えです」

「断言できるか、できないか、どちらかしかありません。あなたは断言できないとおっしゃっている」コパードは、曖昧な言葉で逃れようとする相手を言い負かすことは正義なのだと言わんばかりの顔で腰を下ろした。

ビングはすかさず立ち上がった。

「絶対確実とまでは言えないが記録簿の記載は被告人の手になるものではないとおっしゃるのは、あなたがご覧になる限り充分確実であるということですか、そうではないのですか」

「わたしの見る限り確実だと思っています」

被告人側が呼んだ証人は以上で、ヘプンストールが最終弁論を行うために立ち上がった。

チャールズの背筋を悪寒が走った。何とかしてくれ！　これが最後の機会なんだ。ヘプンストールがうまくしゃべれば、本当にうまくしゃべってくれれば望みはある。しくじれば――おれは負け、何もかも失って、すべては終わる……。しっかり聞かなくては。チャールズはやっとの思いで気を落ち着かせた。

辛くて陪審に目を向けられなかった。お前にはこれっぽっちの望みもないと顔に書いてある。

全員がもう態度を決めているようだ。ちゃんと聞こうとしているのはそれが慣行であり義務だからで、痩せこけた男でさえ疑問の余地はないと思っているらしい。

ヘプンストールは朗らかな打ち解けた口調で淡々と陳述を始め、信頼を寄せる旧友に興味深い秘密を打ち明けている趣があった。陪審に秘密を明かす――そういうことなのだ。彼らの肩の荷を軽くしてやること、とりわけ国家の代理人たる訴追側弁護士によって判断が押しつけられるのを避けること……。

「裁判長閣下、及び陪審の皆さん」ヘプンストールは片眼鏡でたっぷりもったいをつけてから口を切った。「ただ今からわたくしの依頼人チャールズ・スウィンバーン氏のための陳述を始めます。スウィンバーン氏が置かれている恐ろしい立場については改めて申し上げるまでもありません。氏のすべてが――幸福、財産、すなわち氏を成り立たせているあらゆるもの、生命そのものさえ――失われかけているのです。皆さんがかくも重大な問題を軽々しく扱うことはできませんし、そうはなさらないとわたくしは信じております。ですから皆さんは、被告人に不利な証言ばかりでなく、被告人の側に立つ主張も考慮してくださるものと確信しております。と申しますのも、裁判長閣下からお話があるはずですが、皆さんには二つの義務――国家に対する義務に加え、被告人に対する義務があるからです。皆さんが能力の限りを尽くしてその義務を果たされるであろうことは、法廷内の何人《なんぴと》も疑っておりません。

公訴事実に関して少しでも疑いがある場合は被告人の有利に解釈しなければならない、疑わしきは罰せずという言葉はよくご存じだと思いますが、裁判長閣下による訂正を前提といたしまして、この言葉の真に意味するところについてしばし考えていただきたい。これは、絶対確実でなければ有罪と決められないということではありません。絶対的な確実性など――陪審の誰もが望むはずですが――めったに存在しないからであります。そうではなく、この言葉はもっとありふれたことを意味しているのです。被告人が有罪か無罪かの問題を考えるに際して、日常の平凡な事柄を考えるときと同じように判断すればよいと言っているにすぎません。

つまりこういうことであります。仮に皆さんが誰かから相当な犠牲を伴う事柄を要求されたとします。当然ながら、皆さんは要求が妥当であるか否かを吟味します。要求の妥当性が絶対確実とまでは言えなくても、もっともだと納得すれば皆さんはその犠牲を払うでしょうし、納得しなければ払わないでしょう。今回の事件にも同じことが言えます。もし皆さんが被告人は有罪だと確信し、同様の証拠を突きつけられたら自分も相応の犠牲を払うということであれば、皆さんは有罪の評決を下すでしょう。一方、この程度の証拠では犠牲を払う気にはなれないとお感じになるなら、無罪の評決を下すはずです。

さて、皆さんに申し上げたいのは、被告人の公訴事実に関して無罪放免を要求するに足る合理的な疑いが存在し、訴追側が挙げた事実はすべて、被告人以外の人物の有罪を仮定しても同様に説明され得るということです。裏返せば警察は間違った相手を捕えたということであって、これが本件における被告人側弁護人の主張であります。皆さんが今までに聞いた証言が有罪の証明と言えるかどうか不明なままでは、その罪はわたくしの依頼人の罪ではないということをこれからお示ししたいと思います。それが果たせれば、わたくしは自信を持って皆さんに無罪の評決を求めることができるわけです」

チャールズは動悸の高まりに胸苦しさを覚えた。本当に？　被告人側にも言い分があるというのか？　ヘプンストールがそいつを証明できれば、おれは助かる。耐え切れないほどの緊張が全身を走った。握り締めた拳が白かった。

「正直に申しまして」ヘプンストールは続けた。「本件においてわたくしの依頼人が置かれた状況は、暗澹たる様相を呈しております。訴追側弁護士が博学なる友サー・リチャード・ブランダーでなかったならば、違ったものになっていたでありましょう。しかしながら、幸いわたくしの依頼人にとって、それは表面的なものにすぎません。暗澹たる状況は、事実に対する恣意的な解釈によってもたらされているからであります。しかし解釈はほかにも二つ存在し、わたくしの依頼人が潔白であることとは何ら矛盾しません。それらを皆さんにお示しすることは、わたくしの権利であり義務でもあります。

これまでの証言から、被告人の有罪を真に決定づける事項はただ一つであり、それは皆さんもおわかりになるはずです。被告人が実際に薬局を訪れ、合法的な目的で使うのだと言い繕い、偽造した文書を見せて店主を騙し、他人になりすましてシアン化カリウムを手に入れたのだとしたら、被告人を絞首刑に処することをわたくしは求めます。被告人がそうした行動を取ったと信じるならば、わたくしは弁護のためにこの場に現れはしませんでした。しかしながら、繰り返しますが、この証言は被告人の有罪を決定づける唯一の証言であります。そのほかの証言は、いずれも別の人物の有罪を仮定しても同様に説明され得るのです。詳しく説明いたします。

まず焦点を絞りたいのは、毒物を購入したのが被告人だったか否かであります。

何者かが小細工を弄し、人を欺いてその毒物を購入しました。ピーボディ氏の証言は、フランシス・カーズウェル氏の証言と合わせ、その点を明らかにしております。皆さんが答えるべき疑問はこれだけです――毒物を購入した男は被告人か、それとも別の人物か?

皆さんは、客は被告人だったとピーボディ氏が証言したではないかとおっしゃるでしょう。わたくしは皆さんに申し上げたい、ピーボディ氏は誤っていると。だからといって、ピーボディ氏の善意を疑うわけではありません。氏が証言する姿は皆さんご覧になっていますし、わたくしも見ておりますから、氏が誠心誠意語っておられたことを疑う方はこの場にいないはずです。しかしピーボディ氏は、皆さんにもわたくしにも共通する、人間であるという弱点を抱えています。わたくしたちと同様、氏も単純な過ちを逃れることはできません。では、この人物確認が行われた条件を考察して参りましょう。

第一に、ピーボディ氏はあまり視力がよくない。かけておられる眼鏡をご覧になればわかると思います。分厚いレンズは近眼の証拠です。第二に、ピーボディ氏の店の内部は暗い。ご本人が語っておられるのですから、この点は歴然としております。第三に、毒物が売られた日は暗かった。売買のあった時刻に空が厚い雲に覆われていたことは、お聞きになったとおりです。第四に、客は光を背にして立っていた。陪審の皆さん、思い浮かべてみてください。暗い日に暗い店の中にいる近眼の男性が、光を背にして立つ客を見ている場面を。そういう条件下で相手の特徴を正確に捉えるのは物理的に不可能であることに、わたくし同様、皆さんも気がつかれるはずです。はっきり申し上げて、これはそういうことに気づくかどうかという問題ではありません。ピーボディ氏が客をしっかり観察していなかった具体的な証拠があるのです。氏は――皆さんがご本人から聞かれたように――客がどんな帽子をかぶっていたか憶えておられない。眼鏡をかけていたかどうか、手袋や指環の有無も憶えていないとおっしゃった。憶えていないのはよく見なかったから、よく見なかったのは暗かったからです。これは氏の証言から明白に導かれることではないか？　答えは、然《しか》り。わたくしは、誰とも知れぬ男が店を出ていったとき、ピーボディ氏が相手の外見を記憶に留めていなかったと躊躇なく申し上げることができます。なぜならば、氏の五感が受け取らなかったからです。

さて、もう一つ見逃してはならない重要な点があります。誰とも知れぬ男が店内にいた時間は三分から五分、およそ四分でしょう。その四分間、やるべきことがいろいろあったピーボディ氏は、客に目を向けている暇はありませんでした。客が出した名刺と、宛先及び消印を偽造した封筒四枚に目を凝らし、毒物を取りに店の奥に引っ込み、その際電話帳でカーズウェルの名を調べてもいます。果たして氏はどれくらい客を見ていたのでしょう？　せいぜい一分、多く見積もっても二分に満たなかったはずです。

さあ、考えてください。薄暗闇での一、二分間のやり取りからコールドピッカビーで人物確認をしたときまで、どれだけの時間が経過したでしょう？　答えはピーボディ氏が話しておられます。何と六十九日、十週間近くが経過しているのです――陪審の皆さん」ヘプンストールは上体を屈め説き伏せるような口調で続けた。「皆さんは、そういう状況でピーボディ氏が確信を持って証言したとは思われないはずです。わたくしと同じく皆さんは、氏がなし得なかったことをご存じです。物理的に不可能なのですから」

ヘプンストールは再び背を伸ばし、少し間を置いてから続けた。「ピーボディ氏がそう判断した動機に疑問の余地はないとしても、ではなぜ氏が人物を確認できると信ずるのかと皆さんはお尋ねになるでしょう。お答えします。それは人間性にあまねく具わる一面のなせる業だからです。ピーボディ氏だけでなく、わたくしたちは誰しも、見えると思うものを見るからです。この人物確認が行われた状況を考えてみましょう。

ロンドンで警察の事情聴取を受けたピーボディ氏は、男性客の人物確認のためコールドピッカビーへ行くよう依頼されました。わたくしは警察のやり方が不適切であったと非難しているわけではありません。ほかにやりようがないのですから。しかし、ピーボディ氏がその男と遭遇することを予期して現地へ向かったという事実は消えません。目にした男は客に似ていた。氏は無意識のうちにそれが問題の男であると考えた。人間なるがゆえの判断です。

さて陪審の皆さん、皆さんはこの人物確認について単なる意見表明を求められているわけではないことを思い出してください。これによって一個の人間を絞首台に送ることを求められているのです。わたくしは、皆さんにそれは不可能であると申し上げます。ここには合理的な疑いを超えるものが存在するからです。些細な出来事ならあるいはよしとされるかもしれませんが、人命に関わる問題では許されません。ここに存在する疑いはあまりに大きく、被告人に有利に解釈しないならば――失礼ながら申し上げます――皆さんであろうと、ほかの誰であろうと、耐えられない責任を負うことになります。

毒物を購入した男が被告人に似ているというのならなおさらです。陪審の皆さんは、そのことをお考えになりましたか？　まだでしたら、どうかお考えください。合理的な疑いは一つとして残すべきではありません。よろしいですか、この程度の根拠では猫一匹絞首刑にはできない。それを皆さんはご存じのはずです。

わたくしはここでいかなる非難もいたしませんが、ほかに二人、わたくしの依頼人と似ていると言うことができ、また、これまでの証言と矛盾せずに、この殺人を犯した可能性が考えられる人物がおります。誰のことかおわかりでしょう、ピーター・モーリー氏と故ジョン・ウェザラップ氏であります。わたくしは、二人のどちらかがその人物であると言うつもりはありませんが、皆さんは証拠にのみ基づいて判断を下さなければならず、証拠は、被告人とこの二人とを等しく指し示しているのです。皆さんは――これは熟慮に熟慮を重ねた上で申し上げるのですが――この三人のうち誰が当該人物であるかを判断できる材料は与えられておりません。

もう一つ、皆さんに是非とも注目していただかなければならない極めて重要な点があります。毒物の購入者が、わたくしが申し上げた三人のうちの誰かであった証拠はあるのか？　購入者と本件との関わりを示す証拠はあるのか？　何者かが毒物を購入し、それをアンドルー・クラウザー殺害に用いたと、さらには、アンドルー・クラウザーの暮らしぶりまで知っていたとどうしてわかるのか？　たとえば、それが自殺目的で用いられなかったとどうして言えるのか？

わたくしは、皆さんに提示された証拠に基づいて、シアン化物の購入を本件と関係づける理由はないと申し上げます。ピーボディ氏自身による証言が唯一その根拠とされているわけですが、氏の誠意を疑わずとも、状況から見て氏の証言が信頼に足るものでないことはお示ししたとおりであります。

シアン化カリウム購入者の人物確認の件はこれくらいにします。この件に関するわたくしの立場は、購入者は明らかにわたくしの依頼人と同一人物ではない、さらに言えば、購入者がわたくしの依頼人であることを裏づける客観的な根拠は存在しないというものであります。では、被告人に不利なそのほかの証言をかいつまんで見ていきましょう。

毒物販売記録簿に残された購入者の筆跡に関しては、何も申し上げません。二人の専門家によって鑑定がなされ、皆さんご存じのように、一人は被告人のものだと言い、もう一人はそうではないと言っておられる。陪審の皆さん、これは鑑定者の一方が正直で、他方が不正直だということではありません。お二人とも極めて高潔な方であると、わたくしは確信しております。つまり、お二人が尋ねられたことは難問であり、この件で確証を得る方法は存在しないのです。お気づきのように、お二人とも独断はなさらず、私見であるとはっきり言っておられました。わたくしは、お二人の証言から皆さんが得られる唯一可能な結論は、被告人が記載したかどうかに関して重大な疑義が存在するということであると申し上げます。

シアマン夫人とジュピター号職員による証言も説得力を欠くものでした。どちらも善意から出た率直な言葉でしょうが、わたくしの依頼人の胸中がわかると公言したも同然だからであります。面識があって気性を心得ている相手なら、昂奮していたり取り乱したりしていればほぼ間違いなく言い当てることができるでしょう。しかし、わたくしの依頼人はお二人とは初対面でした。日頃の様子を知らないのに態度が異常だったとどうして言えるのか。そして、なぜ手紙を心待ちにしていると変だと思われるのか。事業が危うくなっていたのではなかったか。経営状態が気がかりではなかったか。わたくしは、曖昧で漠然とした考えに基づいて判断を下すことは不可能であると申し上げ、この証言は本件とは関連性なしとして採用しないことを皆さんに求めます」

希望、信じ難い希望だった。チャールズは再び元気づけられていた。ヘプンストールが陳述に身を入れるとは思えず、高い報酬をどぶに捨てたものと諦めていた。だが今、いくら金を積んでも恩の返しようがないとわかった。ヘプンストールはおれを救おうとしている。そうとしか考えられない。ヘプンストールを凝視するあまりチャールズは目に痛みを覚えた。

陳述が陪審に効果を及ぼしているのは明らかだった。陪審長を除いて、心を決めたあの恐ろしい表情が消えていた。多くが説得を受け入れているように見える。訝しげな顔をしているのは二、三人だ。よし、いい風向きだ。

「さて」説得力のある声が続けた。「訴追側は被告人に叔父を殺害する動機があったと証明すべく尽力しました。無用な手間だったかもしれません。第一に、どうやって彼らはこの動機を知ったのでしょうか？　聞き込み、あるいは巧妙な捜査によってでしょうか。そうではありません。被告人自身からです。読み上げられるのを皆さんがお聞きになった、警察による最初の事情聴取で被告人が自ら進んで述べた言葉からであります。被告人は、自分には犯行の充分な動機があると認めました。しかしそれは、罪を犯したという告白とはまったく異なります。

手短にご説明しましょう。被告人以外に同様の犯行動機があったのは四人。わけてもピーター・モーリー氏の動機は強力でした。氏と被告人は故人に資金援助を求めましたが、被告人が援助を受けられたのに対し、氏は受けられなかった。ですから氏の動機は被告人のそれよりも事実上大きかったことになります。ポリフェクス母娘、執事の故ジョン・ウェザラップにも犯行の動機はありました。三人はアンドルー・クラウザー氏の死去によって利益を得る立場にあり、得られるものは先の二人ほどではないとはいえ、ことによるとそのうちの誰かは、より逼迫した状況にあったかもしれません。

つまり、故人を殺害する動機を持っていた人物は五人です。全員が実行することはあり得ない。そのうちの何人かは——五人全員ではなくても四人は——無実です。無実の四人には、罪を犯した一人と同じく犯行の動機があった、とわたくしは申し上げたいのであります。したがって、動機のみでは有罪の根拠とはならず、動機の件は除外してお考えいただきたい。適用範囲が広すぎるのです。それでは、次の点——毒入り錠剤投与の問題に移ります」

ヘプンストールは巧みに間を置いた。身を屈めて資料に目をやり、完璧な手つきで片眼鏡をはめ直すと、柔和な一瞥を陪審に与えて先を続ける。

「この点に関して、わたくしは訴追側を率いる博学なる友の姿勢に驚きを禁じ得ません。被告人が錠剤に毒物を仕込んで叔父に飲ませたという、まったく根拠のない断定をする人物とは思えないからであります。それは訴追側主張の根幹に関わる、いや、それこそが根幹だと言ってよいかもしれません。この根幹部分について証拠が何一つ挙げられていないことに驚いているのは、皆さんも同じだと思います。それについて博学なる友は何と言ったか。彼の発言を引用します。『ですから、毒物を仕込んだ錠剤を薬瓶に入れることができれば、叔父がいつかその錠剤を飲んで死亡することが被告人には明らかであったはずです』――ヘプンストールは大きく腕を振り、響き渡る声で言った。「これこそが、皆さんが有罪の評決を出すよう求められている被告人の罪状であります。可能性は述べていても、裏づけとなる証拠については一言も触れていない。博学なる友は、毒物が錠剤の一粒に仕込まれ、その錠剤が故人の薬瓶に入れられたこと、そして故人がその錠剤を飲んで死亡したこと――これらすべてに証拠があると言ったにもかかわらず、証拠を挙げませんでした。一つも証拠を挙げて説明していないのです。

故人が毒入りの錠剤を飲んだ可能性があるとしても、故人の死はわたくしの依頼人とはいかなる関係もありません。陪審の皆さんに伺います。皆さんはそのような根拠に基づいて有罪の評決を下すのですか？　その程度の証拠で人ひとりの命を奪うことなど考えられません。

被告人は八月二十五日の夕食後に故人と二人きりになった、だから毒入りの錠剤を故人の薬瓶に混入させたに違いないとの主張がなされております。この主張を吟味の上、二つの理由からこれを無視していただくよう皆さんに求めます。第一に、論理的に成り立たない。この論法でいくと、故人と二人きりだった人間は誰でも毒入りの錠剤を故人の薬瓶に混入できたことになる――馬鹿げた結論です。第二に、被告人だけが故人と二人きりだったわけではない。証言にあったように、ピーター・モーリー氏とクロスビー氏がモート荘で食事をした晩、クロスビー氏が書類を取りに席を外し、食堂でモーリー氏と故人は二人きりになりました。なぜモーリー氏が錠剤を混入させたという主張はなされないのでしょうか。そして当然のことながら、執事ジョン・ウェザラップと同居人のポリフェクス夫人、ポリフェクス嬢も、食後に故人と二人きりになった可能性があると見てよいでしょう。しかしそれは、以上の方々が故人の殺害に関わったと考える理由にはなりません。繰り返し申し上げますが、この方々の中から特にわたくしの依頼人を選んで有罪であると断言はできないはずです。

博学なる友は、ワイングラスが倒れた一件はわたくしの依頼人が薬瓶を交換したと考える論拠であると語っています。被告人がグラスを倒したことを証明していたならば、そういう考え方もできなくはないでしょう。博学なる友は証明しなかった。わたくしの依頼人と倒れたワイングラスとの関わりを示す証拠は提示されておりません。グラスを倒したのは、高齢で体力が衰えている上に健康を損ね、手許もおぼつかなかった故人である可能性のほうがずっと高いのではないか？　さらに言えば、ウェザラップが倒したのではないとどうしてわかるのか？

これ以上細かい事項で皆さんを煩わせるまでもありません。絵画の質入れと五千ポンド借り入れの件を強調されていましたが、どちらも的外れです。すでに申し上げたように、被告人は現金が不足していた事実を一切隠しておりません。同じことが休暇にも当てはまります。なぜ休暇を取りたいときに取ってはいけないのでしょう？　それは、被告人が旅行の予約をした日付から言い分を立証する際、訴追側がいかに苦し紛れであったかを示すものであります。よく考えてください。被告人がツアーの詳細を知ったのは八月二十三日。予約を入れたのが二十六日です。これが不自然なことでしょうか。陪審の皆さん、ツアーの詳細を知らずに予約したことがおありですか。わたくしの依頼人は休暇を取ろうと思い、その機会に恵まれ、休暇を取った——同じ状況なら皆さんもわたくしも同じことをしたでしょう。さらに、ユナ・メラー嬢の証言も訴追側の主張とは無関係と考えますし、訴追側がメラー嬢と被告人に無用の多大な苦痛を与えることを強いた事実を非難するものであります」

ここでまた芝居がかった間の置き方をしたがほんの一瞬で、ヘプンストールはすぐに先を続けた。

「陪審の皆さん、わたくしの主張をまとめます。一言で申し上げれば、訴追側はわたくしの依頼人と本件との関連を証明できていません。何者かがシアン化カリウムを購入したわけですが、それがわたくしの依頼人だという証拠はありません。ピーボディ氏の証言は——この重要な点に関する唯一の証言ですが——状況から見て信頼に足るものとは言えません。そのほかの証言もすべて、いかようにも解釈が可能であり、的外れであると言わざるを得ません。

申し上げるべきことは以上です。わたくしは自信を持って陪審の皆さんに無罪の評決を下すよう求めます」

ヘプンストールが腰を下ろすと、この日は休廷となった。チャールズはすっかり楽観的になっていた。被告人側の主張に穴はない。論破できる陪審は一人もいまい。それまで陥っていた絶望からの反動が大きく、立ち上がって歌い、腕を振り回して叫びたい気分だった。おれは安全だ！　ああ言われて有罪評決など出せるものか。あとの審理は形式だけのものになろう。

22　チャールズ己の運命を知る

　翌朝チャールズが法廷に入ったとき、楽観はあらかた消えていた。惨めな宙ぶらりん状態がもうじき終わるのはありがたいが、その終わりが孕む可能性を思うたびに恐怖のさざなみが打ち寄せる。それでもチャールズはすぐに気を取り直した。弁護人があれだけの主張をしたのだ、結果に疑問の余地はない。今夜にもおれの嫌疑は晴れる。ただ……いや、そうでなかった場合など考えられるものか。

　しかし思案を巡らせる時間はなかった。審理が再開されるや、訴追側の最終論告を行うためにサー・リチャードが立ち上がった。ヘプンストール同様、相手の善意と真心を固く信じている旧友に対するような穏やかな口調で、陪審に語りかけた。

「裁判長閣下、及び陪審の皆さん。皆さんもわたくしと同じく、博学なる友が被告人のために行った見事な弁論に感銘を受けておられるに相違ありません。あの弁論にどれだけの熟考と時間と技倆が費やされているかは、同じ仕事をしていなければわからないものです。

　しかし同時に、博学なる友の目的が本件について公平な見解を述べることではなかったということを、陪審の皆さんに思い出していただかなくてはなりません。依頼人の潔白を証明するために力を尽くす――それが務めでした。常に厳正中立たろうとしながらも、意図的に偏った見解を述べたのです。わたくしの務めは、博学なる友の主張がどこまでうなずけるものであるかを検討し、本件について異なる見解を皆さんに伝えることであり、裁判長閣下が両者の釣り合いを取ってくださるでしょう。では、わたくしから簡潔に申し上げます。

まず、博学なる友はその日が曇り空でピーボディ氏の店の中は暗かったと述べました。どちらも認めましょう。しかし陪審の皆さん、ヘプンストール氏は言い忘れています。我々の目に具わっている、明暗に順応する能力についてを。暗いところでは瞳孔を開いて目に入る光の量を多くします。ですから、明るい戸外から暗い室内に入ってすぐにはほとんど見えなくても、しばらく暗い部屋にいる場合はよく見える。ピーボディ氏は早朝から店にいて、店内の暗さに目が慣れていました。もちろん、店内での仕事にも慣れていました。粉薬や水薬の計量など慎重を要する調剤作業は同じ暗さのもとで行われていました。名刺の文字は細かくそれほど読みやすくはありませんが、ピーボディ氏は客から渡された名刺を難なく読んでいます。

次に、ヘプンストール氏はピーボディ氏が近眼であると述べましたが、氏が眼鏡をかけていることに皆さんの注意を促したにもかかわらず、その眼鏡によって視力が矯正されていることには言及していません。本法廷の証言台から被告人席まではおよそ十二フィートあります。それだけ離れていても、ピーボディ氏は被告人の姿がはっきりわかると証言しました。十二フィート先がはっきり見えるのに、店のカウンター越しに見えないということがあるでしょうか。当然見えたはずです。

ヘプンストール氏は、ピーボディ氏が毒物購入者の姿を見たのはほんの一、二分だったから、再び見て当人であるかどうか見分けられるはずはないと主張しました。陪審の皆さん、顔かたちを記憶に留めるには数秒あれば充分であることは、経験されているでしょう。ご自身の経験を振り返って、そのとおりだと認めていただけるはずです。

人と初めて会うとき目を向けるのは相手の顔です。いきなり上着や帽子や手袋をしげしげと見たりはしません。顔を見るのです。その朝、ピーボディ氏も店で同じことをしました。客の顔に目を向けていて、帽子の形やそのほかのことはよく憶えていないからといって、客の顔を見ていなかった理由にはなりません。これも皆さんが経験からご存じのことです。

つまり、この人物確認が誤りであることを示す真の理由は示されていないのです。それよりも注意していただきたいのは、こういった理由が問題の本質にまったく影響しないことでありますす。客の顔を見たかどうかはピーボディ氏本人にしか語れない事実で、氏は見たと証言しておられる。客の顔を店内ではっきりと見、そして被告人の姿を見て、あのときの男だと証言されたのです。

とすると、ピーボディ氏は皆さんに真実を語ったか、でなければ嘘をついたことになります。嘘だったとお考えなら、被告人は無罪であるとの結論を下すことになるでしょう。真実を語ったとお考えなら、有罪の評決を避ける理由はありません。

ピーボディ氏が間違っていたという言葉に惑わされてはなりません。氏はあのような条件下では間違いが起こりやすいことを承知した上で、間違いないとおっしゃっている。ご自身の証言によって起こり得る結果の重大性をよくご存じでありながら、それにもかかわらず間違いないとおっしゃっている。そういう証言であることをよくお考えいただき、信頼に足るものであるかどうか、皆さんに決めていただかなくてはなりません」

冷静に繰り出される言葉を聞いているうちに、チャールズの胸に冷たい恐怖がじわじわと迫ってきた。ぬか喜びだった。ヘプンストールの主張は結局何にもならなかった。ああ、裁判がヘプンストールの弁論で終わっていてくれたら……。あれで陪審に迷いが生じたはずだったのに、早くも表情から迷いが消えて固い決意が座を占めつつあるのがわかる。淡々と容赦なく語るこの男を誰か止めてくれ！

「さらに皆さんには、コールドピッカビーにおける人物確認が、いささか公平を欠くものであったという意見を忘れていただかなくてはなりません。警察がピーボディ氏に『我々が疑いをかけている男がいます。あなたの店にその男はいましたか』と訊いたのなら、ヘプンストール氏の言ったようなことが起こったかもしれません。しかし皆さんもご存じのように、警察は決してそういうことはしません。被疑者が証人の前に連れてこられる場合、必ずほかに数名いて、証人はその中から該当者を選ぶよう求められます。手続きは至って公正です。いずれにせよ、ここでもピーボディ氏の証言を信ずるか否かの問題となります。

さて、ヘプンストール氏は、依頼人にかけられた容疑をほかの二人に向ける、好ましからざる方法を選択しました。とりわけジョン・ウェザラップの場合は、自己弁護できないわけですから甚《はなは》だ不適切と言わざるを得ません。まさか博学なる友は、起訴前に警察がこういった方面を抜かりなく調べたはずであると、陪審が知らないと考えているわけではありますまい。皆さんは、ピーター・モーリー氏に不利な証拠が存在するのであれば、氏は今ごろ被告人席に立っていると考えて差し支えないのです。

博学なる友は、クルーズ中の被告人の精神状態に関する証言を信ずるに値しないとして退けました。それは当然です、この証言は被告人側の主張にとって打撃なのですから。シアマン夫人とジュピター号職員が被告人の焦りや不安の兆候に気づいたか否かの判断は、皆さんにお任せします。皆さんが二人の立場なら気づいたでしょうか？　気づいたに違いない、とわたくしは思います。それができたからこそ二人は証言したのです。

被告人に動揺や不安があったとすれば、何が原因でしょう。ヘプンストール氏は巧みに主張しましたが、会社の経営状態ではありません。会社がそれほど気がかりなら、三週間も留守にするはずがありません。被告人が落ち着かず不安げだったのは、アンドルー・クラウザー死亡の知らせを今か今かと待っていたからなのです。それ以外に当時の被告人の精神状態は説明できません。

あと一言申し上げて終わりにします。ヘプンストール氏は、我々が被告人と錠剤とを結びつけることができず、どうすれば錠剤を投与できたのかさえ知らなかったと述べました。わたくしが陳述のこの部分を充分明白にしていなかったとすれば申し訳ありません。済ませたつもりでおりました。これから不備を補う所存です。

まず、故人が毒入りの錠剤を飲んで死亡したことを我々が知っている理由を、皆さんに思い出していただきます。全部で四つあります。

第一に、故人が機内で昼食後に錠剤を飲むところをピーター・モーリー氏が見ています。皆さんもお聞きのように、モーリー氏は身を乗り出して話しかけたとき故人が錠剤を飲んだと証言しています。

第二に、ギャヴィン・グラント技師の証言によれば、遺体の臓器から消化薬の成分は検出されず、したがって、故人が飲んだ錠剤は消化薬ではなかったことになります。

第三に、故人は消化薬と同じ大きさの錠剤に混入可能な分量に相当するシアン化カリウムを摂取したために死亡しました。

第四に、モーリー氏は故人が錠剤を飲んだのは昼食後であったと証言しています。医師の説明にあったように、この毒物は即効性が高く、昼食の食材に混入されていた可能性は否定されます。食材に含まれていたならば、故人は錠剤を飲む前に亡くなっていたはずです。

こうした事実を合理的に説明するには、毒物は故人が飲んだ錠剤に入っていたと考えるほかありません。

毒入りの錠剤がどのように故人の薬瓶に仕込まれたのか、厳密に証明できないことは認めます。それが可能なら、裁判を三日続ける必要はなかったでしょう。しかし、わたくしの考える事の顚末を述べることはできます。被告人は消化薬を購入し、毒入りの錠剤を底のほうに入れた。そしてモート荘を最後に訪れた八月二十五日の晩、毒薬入りの瓶を叔父の瓶とすり替えた。これは容易だったはずです。アンドルー・クラウザーは毎食後に薬を飲む習慣で、その晩も一錠飲むのは間違いなかった。そのとき食堂にいたのは二人だけで、老人の注意を逸らした隙に薬瓶をすり替えるのはたやすいことだったのではないでしょうか。

さて、ここで注意していただきたいのは、ワイングラスが倒れた一件です。少なくとも、言い争いや飲みすぎは起こりそうにない穏やかな夕食の席で、ワイングラスが倒れることは極めて稀です。どうしたらそういうことが起こるのか、普通の状況では考えにくい。しかし、瓶をすり替える間クラウザー氏の注意を逸らすためにグラスが倒されたのだとしたら、疑問は一挙に解決します。陪審の皆さん、瓶のすり替えがなされたと証明できないことは重ねて認めます。人目があるところで被告人がそうするはずはないのです。しかしながら、もう一度次の事実をよく考えていただきたいと思います。

その一。ピーター・モーリー氏と分析技師の証言から、故人は錠剤に混入されたシアン化カリウム中毒によって死亡。

その二。この二日前、被告人は不正手段を用いてロンドンでシアン化カリウムを購入。

その三。夕食後、被告人には故人の薬瓶に毒物を混入する唯一の機会があり、故人と二人きりになった際にワイングラスが倒れた。

その四。錠剤のすり替え以外、このとき被告人にはモート荘を訪れる理由はなかった。

その五。翌朝被告人は、出発日が一番早いクルーズを予約。

これらの事実は被告人が毒入りの錠剤を故人の薬瓶に仕込んだことを示す証拠であると考えます。陪審の皆さん、わたくしの考えが正しいか否かを決めるのは皆さんです。

以上を総括しますと、被告人には犯行の強力な動機があり、被告人の行動のあるものは被告人が犯人であると仮定した場合のみ説明が可能、それ以外に故人の死は説明がつかないということであります」

サー・リチャードは陪審に向かい、『我らが偉大なるこのイングランドの地において』人命が安全であるためには、皆さんは偏見なく公平に自らの義務を果たす必要があるのです、と締め括り、すっと腰を下ろした。

法廷が再びざわめいた。延々と続くおぞましいドラマのもう一つの舞台が終わったのだ。チャールズは疑問と恐怖に苛まれて身悶えした。あとは裁判長が説示においてどのような指針を与えるかにかかっている。ヘリオット判事は、公正で厳しい裁判官として知られる……。

小柄な老紳士はもう動いていた。陪審に語りかけるため体を傾け、悠然と構えながらも間を置かずに話し始めると、低いが歯切れのよい声が隅々まで響き渡った。

「陪審の皆さん、本件における被告人の罪名は謀殺であります。証言の要点に触れる前に、皆さんの義務について述べたいと思います。

皆さんには、罪ある者には有罪宣告を下し、罪なき者は無罪放免する、二つの義務が課せられています。どちらも等しく重要な義務であります。被告人が無実ならば、恐るべき嫌疑を免れ一点の曇りもない者として本法廷を去るべきなのですから、いかに重要であるかは申し上げるまでもありますまい。しかし、有罪ならば犯した罪を償うべきだ、ということも劣らず重要です。犯行が露顕せず罰を受けずにいられるとしたら、犯罪が横行し、生命財産の安全は損なわれるでしょう。ですから、弁護人がいみじくも述べたように、皆さんには被告人に対する義務と同時に国家に対する義務も課せられているのです。皆さんが証言を真剣かつ慎重に検討し、どちらの義務も怠りなく果たされんものと確信します。

では、本件の事実関係に入ります。被告人、チャールズ・ハーグレイヴ・スウィンバーンは――」退屈な説明が繰り返された。クラウザーの家系と会社の沿革、財務状況の悪化、窮境の打開策、毒物の購入、錠剤をめぐる推測、チャールズの休暇……。

幸いというべきか、恐怖に恐怖が積み重なってチャールズの感覚は麻痺していた。不思議なことに、どうでもいいことが気になって、生死に関わる宣告を下す低い声が耳に入らないほどだった。被告人席の囲みの板に亀裂が入っている。昨日と一昨日の公判中にしたように、チャールズは亀裂を端から端まで目で追った。数インチ下を別の亀裂が走っていて、さらに下で節目に沿って大きく曲がっている。こうした亀裂の曲がり具合をいつの間にか憶えていた。その板を這う小さな蜘蛛を見つけると、裁判の行方よりそちらのほうがよほど大事に思えてきた。蜘蛛は亀裂に近づいている。越えられるか？　固唾を呑んで見守った。越えた！　直前で一瞬歩みを止めたが、それでも越えていった。蜘蛛はそのまま進んで隣の板との隙間に消えた……。

低い声が続いていた。言っていることは驚くほど正しく、驚くほど公平だった。指針は一切与えられない。陪審は誰の助けも借りず自分たちで判断するのだ。チャールズの心は希望と絶望の間で揺れた。

「訴追側も被告人側も」落ち着いた、抑揚のない声が続けた。「当然ながらピーボディ氏の証言の重要性を強調しています。毒物を購入した男は被告人だったという証言を認めるか、被告人ではなかったと考えるかで、皆さんの評決は大きく変わります。それを決めるには、二人の高名な主任弁護士の述べた論拠よりも、商店、人、生活に関する皆さん自身の知識と常識が頼りになるでしょう。皆さん一人ひとりが、証言で具体的に述べられたピーボディ氏の店にいる場面を想像し、十週間後に客の顔かたちを識別できるか、またはできないかを考えてください。これは論拠云々よりも常識と経験の問題です。

被告人が毒物を購入したと判断した場合、有罪の評決を下さざるを得ないことはおわかりでしょう。なぜなら、被告人が別の目的で買ったのであれば、弁護人は間違いなくそのことに言及したと考えられるからです。一方、被告人が毒物を購入したことに疑問がある場合には、その他の事実を検討してそれらだけで結論に達することができるか否かを決める必要が出てくるでしょう。

では皆さん、退席して評議に入ってください。法的な問題で助言を希望される場合は喜んでお手伝いします」

陪審は一列になって別室へ向かい、チャールズは看守に連れられて再び陰気な階段を下りた。裁判官の説示はほとんど慰めにならなかった。不利な内容ではなく、こちらの言い分には余さず触れていた。説示のやり方に不満はない。かといって、有利な内容でもない。向こうの言い分も容赦なく採り入れていた。有利不利どちらにも力点は置かれていなかった。

陪審の表情から得られるところは少なかった。陪審長の顔には相変わらず「有罪！」と書いてあるが、ほかの者はそんなにわかりやすい顔ではない。陪審長が強情な男なら分は悪そうだ。

しかも、狭量な人間は狭量さゆえに強情であることが多い。

叔父の殺害を思いついたときから、ことあるごとに時間の進み方がとてつもなく遅くなることを身をもって感じてきたが、裁判所の地下の待機室に流れる時間とは比べものにならない。何度も祈る思いで評決を待ち続ける。惨めな宙ぶらりん状態を終わらせてくれるなら、不利な評決だって構わない。しかし不利な評決のあとに何が起こるのかがとたんに思い出されて、嫌悪と恐ろしさでどうしていいかわからなくなってしまう。

看守たちは無骨ながら親切だった。勧めてくれたお茶を一気に飲み干すと、元気出せよ、万事休すってわけじゃない、悪い評決が出たって上訴すればいいじゃないか、と励ましてくれた。

何事もなくだらだらと時間が過ぎていくうちに、チャールズはある種の虚脱状態に陥った。そして、遠くから自分を見下ろしているような、自身に起こっているのに他人事《ひと》であるかのような――意識が体から遊離している奇妙な感覚に襲われた。チャールズの思考はこれまでの出来事を遡った。それぞれの場面で違う行動ができていたら、すべてを捧げてもいい。貧しくとも晴れ晴れした心を持ち自由でいられるなら、どんなに感謝しても感謝しきれない。そして、ユナがいてくれたら！　ユナのために我が身を犠牲にしたのに、悪い噂が立ったとたんユナはおれを見捨てた。ユナのことを思うと苦しさが増すばかりだ。

果てしない時間が過ぎ、さらに果てしない時間が流れても、まだ動きはなかった。看守たちが、陪審は今夜は罐詰だろう、判決は明日に持ち越しかもな、と言い合っている。そんなことになったら、発狂してしまいそうだ。一晩中宙ぶらりんではとても神経が持たない。

次の瞬間、チャールズは再び階段を上っていた。陪審が戻ってきた！

一同の顔をひと目見るなり結果がわかった。負けだ！

ありがたいことに虚脱状態が続いていて、チャールズの意識は目の前で起こっていることを部分的にしか捉えていなかった。運命を決する質問が発せられた。陪審たちの意見は一致した。評決は「有罪」だった。

夢うつつでいると問いかける声がした――被告人席にいるほかの人間に訊いているのだろうか――あなたに対して判決が言い渡されるべきでないとする理由があれば述べなさい。おれに話しかけているのか？　よくわからないが、どうでもいい。答えるつもりはなかった。それでどうなる？　連中はおれを縛り首にする気だ。今さら何を言ったって変わりやしない。しばらく間があった。忌まわしい判決が聞こえてきた。終わった！　看守たちが階段を手で示した。チャールズは二人に支えられて歩いた。朦朧としたまま、両脇を抱えられるようにして階段を下りていった。

23　フレンチ語り始める

哀れな幕切れとなった公判から数週間経ったある晩、ロンドンのホテルの一室でささやかな会合が開かれた。集まったのは、ルーシャス・ヘプンストール、エヴァラード・ビング、アレクサンダー・クイルター、ルーカス警視、フレンチ警部の五人。純然たる社交の集まりというわけではない。ビングがお膳立てしたのだ。

コールドピッカビー事件は、速やかに定められた終焉へと向かった。被告人側は上訴したが判決は覆らず、チャールズ・スウィンバーンは必死に抗おうとした運命に敗れた。

事件への法律的な関心にとどまらない興味がビングを虜にしていた。ビングは物書きでもあり、仕事の合間を縫ってペンネームで犯罪学に関する本を書く。『著名事件裁判録』叢書のうち四巻はビングの筆になるもので、コールドピッカビー事件についても出版社から依頼され、執筆材料を集めようと意気込んでいた。

ビングの妙案に出版社は大乗り気だった。うまくいけば真相の看破にまつわる経緯を収めた一章を加えられる、と持ちかけたのだ。警察の視点で一部始終が描かれる。犯罪の疑いを抱かせた事実から始め、捜査の実際に進み、捜査の結果とそこから導かれた結論を述べる。警察が推理に用いた事実をすべて公表するのは諸事情から無理としても、疑惑から確信に至った大まかな展開を書くことはできる。つまり現実に即した推理小説だ。目論見どおりのものになるかどうかはわからないが、どこまで可能か確かめてみたかった。

当局の許可を得ることが先決問題なので、スコットランドヤードの総監補サー・モーティマー・エリソンに面会を求めた。校正権を確保するという条件でサー・モーティマーは同意してくれた。続いてルーカスとフレンチに話を持ちかける段取りだが、両警察官の功績が実名で取り上げられることが明らかになると、反対する理由はなくなった。クイルターに協力を求めると大いに関心を示し、ルーカスと共にロンドンを訪れた機会を利用して、投宿先に一同を招いて食事会をしたらどうかと言ってくれた。同じく興味を持ったヘプンストールからも、参加させてくれと返事があった。

食事が終わり、待ちに待った瞬間が訪れた。美味しい料理と極上ワインを楽しんだ客人たちは、この世も捨てたものではないと上機嫌で、いろいろ知りたがっている人間に教えてやろうという気分になっていた。椅子は心地よく、暖炉は赤々と燃えて、ホテルの個室は快適だった。ウイスキーと、甘口向けのポートワインが用意されると、クイルターはキューバ産の高級葉巻コロナコロナを一箱出した。ビングへの心尽くしである。それもゆえなしとしない。

「あなた方には」クイルターは、皆がくつろぎ飲み物や葉巻を楽しんでいるのを確かめて、如才なくルーカスとフレンチに声をかけた。「コールドピッカビーでまんまと一本取られました。でもまあいいでしょう、今度お返しをしますから。正直、どんな話が聞けるのか興味津々でしてね。どんなふうに調べ上げたのか、わたしには奇跡としか思えないんですから。今もって謎ですよ。どう思います、ヘプンストールさん」

大柄な男がゆっくりとうなずいた。「実に大したものだ」ビングの後押しをする気らしい。「これほど見事にやってのけるとは前代未聞だ。おめでとう、警視。時機を失せずスコットランドヤードに応援を頼み、フレンチ君にしかるべく手を貸したのは賢明だったし、アプルビー警部もお手柄だ。腕を振るってああいう結果を出したフレンチ警部にお祝いを言おう。うん、実に大した仕事だった。是非その顚末を聞きたいね」

「ご静粛に！」と言って、ビングはあらゆる謎を掘り起こす密やかな集いを先に進めた。「一つ申し上げておきたいことがあります」フレンチに笑顔で目配せすると、意味ありげに皆の顔を見回した。「もう伏せておくこともないのですが、もしかすると皆さんの耳には届いていないかもしれません。フレンチ警部、とヘプンストールは言いましたが、ひと月先にはそうはいきません。なぜならば、嬉しいことにフレンチ首席警部と呼ばなければならないんです！」

「ブラボー！」クイルターが声を張り上げた。「それは朗報だ。皆さん、グラスの用意はよろしいかな。それでは、お手柄で得た昇進を末永く享受されんことを祈念して、フレンチ首席警部に乾杯！」

フレンチは、照れ臭そうな顔をしながらも、悪い気分ではないらしい。三週間後に退職するミッチェル首席警部の後任ですと説明し、一同の温かい言葉に礼を述べた。拍手が起こった。誰もが和やかにしているこの雰囲気を、ビングは求めていた。

「ビング君は本を書くそうだね」ルーカスは少し間を置いて、「わたしたちにどうしろというのかな?」

ビングは居住まいを正した。他愛ないおしゃべりは終わりにして本題に入ります、という意思表示だ。

「真相解明の種明かしをしていただきたいんです。まず警視に、疑惑を抱いたきっかけとスコットランドヤードに応援を頼んだ理由を、フレンチ警部には、コールドピッカビーに到着した時点での事件の印象と、公判に持ち込むまでの捜査についてお聞かせ願えれば」

「なるほど」ルーカスが応じる。「そういうことが公表されるとは驚きなんだが、総監補が承知したというし、わたしが知っていることを話すのは問題ない。サー・モーティマーから許可を受けているんだろう、フレンチ君」

「ええ、大乗り気でした」

「捜査活動の実態を一般大衆に知らしめる、新手の広報活動だな」ヘプンストールが言った。「少なくともわたしはそう理解している。警察がさんざん受けてきた、愚かな非難への回答さ。実態を知れば一般大衆の非難はやむという事実に、ようやく上層部《うえ》が気づきつつあるわけだ」

「上層部をそこまで持ち上げなくてもいいんじゃないか」ルーカスの口ぶりは、打ち解けた場の雰囲気をよく表していた。

「ま、そうだな」とヘプンストール。「さてビング君、和んでいるのもいいが、ひと月もふた月もここに坐っているわけにはいかん。始めてもらおうか」

ビングはノートを開いた。速記の達人でもある。「まず警視にお願いします。疑惑を抱いたきっかけと、スコットランドヤードに応援を頼んだ理由をお話しください」

ルーカスはこういうときの儀式を始めた。葉巻の先を赤々と輝かせ、ウイスキーを軽く含み、咳払いをして深々と椅子に背を預ける。そしておもむろに口を開いた。

「裕福な男性が航空機内で死亡し、フランスの医師が自然死ではないと気づいたことがそもそもの始まりだ。医師の所見やフランス警察の推定は別にして、検視が必要なことは明らかだった。解剖の結果、毒物を投与されたことが判明すると、当然のごとく、その死をもたらしたのは事故か、自殺か、あるいは他殺なのかという疑問が起こった。

一見して事故は考えにくかった。機内食は三十名ほどに出されたが、不調を訴えた者はいない。となれば、全旅客の中で故人だけに関わる事柄だったということだ。また、シアン化カリウムは稀な毒物で一般に用いられることはなく、入手も比較的難しい。故意に持ち込まれたとしか考えられなかった。よって自殺か他殺だと思ったが、証拠があるわけではなかった。

まず自殺の線だが、明らかに三つの欠陥があった。二つは軽微、一つは重大な欠陥だ。軽微な欠陥の第一は、故人には自殺する動機らしい動機がなかったことだ。鬱《ふさ》ぎ気味ではあったが、自殺につながるほど重症だったと言う者は一人もいない。それどころか、故人には生きる動機があった。どうしても娘に会いたいと思っていたのだ。そのために旅に出て、あと少しで到着するところだったから、途中でやめてしまうとは考えにくい。第二は、故人に自殺を窺わせる様子がなかったことだ。抑鬱、昂奮、緊張など、思い切ったことをやろうとしている人間に表れる外見上の変化は見られなかった。

しかし、第三の欠陥はそれらの比ではない。故人が毒物を持ち込んだとしたら箱か瓶に入れていたはずだが、そういった容器は発見されなかった。だからこそ、他殺だと判断した」

「容器は機内から遺体を運び出す際に紛失したかもしれないと、検視官が言ったことについてはどうかな？」クイルターが言った。

ルーカス警視は肩をすくめた。「もちろん可能性はある。しかし、現場では警察が仕事に当たったんだ。紛失なんてことが考えられるかね？　なかなか優秀だぞ、フランスの連中は」

「そうだな」

「さらに」ルーカスは続けた。「アプルビーにモート荘を検分させたら、故人に写真撮影の趣味があったとわかった。現像にシアン化カリウムが用いられることは知っていたから、詳しく調べてもらった。分析技師のグラント氏による確認を受けて捜索を行うと、果たして屋敷内からシアン化カリウムが発見された」

「その点は検視審問で検視官が言及していますね」

「ああ」ルーカスがビングに応えた。「ここだけの話、あの検視官は――」ゆっくり片目を瞬き、口にはしないが本音を当たり障りなく表現してみせた。「まあ、発見には何の意味もなかったんだが、検視官の見解で犯人の気が緩むだろうと我々が思ったとおり、あの手抜かりを気づかせなくて済んだ」

「待ってください、警視」ビングが言った。「話の流れが早くて呑み込めません。もう少しわかりやすくお願いします。簡単な、子どもにもわかる言葉で」

「君が呑み込めないのも無理はないんだ、アプルビーが発見したことを話していないからね。毒物の瓶は厚い埃をかぶっていて、指紋は一つもなかった。長い間手を触れた形跡がなかったんだよ」

「なるほど、それでわかりました。どうして検視官に話さなかったんです？」

「訊かれなかったからさ。『その瓶に指紋はありましたか』と真っ先に質問しそうなものだが、検視官は訊かなかった。そのおかげで話さずに済んだわけで、我々にとってはもっけの幸いだった。犯人が油断している隙に捜査ができたよ」

「よくわかります。では、捜査の当初から殺人事件と踏んでいたんですね？」

「我々はそう考えた。ただし絶対の確信があったわけではない。まずあり得ないが、故人はシアン化カリウムの固体を持っていて、薬包紙が失くなった可能性もゼロではなかった。それはそれとして、先に進まねばならないことはわかっていた。遺言書が開披されたとき、動機はこれだと考えた」

「遺言書の条項はどうやって調べたんですか」

「遺産受取人からだ。聞き込みに行ったのは検視審問の休廷期間で、我々はその方面の捜査を続けているると思われていた。はぐらかす受取人が一人もいなかったのは、遺言書が公表されたとき怪しまれたら困ると思ったからだろう」

ビングは黙ってうなずいた。ルーカス警視は少し間を置いてから続けた。

「実を言うと、その時点では錠剤が毒物の媒体にされたとは考えていなかったので、容疑者として浮かんだのはピーター・モーリーとジョン・ウェザラップだった。わたしが臭いと睨んだのはモーリーのほうで、機内で故人の肩越しに身を乗り出した際、ウェザラップの注意を逸らし、皿に毒物を混ぜたのだと考えた。無論、証拠はない。その後、錠剤の可能性に思い至ると、容疑者の範囲が一挙に拡大することに気づいた。

捜査がそこまで進んだころ、本庁に応援を仰ぐ話が持ち上がった。重要な案件だからというより、実は人手が足りなかったのだ。アプルビーはチズルフィールドの強盗事件にかかりきりで、任せられる人間がいなかった。そこでフレンチに来てもらったわけだが、そうしてよかったと思う。フレンチがこちらの事件に当たり、アプルビーは強盗事件を片づける。チズルフィールドの屋敷に押し入ったホーンビーとシミントンは同じ巡回裁判で判決を言い渡された」

「実に興味深い」クイルターが応じた。「世間は自殺と見ていたが、警視は他殺であると考え、フレンチ警部の加勢を要請したんですな。これでわかっただろう、ビング君」

「そう、そこが知りたかったんですよ。では警部」ビングはフレンチを振り返る。「この調子で続けてくださると、いい感じにまとめられると思います」

お鉢が回ってきたフレンチは、ひととおり心構えの儀式を済ませて語り始めた。

「現地に着くと、伝え聞いたことを確認にかかりました」ルーカスに笑顔を向け、「警視にもアプルビー警部にも面識がありませんでしたからね。二人が言ったことを鵜呑みにせず、自分で一から洗いました」

「ごもっとも」ビングが言った。「警察というものをよく知っていますから、わたしでも同じことをしたはずですよ。ねえ、警視？」

「こいつはかなわん」ルーカスは肩をすくめた。「我々としては、警部に商売道具一式を提供して仕事をしやすくしたつもりだったが、そう受け取られていたとはな。まあいい、先を続けてくれ、フレンチ君。捜査情報を自分の目で確認したわけだな？」

「はい」フレンチはまた笑顔を向けた。「事件に着手した時点で他殺の線が濃厚だったので、他殺か否かを確かめるのが最優先でした。

まず、他殺と仮定したらどういう結果になるかを調べようと思い、誰の犯行かではなく、いかになされたかを検討することにしました。

可能性として考えられるのは、ウェザラップが機内食に毒物を入れたか、モーリーがそうしたか、錠剤に毒物が仕込まれていたかの三つでした。

毒物を機内食にかけることが危険を伴うのは明らかです。第三者に気づかれなくても、当人が見破らないとも限りません。ところが、毒物を仕込んだ錠剤を薬瓶に入れることができたら、犯人は我が身は絶対に安全だと考えるでしょう。可能性を天秤にかけると――ほかにうまい言い方が見つかりません――可能性を天秤にかけると、一番傾くのは錠剤だと思われました。

もう一つ重要な点がありました。シアン化カリウムが非常に即効性の高い毒物だとは知っていましたが、手許にあったテイラーの『法医学の原理と実際』で調べると、効き目は思ったよりはるかに早く表れることがわかりました。数分以内には必ず、時として数秒で人事不省に陥るとあったのです。ですから毒物が摂取されたのは食後ということになり、これも錠剤が用いられたことを示す証左でした」

「お見事」とヘプンストール。

「次に」フレンチが言葉を継いだ。「分析技師が実に興味深いことを教えてくれました。第一に、錠剤が毒物の媒体として適していることです。また、遺体から発見された毒物の量は錠剤に混入可能な量と同じで、成人男性の致死量に相当し、心臓が弱っている相手なら十二分だったろうといいます。そこまでわかれば申し分ありませんでした。

しかし、さらに重要な点があったのです。技師が言うように、シアン化カリウムは通常固体の状態で存在します。ですから、投与の手段として錠剤はまさしく理想的で、普通の食事に混じっていたら骨や小石のようにすぐ気づかれて吐き出されたでしょう」

「素晴らしい」ビングが声を上げた。「そこは気がつかなかった」

「この論拠にはかなり説得力があるとわたしは思いました。モーリーやウェザラップが人目のある場所で皿に液体を注ぐ場面は、とても想像できませんでした。そうしなかったとしたら用いたのは固体、固体を用いたのなら食事には混ぜない、したがって錠剤を用いたと考えました。もちろん決定的というわけではありません、粉々にした固体を用いた可能性もあるわけですから。でも、錠剤が一番簡単です。

そうなると、もう一つ別のことに気がつきました。錠剤を用いれば、犯人は鉄壁のアリバイを作ることができるのです。毒の錠剤を薬瓶に入れれば、遠く離れた場所にいても相手を死亡させることができますから」

「アリバイは見かけ上決定的になるが、実際はそうではない」クイルターが口を挟んだ。「おっしゃるとおりです。しかし、普通に考えるとかなり魅力的なものに映るでしょう。現場にいなかったから疑われるはずはないと思う。遠くに行けば行くほど、離れたところにいればいるほど安全な気がする。理屈に合わなくても、人間の本質がそうさせるのです」

「真理だな」とヘプンストール。「同じ立場だったら、わたしもきっとそう思うだろう」

「そういうものを当てにしてはならないという教訓を得ましたね」ビングが言った。「順調ですね、警部」

「ところが、この線にも一つ問題がありました。故人は薬瓶を常に手許に置いていましたから、毒を仕込んだ錠剤を入れるのは至難の業です。この至難であるという点も、犯人には魅力的に映ったに違いありません――不可能に近いことをしたと疑われるはずはない、と考えるからです。この言い方でおわかりになりますか」

一同はうなずいた。

「こんなことを企む知恵が回る相手なら、困難に対処する頭もあると思いました。当否はともかく、わたしはこのときまでに毒物は錠剤を介して投与されたという結論に達しました。さらに、関係者のうち故人の死亡時にアリバイが並外れて強固な人物を探せとメモを取っていました」

「こいつは驚いた」クイルターが言った。「犯人が一番当てにしていた予防策が、逆に犯人にたどり着く糸口になったのか」

「よくあることです。疑惑を隠蔽する策略は、独創的で手が込んでいるほど策略であることが明らかになりやすいのです。わたしの経験からいえば、犯罪者はあまり利口でないほうが捕まえにくい。どう思われますか、警視」

ルーカスはうなずいた。「同感だな。連中にしてみれば何かしないではおれんのだろう。いずれにせよ、こちらには好都合だ」

「殺害方法の検討はいったん措いて」フレンチは話を進める。「今度は容疑者のリスト作りにかかりました。退屈な作業ですし興味を惹くことでもありませんので、結果だけお話しすればいいでしょう。リストに挙がったのは、ピーター・モーリー氏、モーリー夫人、チャールズ・スウィンバーン氏、ポリフェクス夫人、ポリフェクス嬢、ウェザラップ、二人のメイド、クロスビー氏ですが、こちらの関知しない者がほかにいるかもしれません。関係者全員に聞き込んで得られた名前です。この聞き込みで、遺言によって利益を受け、かつ薬瓶に接触できたと思われる人々がわかりました。

可能性から判断して女性とクロスビー氏をとりあえず除外すると、モーリー、スウィンバーン、ウェザラップが有力な容疑者として残りました。もちろんこれで決まりではなく、リストはいつでも修正するつもりでした。このとき大いに関心を持ったのは、故人の死亡時にスウィンバーンが地中海クルーズに出ていたことです。そして思いました、これはかねて考えていたアリバイではないかと」

「網が絞られてきましたな」ヘプンストールが言った。

「いや、そこまではなかなか。まあ、捜査の道筋がついたといったところでしょう。わたしはウェザラップに会って事情を聞き出しました。ウェザラップは、当時モーリーとスウィンバーンが以前より頻繁に故人を訪ねるようになっていたため、『ご主人さまと何らかのやり取りをしている』と思ったそうです。もちろん二人は、やり取りの内容を正直に話しています。スウィンバーンは旅に出る前に昼食と夕食、モーリーも昼食と夕食を共にしています。モーリーの夕食はクラウザー氏が亡くなる前日でした。ウェザラップに彼らが故人と二人きりだったかどうか質すと、スウィンバーンが両日とも二人きりで長時間を過ごしていたこと、モーリーが長時間二人きりだったのは昼食のときだけで、夕食にはクロスビー氏が同席したことがわかりました。ただしクロスビー氏によると、モーリーはクロスビー氏が書類を取りに行った三、四分間は故人と二人きりでした。

このときのウェザラップの答えの中に、その場では気に留めずにいましたが、のちに大きな意味があると気づいた言葉がありました。どうしてスウィンバーンが夕食に訪れた日付をはっきり憶えているのかと尋ねたとき、ウェザラップは、テーブルクロスが汚れたのでいつもより一日早く交換しましたからと答えました。ワインがこぼれて染みになったそうです。

その夜ベッドの中でウェザラップの言葉を反芻しているうち、もしかするとこういうことではないかと閃きました。わたしが頭を悩ませていたのは、どうすれば故人の薬瓶に毒を仕込んだ錠剤を入れられるかという問題でした。聞き込んだところでは、クラウザー氏は薬瓶をいつもチョッキのポケットに入れており、本人の手を離れることがありません。氏は眠りが浅く、薬瓶に細工をすべく寝室に忍び込めば物音ですぐに目を覚ましたでしょう。睡眠薬を飲まされていたら別ですが、そういった話は出ていませんでしたし、病弱な高齢者とはいえ内緒で飲ませたとも思えません。そのとき頭に浮かんだのは、消化薬を飲んでいるときにワインがこぼれ、注意が逸れた隙に錠剤を薬瓶に入れた、ということでした。この思いつきには少々不満でした。上から落とし込んだら、飲むのは一両日のうちでしょう。ところがクラウザー氏が亡くなったのは二週間後で、毒の錠剤は瓶の底のほうに入っていたと考えられます。どうすればそれが可能か、そのときふと気づきました。同じ薬瓶を買い、前もって毒を仕込んでおけば、瓶をすり替えるだけで済むと。一瞬でできますから、こぼれたワインに相手の注意を向ければいいわけです。もちろん推測の域を出ませんが、あらゆる状況が同じ方向を示していました」

フレンチは言葉を切った。聞き手の注目が集まっているのは明らかだった。誰もが興味津々で聞いていたが、クイルターはもてなし役の本分を忘れなかった。「さあ警部、グラスを空けて。しゃべると喉が渇きますからね。ビング君もウイスキーをやってくれ。警視、葉巻はすぐ後ろにありますからどうぞ」クイルターは暖炉に松の薪を放り込み、一同に笑顔を向けた。

「最高のもてなしだよ、クイルター」ヘプンストールは葉巻を一本取り、箱をルーカスに渡した。「事件が終わるたびにこうした集まりをしたいものだ」

「同感です」ビングが言った。

「で、警部、ワインがこぼれた件は推測どおりだったんですか」

「いえ、依然として仮説でした。わたしはそれを念頭に置いて先に進みました。ウェザラップとやり取りするうち、この男は潔白だという結論に傾きかけていました。明確な理由はありませんから決めつけるわけにはいかず、一つの考えとして心に留めておきました。しかし、モーリーとスウィンバーンを先に洗う気になったのはたしかです。

公判であなた方が指摘されたように、犯行の動機はスウィンバーンよりモーリーのほうが強力だったことは承知していました。理由は簡単です。叔父からスウィンバーンは要求した額の一部を受け取ったのに対し、モーリーは何ももらえなかったからです。そこで先にモーリーを当たることにして、シアン化カリウムを買ったかどうか調べました。

地元で買うわけがないので、遠くの大きな町へ行くはずです。ところが、いくら調べてもクラウザー氏が死亡する前の四週間にモーリーが地元を離れた形跡はありませんでした。

同じことをスウィンバーンに尋ねたとき、即座に手応えを感じました。スウィンバーンは隠しもせず——よくもまあこんなにすらすら出てくるものだと訝しく思うくらい——自分の行動についてしゃべりました。安心しきっていたのでしょう。叔父とは八月十七日以前から交渉していたそうです。その日に叔父と昼食を共にしたと言いました。昼食後に老人と二人きりだったことはすでにわかっていました。翌週の月曜、二十一日にロンドンへ向かい、レディングの工作機械メーカーを訪ねるため二泊して、戻ったのが二十三日水曜です。二日後の二十五日金曜にモート荘で夕食、食後に叔父と二人きりで過ごしました。ちなみにワインがテーブルクロスにこぼれたのはこのときです。

スウィンバーンは話しているうちに自分の運命に関わる秘密を洩らしていることに気づいて

いなかったのです。仮説はいよいよ明確な形を取り始めました。モート荘で昼食を食べた十七日木曜、千ポンドの小切手を渡されたスウィンバーンは、叔父には自分が必要とするだけの金を出す気はないと判断したに違いありません。犯行を思い立ったのはそのときだと確信しました。食後に叔父が薬を飲むのを見ていたのは間違いなく、殺害方法を思いついたのはそのときか直後でしょう。すると毒物の入手が問題になりますが、先ほど言ったように地元で買うわけにはいきません。となれば、ふさわしい場所はロンドンを措いてほかにありません。スウィンバーンはロンドンへ行きます。ここからは推測ですが、ロンドンでまんまと毒物を手に入れて自宅へ戻り、錠剤をこしらえ、買っておいた薬瓶に仕込んだ。二日後にモート荘で夕食を取り、ワインをこぼし、騒ぎの間に瓶をすり替える。

これが新たな仮説でした。あくまで仮説にすぎませんが、先へ進む前に試す価値はあると考えました」

一同はうなずき合ったり感嘆の声を洩らしたりした。

24　フレンチ語り終える

「スウィンバーンを訪ねる際は、極力不安がらせず、こちらが疑っている素振りを見せないよう努めました」フレンチは続けた。「逮捕に踏み切る材料は揃っていませんでしたし、労力と費用をかけて尾行する気もありませんでした。事情聴取のあと、自分は安全だと感じたはずです。わたしのことを無害な間抜けとでも思っていたでしょう。

次に向かうべき場所は言うまでもなくロンドンでした。翌日わたしは本庁へ戻り、聴取した内容の確認から始めました。思ったとおり、事実関係に間違いはありません。スウィンバーンは八月二十一、二十二日にノーサンバーランド大通りのホテル、ザ・ダッチィ・オブ・コーンウォールに投宿、二十二日にはレディングへ赴いて、工場に導入する装置三台の件でエンディコット・ブラザーズ社の経営者と会っています。

しかし、ホテルでの聞き込みから事実が一つ浮かび上がりました。レディング行きのほかにロンドンでもっと多くのことができたはずなのです。たとえば、ポーターの話では二日目の二十二日、スウィンバーンは早くに朝食を取るとホテルを出て、夕食の時間まで戻らなかった。レディングの会社にいたのはわずか三十分ですから、往復を合わせても三時間以上はかかりません。あとの時間はどこにいたのでしょうか。しかるべき用事があったのかもしれませんが、そうではなかったかもしれない。ともあれ、こうした発見が嚙み合ってきていることは確信できました。

わたしはスウィンバーンがどうやって毒物を入手したかを考え続けていました。可能性はいくつかあります。顔見知りの薬局へ行き、写真の現像、電気金メッキか銀メッキ、化学実験や研究、スズメバチの駆除や動物の殺処分などの口実を設けて、本名で堂々と買うことはできたでしょう。もっともそれはまずあり得ないので、検討するまでもないと思いました。しかし、実在のであれ架空のであれ別人になりすまし、誰も自分のことを知らない土地で買うことは考えられました。医院や薬局に出入りできる立場であれば、盗むこともできたでしょう。医師の車から毒物が盗まれることは珍しくなく、毒物を車に持ち込ませた上で目を離すように仕向けることは可能性の範囲を超えていません。

しかしながら盗難の通報は一件もなく、残る方法のうち、なりすましによるのが一番可能性が高いと思われましたので、その方面に絞った捜査に取りかかりました。その手を使うなら毒物は薬局で買ったことになり、販売記録に署名が残ります。目当てのものは記録簿から得られるはずでした。

わたしは本庁で照会状を書き、市内の全薬局に送りました。八月二十一、二十二、二十三日にシアン化カリウムを販売した記録の写しを提出してもらいたいと書いたのです。該当者はロンドン全体でもわずか十七人でしたので、購入者全員に電話をかけて確認を取りました。十六人はたしかに購入したと認めましたが、一人は何のことかさっぱりわからないと答えました。

この十七人目がサービトンのカーズウェル氏で、記録を提出したのはピーボディでした。出向いて事情を訊くと、ピーボディが身許確認の規則を守らず、面識のない人間に販売したことがわかりましたので、わたしは自信を深めました。

念のためピーボディにカーズウェルを会わせると、毒物を売ったのは別人だと言います。あとは買ったのがスウィンバーンであるか確認するだけでした。

そのため、ピーボディにコールドピッカビーまで行ってもらいました。公判ではいろいろ当てこすられましたが」フレンチはヘプンストールに苦笑を向けた。「ピーボディに予断を与えないよう配慮したつもりです。わたしは――」

「警部、あれは弁護の手法だよ」ヘプンストールが遮った。「きみが不公正なことをするとは、これっぽっちも思わない。はっきりそう言ったはずだがね」

「憶えております。抜け目なくそうおっしゃいました」フレンチはまた苦笑した。「今も言いましたが、予断を与えないように、こういう方法を採ったのです。電力会社からキャンバス地の工事幕を借り、クラブ近くのマンホール上に据えました。お昼前にわたしはピーボディと共に隠れ、毒物を売った男を見たら教えてくれと言いました。ピーボディは、クラブに入っていくスウィンバーンにすぐ気づきました。それで人物確認が済んだとは思いませんでしたので、スウィンバーンがクラブから出てくるのを待ちました。スウィンバーンが今度はこちら向きに歩いてきて四、五フィート先を通りました。ピーボディは絶対あの男だと言いました。それで決まりでした」

「そうなったら論破できんな。で、きみは有罪を確信したんだね？」

「百パーセント確信しました。とはいえ――これは結果論ですが――さらに証拠を集める必要があると考えて逮捕を遅らせたのは失敗でした」

「失敗とはどういうことですか」ビングが口を挟んだ。「賢明なやり方だったと思いますが」

「予測すべき危険を見逃してしまったからです。すぐ逮捕に踏み切っていれば、第二の殺人は防げたはずです」

四人の男は目を瞠《みは》った。「第二の殺人とは」クイルターが言う。「ウェザラップ事件のことか。そうそう、スウィンバーンはウェザラップ殺害でも起訴されていたんだった。クラウザー事件の話に夢中で、すっかり忘れていたよ。きみはそちらも有罪だと確信しているんだね？」

「絶対に間違いありません。クラウザー事件と比べて、はるかに決定的な証拠があるのです。たとえ最初の事件で罰を免れても、ウェザラップ事件は切り抜けられません」

「そちらの話も是非聞かせてもらいたいな」とクイルター。

「同感です」ビングも言った。「話してくださいよ、警部」

「もちろん構いませんが、まだ話がそこまで進んでいませんので」

「そうでしたね、先を続けてください。そこのところが伺いたかったんです」

「これはいい読み物になる」ヘプンストールが言った。「実に面白い」

「今も言いましたように、スウィンバーンをすぐに逮捕しなかったのは失敗でした。しかし、逃亡の恐れはなく捜査が順調だったこともあって、証拠の補強にかかりました。まずは筆跡で、これはうまくいきました。専門家による判断では、毒物販売記録簿の記載はスウィンバーンによるものという結果でした。次はクルーズです。スウィンバーンが犯人ならクラウザー氏が亡くなるまで気が気でなかったでしょうし、犯行と無関係なら旅をのんびり満喫していたに違いありません。その点を調べようと思いました。

パープルスター汽船に問い合わせると、ジュピター号は地中海を航行中で三日後にバルセロナに寄港するということでした。わたしは上司の助言を仰いでバルセロナへ赴き、船の職員から事情を聞きました。すると、スウィンバーンは小旅行から戻るたび、真っ先に郵便物の有無を尋ねていたことがわかりました。デッキに電報が届くと、必ず自分宛か確かめていたそうです。わたしは親しくしていた船客の名前を聞き出し、全員に当たりました。その一人、シアマン夫人がクルーズ中スウィンバーンは落ち着きがなかったと証言したことは、皆さんもご記憶でしょう。これらはみな仮説を裏づけました。あとはスウィンバーンが予約した日付です。証拠としてはそちらに価値がありました。

トーマス・クック社を通して予約されていたので、そちらに問い合わせました。憶えていらっしゃいますか、スウィンバーンは犯行を決意すると同時にアリバイ工作を考え、旅の資料を集めました。そして薬瓶をすり替えた翌日、代理店に電話して出発日の一番早いツアーを申し込んだのです」

「その点にそれほど意味はないと思うがね、警部」ヘプンストールが言った。「潔白だとしても同じように行動していた可能性はある」

「おっしゃるとおりです。しかしながら、ぴたりと当てはまるのもたしかです。証拠は積み重なりました」

「言いたいことはわかる」

「さて、バルセロナから戻って、ウェザラップが姿を消したことを知りました。クラウザー氏の事件と関わりがあると思われたので、協議の結果、警視から同じ事件の一部と考えてこちらも捜査せよと命じられました」

　フレンチは間を置いたが、皆が黙っているので話を継いだ。

「もう一つクラウザー事件に関連することがありますので、今お話ししたいのですが、実のところ取り組んだのはスウィンバーンの逮捕後でした。時間が前後することになりますが、よろしいでしょうか」

「是非おっしゃってください」ビングが促した。

「わかりました。逮捕後、わたしはスウィンバーンの自宅の書斎を調べました。家宅捜索でいつもするように机の上の吸取紙を押収し、インクの痕を写真に撮りました。いくつか見つかった宛名を順に調べましたが、手がかりは得られませんでした。一つだけ、よくわからない宛名がありました。W.C.2(ロンドン西中央第二郵便区)で終わっていることからすると仕事関係と思われましたので、解読することにしました。これは全体を元のとおり写し取ったものです」

　フレンチがポケットから一枚の紙を出して前に広げると、四人は近寄って覗き込んだ。

Messers J
treet,
d,
ndon, W.C.2.

「単独で残っている文字はご覧のとおり明瞭です。あとの部分はほかのインク染みと重なって読み取れません。手始めに各行の長さを測りました。もちろん大まかにですが。そして、こんなふうに解読していきました。

Messers J がはっきりしているので、文字は不明でも、続く名称の長さはわかります。ほかの語の長さはまったくわかりませんが、当たりをつけていきました。

最後の行は明らかに London で始まりますから、文字の大きさと間隔を揃えて Lo と書き入れました。次に Messers の M から London の L まで斜めに線を引いて、二行目と三行目の書き出し位置の見当をつけます。これで三行目の長さが決まって、Strand となることがわかりました。d で終わるこの長さの地名はほかにないからです。ここまでは間違いないと思いました」

「大したものだな」クイルターが言った。

「いえ、それほどでも。残りの文字には苦労しました」フレンチが取り出したもう一枚の紙にはこう書かれていた。

Messers Jxxxxxxxxxxxxxxx,
xxxxxxxxxxxx Street,
Strand,
London, W.C.2.

「わたしは時間をかけて約十二文字からなる街《street》を見つけ出そうとしましたが、それは愚行の見本です。見つからなかったのは幸いでした。見つかっていたらとんだ間違いをしでかしていました」

「番地を忘れていたんだな？」ヘプンストールが言った。

「そのとおりです。番地が入れば街の名は六から八文字に減ります。すると当てはまるのは、Bedford《ベドフォード》、Surrey《サリー》、Norfolk《ノーフォーク》、Arundel《アランデル》など、いくらでもあります。あとは商工名鑑を繰って、Messers Jで始まる名前に注意しながら、該当する街を調べていくほかありません。とはいえ皆さんが思われるほどの手間はかからず、候補として残ったのは七箇所でした。Messers Jで始まる名前のおよその長さがわかっていたからです」

「なるほど」とビング。

「狙いを絞ろうと七つの候補の職業に注目しました。出版業者に画材店、高級品専門質店、薬局、製靴業者、そして法律事務所が二軒。一番可能性が高そうな質店を最初に当たりました。

Messers Jamieson & Truelove（ジェイミソン&トゥルーラブ商会）です。照会への回答は難なく得られました。油田を掘り当てたようなもので、そこはスウィンバーンと取引のある店でした。スウィンバーンは毒物を手に入れると同時に、半年ほど金が必要だと言って、絵を十四枚質入れしたのです。絵には約三千ポンドの価値があり、ジェイミソン&トゥルーラブ商会は二千百ポンド用立てました。絵が請け出されたのはクラウザー氏の検視審問の直後、十月六日です。押収した書類から、その前日、十月五日にスウィンバーンがベドフォード街の貸金業者スピラー&モーガン商会を訪ね、相続予定分を担保に五千ポンド借り受けたことがわかりました。この金の一部が請け出しに使われたのは明らかで、その理由も明白でした。自宅から絵が失くなっていると、困窮の実態を世間にさらけ出すことになって具合が悪いのです。

　これで辻褄が合います。スウィンバーンは金銭的に行き詰まっていた。苦境を逃れる唯一の手段として犯行を決意。叔父の遺言書が開披されれば問題は解消される。つなぎの資金すらないので絵を質に入れた。手にした二千ポンドで叔父が死ぬまでは持ちこたえられる。相続予定分が担保として認められて五千ポンド借り受け、絵を請け出すことができた」

「それが訴追側の論拠ですね？」ビングが言った。「してやられたのも不思議じゃありませんね。勝つ見込みは皆無だったわけですから。どう思います、ヘプンストールさん」

「はなから勝ち目があるとは思っていなかったよ」

「藁がなくては煉瓦はできぬ、か」クイルターが愉快そうに声を上げた。

「それどころか、粘土なしで作ろうとしていたんだから」ヘプンストールが切り返した。「ところで警部、クラウザー事件は大変面白く聞かせてもらったが、これで終わりにしてもらっては困る。みんなウェザラップ事件にも興味津々だ。そちらはどうだったのかね？」

「一息入れますか」クイルターはフレンチのほうにウイスキーを押しやった。「警部、好きにやってください。喉が潤えば舌も回りやすくなるでしょう」

ひとしきり雑談をして、フレンチは話に戻った。

「ウェザラップが姿を消したと聞いて我々の頭にまず浮かんだのは、クラウザー事件との関連でした。警視もそれを考えておられましたね」

ルーカスは葉巻をゆっくりと吸い込んで、「ああ、関係なしとは思えなかったよ。確たる理由はなくても、同じ時期、同じ場所、同じ関係者間に二つの事件が発生した、そこに何もつながりがないとしたら、かえって不自然だからね」

「そう考えるのが当然だろう」ヘプンストールの言葉にビングがうなずいた。

「関連があるかもしれないと、ルーカス警視からウェザラップの件を調べるよう命じられました。わたしはブレイ巡査部長の捜査の結果を聞いてから取りかかりました。

皆さんは報告の内容を憶えていらっしゃいますか。ウェザラップが姿を消し、書斎の机がこじ開けられて百ポンド以上盗まれ、フランス窓の鍵が失くなっていました」

「ああ、よく憶えている」

「第一の問いは、言うまでもなく、ウェザラップの失踪が自らの意志によるものか否かで、これは、机をこじ開けたのはウェザラップなのかという第二の問いに通じます。可能性は二つありました。ウェザラップが机をこじ開けて金を手に姿を消した、あるいは机をこじ開けたのは賊で、ウェザラップは捕らえようとしたが抵抗され殺された、です。

警視と部下の助けを借りて定石的な捜査を始めますと、間もなく第一の問いに答えると思しき情報が得られました。全部で三つありました。

一つ目は、ウェザラップのトランクや身の回り品が持ち出されていないという事実です。身の回り品は、それ自体高価ではなくても本人にとっては大事な品でしょうから、残っているとなれば姿を消す気はなかったと考えられます。

二つ目は、それよりはるかに決定的な発見でした。トランクに鍵のかかった貯金箱があり、紙幣で三十五ポンド入っていたのです。姿をくらますつもりなら、蓄えを置いていくはずはありません。

三つ目は決定的とは言えませんが、検討に値します。街道筋、駅、バスの車掌などに徹底的に聞き込んだにもかかわらず、ウェザラップの足取りは摑めませんでした。誰の目にも留まらず土地を離れた可能性は否定できませんが、考えにくいことです。

わたしは、これら三つの理由、特に二番目のことから、ウェザラップには戻ってくる意志があったと判断しました。では、彼が金を盗んだのでしょうか？

自分で盗んでおきながら、机を漁っている賊を見つけて追いかけたが逃げられたと言い抜けるつもりだったと考えられなくもありません。しかし、これは作り話ではなく実際に起こったことだと思いました。というより、事実に矛盾しない仮説はこれしかなかったのです。

この仮説は、ウェザラップ事件とクラウザー事件は関連ありとした想定に合いませんが、それはどうでもよいことでした。事件を任されたのはわたしであり、どのような形であれ真相を突き止めるのが任務ですから。

わたしはウェザラップが賊を追いかけたという仮説を検討しました。考えれば考えるほど、本当に追いかけたのだとしたら殺されたに違いないと思えてきました。賊を追っていたなら自ら姿を消す必要はなく、誘拐されることはまずあり得ない。殺されたと見るのが妥当です。ウェザラップ殺害説が推測であることは明らかです。しかしながら、詳しく調べるべきだと思いました」

「ほかに考えようはなかっただろう」ヘプンストールが言った。

「同感だ」とクイルター。「トランクから金が見つかったことが何よりの証拠だよ」

「ウェザラップが殺されたとすると」フレンチは続けた。「犯人にとって厄介なのは遺体の処分です。そこから犯人にたどり着けないものか？

遺体を隠せる場所を考えてみました。真っ先に挙がるのは埋めることです。モート荘の周辺には一年三百六十五日人が立ち入りそうにない木立があります。そこで我々は捜索に当たりましたが、遺体は発見できませんでした。石切り場、井戸、坑道、穴など、隠し場所になりそうなところもありません。

わたしの目はおのずと池に向かいました。遺体に重しを付けて沈めれば、難なく隠せます。池の畔は浅瀬で、岸から遺体を沈めるのは無理です。舟を使ったのかと舟小屋を調べました。

推測が間違っていなかったことはすぐにわかりました。舟小屋には小舟が二艘、オールが二組ありました。片方の舟と一組のオールには埃が厚く積もっていました。もう一艘は広範囲に埃が拭われており、もう一組のオールにも同じことが言えました。しかも、こちらのオールには湿り気があったのです」

聞き手から称賛の声が洩れた。

「決定的な証拠だな」ヘプンストールが感に堪えたように言った。

「おっしゃるとおりです。聞き込みから、舟がしかるべき理由で小屋から出された事実はないことがわかりました。あとは池をさらうだけです。警視に手配していただいて、皆さんご存じのように、遺体を発見することができました。

遺体から興味深い事実が明らかになりました。第一に、盗まれた紙幣を身につけていないこと、第二に、書斎の窓の鍵もないこと、第三に、腕時計が二時二十四分で止まっていたこと。なかなか示唆に富む事実でした。紙幣と鍵を持っていないことから、ウェザラップは賊ではなく、賊は殺人犯でもあると考えるのが妥当と思われました。そうでないとしたら第三者による犯行を視野に入れることになりますが、それまでの捜査からその考えは採れませんでした。それよりも興味を惹かれたのは腕時計の止まった時刻です。それは、殺された時刻、というか、遺体が池に投げ込まれた時刻——おそらくその少しあと——を示しているからです。机がこじ開けられる音をモーリー夫人が聞いたのは午前三時ごろですから、殺されたのは盗みの後ではなく前だったことになります。つまり、ウェザラップが物音を聞きつけ賊を追ったと考えるのは誤りで、新たな仮説を立てなければならなくなりました」

「そういうことでしたか」ビングはうなずいた。「実に興味深いお話です、警部。盗みに関してウェザラップの潔白は証明されたわけですね」

「はい。するとウェザラップは、待ち合わせか何かで外出したのだと思えてきました。ほかに家を離れる理由は考えられないからです。このことで頭を悩ませていると、鍵の問題に思い当たりました。用事で外出したのならウェザラップは戻ってくるわけで、書斎の窓の鍵を持っていたはずです。おそらく殺人犯が書斎に忍び込むために奪ったのです。さらに推論を進めて、殺人犯は単に鍵を手に入れるためにウェザラップを呼び出した、と考えました。

しかし、最後の部分には合点がいきませんでした。鍵を手に入れるだけの目的で人を殺す人間はいません。そう、理由は別にあるのです。

このとき重要なことに気がつきました。いつも鍵のかかっている舟小屋に殺人犯はどうやって入ったのか？　これも推測するのは簡単でした。待ち合わせ場所が舟小屋だからウェザラップは鍵を持ってきた。こう考えると無理がなさそうでした」

「なるほど」とクイルター。一拍置いてフレンチは続けた。

「それからどうなったか考えてみてください。盗みを働こうとモート荘へ向かった殺人犯は、舟小屋の鍵を持ってきています。舟小屋と池から注意を逸らすためにはそうするのが筋だからです。ここまでわたしの推測が正しければの話ですが、次に何をしたでしょうか。鍵を、本来あるべきところ、玄関ホールの釘に吊るしたのです」

四人は満足げに耳を傾け、口を開く者はない。フレンチは先を続けた。

「舟小屋に注意が向かなかったならば、申し分ない手でした。実際は、そのせいで図らずも馬脚を現してしまったのです。殺人犯は鍵の定位置をどうやって知ったのでしょう。すぐに――やはり推測が正しければの話ですが――殺人犯はモート荘の事情に通じている者だと気づきました」

再び聞き手の間に小さなざわめきが生じた。いかにもと誰もが声に出した。フレンチは一息つき、クイルターが再びグラスに注いで回る。ビングはポケットから新しい鉛筆を出した。

「先にお話ししたように」フレンチは続けた。「証拠が揃っていたわけではありませんが、この時点でわたしは、スウィンバーンがクラウザー氏を殺害したのはほぼ間違いないと考えていました。当然ながらすぐさま頭に浮かんだのは、ウェザラップ殺しがクラウザー事件に関わっているとしたのは正しい判断だったのか、そしてスウィンバーンはこちらの事件の犯人でもあるのかということでした。いずれにしても、さりげなく質問して、スウィンバーンが舟小屋の鍵の保管場所を知っていたことを摑みました。

その後ウェザラップの検視審問が行われ、検視官はわたしと打ち合わせた上で、ウェザラップが物音を聞きつけて賊を追いかけたものの賊に殺害された、という仮説を披露したのです。これは我々の疑惑をスウィンバーンに悟らせないためでしたが、効果はあったようです」

「狡猾な連中だ」ヘプンストールが言った。

「かないませんね、この人たちには」ビングはうなずいた。

フレンチは苦笑した。「スウィンバーンの犯行と想定して、その夜の出来事に仮説を立てました。スウィンバーンとウェザラップには内密の用件がある。二人は深夜話し合うことに決め、スウィンバーンが舟小屋を指定する。それは明かりが必要な用件で、建物の中なら他人に見られないからと説明できる。二人は舟小屋で落ち合い――ほかに適当な建物はありません――スウィンバーンは執事を殺害する。スウィンバーンは書斎の窓の鍵を奪い、遺体を池に沈め、モート荘へ行って机をこじ開け、舟小屋の鍵を戻す。とりあえず動機は無視して、その夜起こったであろうことをまとめました」

「非常に説得力がある」

「わたしもそう思い、この線で間違いないという確信のもと証拠固めに着手しました。手がかりは三つありました。いろいろ検討した中から、結果につながったものだけお話ししましょう。その三つとは、机にくっきり残った鉄梃の痕、二本の鉛管、鉛管を遺体に括りつけていた紐です。

聞き込みからスウィンバーンがニューカースルへ出かけることがわかりましたので、わたしはその留守に自宅を訪ね、日付の確認をしたいと口実を設けて、使用人と一緒にあちこち見て回りました。するとスウィンバーンが工作室を持っていることがわかりました。その場は長居せず、使用人が姿を消すと工作室へこっそり引き返して中に入りました。目当てのものはすぐに見つかりました。鉄梃先端の凹凸が机の痕跡と一致することは、拡大写真に撮るまでもなくわかりました。玉に巻いた紐は鉛管を遺体に括りつけていた紐と同じ種類で、鉛管についても決定的な証拠を手に入れました。

お話ししていませんでしたが、短いほうの鉛管は長いほうから鋸《のこぎり》で切り落とされたものと判明していました。断面に鋸が当たった筋があり、引き残されて折り取られた縁のごく小さい弧状のぎざぎざがぴたりと合ったからです。その工作室には弓鋸《ゆみのこ》がありましたが、歯に鉛が付着していて、万力の下には鉛の屑が落ちていました」

「それ以上の証拠は要らないな」とヘプンストール。「何の問題もなく有罪判決が出る」

「わたしもそう思います。ただ、逮捕後の家宅捜索で見つかった水道工事の請求書のことはお話ししてもいいと思います。水道業者を訪ねて鉛管を見せたところ、スウィンバーン邸の工事で使った材料の余りであると認めました。この切り口はわたしがやったものに間違いありませんということでした」

「お見事！　こんなに説得力のある解説は初めて聞いた」ヘプンストールが言った。「残る説明はあと一つということになりましたな」

フレンチは肩をすくめた。「動機、ですね。残念ながら、それについてはお手上げです。動機を証明することはできません。推定はできても、証明は不可能です」

「その推定を聞かせていただきたい」

「ウェザラップがわたしに、スウィンバーンがモート荘で食事をした晩にワインをこぼしたと言ったことを憶えておられますか。ひょっとするとウェザラップは、わたしに話したこと以外の何かを見たのかもしれません。スウィンバーンが薬瓶をすり替えるか、それに近い重大な場面を目撃し、それをネタに強請(ゆす)ろうとしていたとしたらどうでしょう。そうだったとすれば、残りの事実に説明がつきます。執事の殺害が身を守る唯一の策だと考えたスウィンバーンは、金の受け取りに舟小屋を指定した。紙幣を数えるのに明かりを点けても人に見られない場所を選んだのだ、という具合に」

「しかし、それでは机をこじ開けて金を盗んだ理由がわからない」

「残念ながら、そうなのです」フレンチは頰を緩めた。「これも証拠はありませんが、スウィンバーンは何か——それによって自分の犯行が露顕すると恐れた何かを探していたのではないでしょうか。紙幣はたまたま見つけただけで、奪えばウェザラップに嫌疑が向くと考えた。それは思いつきの行動で、計画になかったのではないかと」

「なるほど。だとしたら、スウィンバーンは何を探していたんだろう」

フレンチは肩をすくめた。「推定はできますが、証拠がないのは同じです。わたしは、スウィンバーンが殺人者だと知っているウェザラップが、身を守る手段を講じないで取引する危険は冒すまいと考えました。これはあくまでも私見としてお聞きください。おそらくウェザラップは、万一自分が死んだら開封するよう頼んでモーリー氏に文書を預けたとスウィンバーンに言ったのでしょう。モーリー氏に確かめたところ、そうした事実はありません。しかしスウィンバーンはその言葉を信じ、文書を探して机をこじ開けたのではないでしょうか」

「あり得る話だが、立証不能というわけか」ヘプンストールが微笑んだ。

「そうです。ただ、机がこじ開けられた理由を解明する必要はなかったのです。我々はスウィンバーンがウェザラップを殺害したことを立証すればよく、それは疑問の余地なく証明されました」

「たしかに」ヘプンストールが言った。「それでは警部、あとはきみと警視とアプルビー警部に祝辞を述べるだけだな。わたしはこれほど見事に論証された事件は聞いたことがない。どう思う、ビング君」

ビングはその場にふさわしい態度でふさわしい言葉を述べ、「ところで、一つ大事なことを伺いたいのですが」とフレンチのほうを向く。「わたしの本の中では、フレンチ警部、フレンチ首席警部、どちらでお呼びすればいいでしょうか」

フレンチは上機嫌だったが、そんなに冷やかすとせっかくの酔いが醒めてしまいますよと答え、会合はお開きになった。

解説

神命明

お待たせしました！

本書の解説は、やはりこの言葉で始めるのが最も適切でしょう。

『クロイドン発12時30分』（以下『クロイドン』と呼びます）は、『樽』と並ぶクロフツの代表作であり、また、欧米本格ミステリの黄金期（諸説ありますが一般に一九二〇年代から三〇年代にかけてと言われます）が生んだ屈指の傑作といっても過言ではないのですが、ここ十年ほど入手困難な状態が続いていました。その名作が、先に本文庫で刊行された『樽』同様、新訳で読者の皆様にお目見えすることになったのです。

『クロイドン』の素晴らしさを語るには、まず著者である英国ミステリ作家、フリーマン・ウィルス・クロフツの魅力を押さえておく必要があります。先に触れたように、クロフツは「ミステリの女王」クリスティと同年（一九二〇年）にデビューし、戦後まで精力的に作家活動を続けた、「黄金時代」を代表する巨匠ですが、多くの方が指摘されているように、他の黄金期の作家に比べると作風が地味で、ともすれば退屈な印象が否めません。ただし、これはあくまで「印象」に過ぎず、作家ジュリアン・シモンズの有名な指摘「ハムドラム・スクール（退屈派）」という評価が独り歩きした感があります。実際は、『樽』の解説で有栖川有栖さんも書かれている通り、「狭義の本格ミステリの枠内に収まりきらない」多彩な作風を使いこなし、常に工夫を凝らして読者を楽しませようとした、娯楽性豊かな作家なのです。緻密な構成と正確かつ現実に立脚した描写およびプロット、という基本線さえ崩れなければどんな手法やジャンルも試す、進取の気風に富んだミステリ作家とも言えるかもしれません。

そんなクロフツが一九三四年に発表したのが『クロイドン』です。三四年、それは、クリスティが『オリエント急行の殺人』を、ドロシー・L・セイヤーズが『ナイン・テイラーズ』をといった具合に、円熟期に達した黄金時代の作家たちが後に代表作と呼ばれる傑作を発表した記念すべき年となりました。『クロイドン』もまた、乾坤一擲の一作として世に出たのですが、前述の通り著者の代表作であると同時に、ミステリの様々な要素や魅力が渾然一体となった奇跡的な作品として黄金期を代表する傑作に仕上がっていました。以下、紙幅の許す限り、本書の魅力の数々をそれぞれ異なった側面から検討していこうと思います。

倒叙ミステリとしての『クロイドン』

改めて指摘するまでもなく『クロイドン』は、通常のミステリとは異なり、最初に犯人の行動を描き捜査によって犯行の過程が暴かれるという、叙述の順序が逆転した手法＝倒叙形式を採った作品です。この叙述法はクロフツが編み出したわけではなく、オースチン・フリーマンのソーンダイク博士物がその先駆けであり、『クロイドン』発表の数年前既にフランシス・アイルズが『殺意』（創元推理文庫）という長編を書いています。『クロイドン』と『殺意』、そしてリチャード・ハル『伯母殺人事件』（創元推理文庫）が、倒叙ミステリ三大名作と呼ばれているのをご存じの読者も多いでしょう。解説者としては、倒叙ミステリをひとつのジャンルとするよりは、単なる叙述の手法として捉えるべきではないかと考えているのですが、いずれにしろ、クロフツは構成や描き方などが決して容易ではないこのスタイルに挑戦し、自家薬籠中のものとしています。これは後にも検討しますが、倒叙の手法を採ったことで、クロフツらしい現実的かつ綿密な犯行計画のディテールがより実感されますし、本質的には「思いやりのある経営者」である犯人チャールズ・スウィンバーンの人物像が際立ちます（よって同情できる面も多々あるのですが、それゆえ犯行に至る論理の身勝手さも倍増します）。また、本書では敢えて捜査側（フレンチ警部）の動向がカットされ、何故犯行の一部始終が暴かれたのかという「謎解き」は最後の最後まで読者（およびチャールズ）には伏せられていることが、大いにリーダビリティを高めています。

警察小説としての『クロイドン』

謎解きが始まる第23章「フレンチ語り始める」の冒頭では、弁護士のビングが今回の事件記録を執筆する経緯や、警察の視点から事件を描く着想が語られます。ビングはこれこそが「現実に即した推理小説だ」と断じ、ヘプンストール弁護士も「警察がさんざん受けてきた、愚かな非難への回答さ」と敷衍しますが、これらはひょっとするとクロフツの心の声かもしれません。ご存じの通り、ミステリの祖ポオからコナン・ドイル、黄金期のクリスティの作品に至るまで、多くの場合、警察は名探偵の（大抵は愚鈍な）引き立て役に過ぎませんでした。クロフツはそれに異議を唱えた（少なくとも警官を長編ミステリの主人公に据えた）最初期のミステリ作家のひとりです。『クロイドン』でも、チャールズは初めてフレンチと相対するシーンで、警部を「この男は、思いやりがあるとまでは言えなくても、道理を弁えた人間らしい。だからといって、間抜けでないのは確実だ」と見極め、決して見下すことはしません。そして、フレンチ警部による謎解きで明らかになるのは、天才的なひらめきによって真相解明が進んだのではなく、「可能性を天秤にかけ」ながら犯行方法や毒物の入手経路を特定し、慎重な確認作業や地道な捜査を積み重ねることによって遂に全容解明に至った、警察の勝利の一部始終なのでした。

リアリズム・ミステリとしての『クロイドン』

クロフツの作風がリアリズムと呼ばれるのは、捜査のプロセスだけでなく、犯行手段やトリックが詳細に描かれ、あくまでも実行可能なものとして読者の眼前に供されるからでもあります。レイモンド・チャンドラーは、エッセイ「簡単な殺人法」（創元推理文庫『チャンドラー短編全集2　事件屋稼業』所収）の中で、クロフツを「あまり奇想に淫しないときは、もっとも安定した作家といえる」と評価していますが、この奇想（原文では"fancy"）とは、例えば一人二役などのやや現実離れしたトリックを指しており、大抵のクロフツ作品で、よりリアリティのある解決策が提示されている点を支持しているのだと思われます（実際、機械式トリックや当時のハイテクを駆使した犯行手段が採られることが多いのです）。『クロイドン』の場合、犯行方法はシンプルですが、トリックとは別に解説者が「成程！」と膝を打ったリアルな場面を二点紹介します。ひとつは、ある書物を完全に焼却するために、棒でつついてページの間に空気を入れるところ。もうひとつは、錠剤をすり替えた犯人が、薬瓶と蓋が規格通りかどうか一瞬不安に駆られるシーン。どちらも些細な描写ながら、鮮やかに力強く現実性が立ち上がってきます。こんな迫真性のある場面が味わえるのも、倒叙という形式がもたらすメリットなのです。

経済・企業ミステリとしての『クロイドン』

クロフツ作品の多くが企業ミステリの側面を有している点は、本文庫『シグニット号の死』巻末の紀田順一郎氏の解説に詳しいのですが、『クロイドン』で描かれる犯罪の通奏低音となっているのは、当時の世界を襲った大不況です。一九二九年、ウォール街での株価暴落に端を発した世界恐慌の波はやや遅れて英国に到達し、本書の舞台となる三〇年代前半には、貿易活動の縮小などを通じて国内経済を大きく毀損していました。チャールズが経営する小型モーターの製作会社も、事業縮小による人員過剰、追加融資獲得の失敗、有望な契約の失注、設備投資資金不足などの苦境にまみれ、これらが遂に彼を恐るべき犯罪に駆り立てます。邪悪な行為を着想しながらも踏みとどまろうとするチャールズの葛藤を打ち砕き、正当化するのは、倒産や従業員解雇の危機という現実と、英国の思想家ベンサムの功利主義「最大多数の最大幸福」です。そして、いったん歪んでしまったチャールズの思考は、殺人行為自体を「無用な一つの命」対「有用な多くの命」という算術の問題に単純化し、あまつさえ第二の殺人に繋がっていくのです。これと全く同様の設定と論理が、『クロイドン』と同年に発表された『サウサンプトンの殺人』(創元推理文庫)の犯人たちをも衝き動かすことになります。思えば、ミステリの黄金期とは二つの大戦の狭間であり、世界恐慌という未曾有の経済危機を抱える時代でもありました。こういった現実世界での出来事をどう作品に取り入れるか(または無視するか)は、作家の資質や作劇法など複数の要素に左右されるでしょうが、少なくともクロフツは自覚的かつ積極的に自作に反映しようとし、本書を含む作品群で見事に成功を収めたと言えるでしょう。

心理スリラーとしての『クロイドン』

クロフツが本書に倒叙という手法を用いたことで得た効果は既にいくつか指摘しましたが、その最も大きな功績として、犯人の心理の深層に迫ることが可能になった点を評価する向きも少なくありません。その代表格としてジェイムズ・サンドーの『クロイドン』評を見てみましょう(引用は研究社出版『推理小説の美学』所収「心の短剣」より)。サンドーは、「ある意味で探偵小説はすべて、少なくとも理論の上では、心理小説でなくてはならない」と自説を述べた上で、多くの探偵小説が動機の分析をおざなりにしていると嘆きますが、「伝統的探偵小説から心理スリラーへの第一歩はフリーマン・ウィルズ・クロフツ《ママ》が踏み出したようなものかもしれない」と論を展開し、『クロイドン』に注目します。「この小説は念入りに積み上げられていて、読者を夢中にさせるに十分なものをもっている。その理由は何よりも哀れな主人公の心中で起こる葛藤を読者もともにするからである」など物語上の美点を挙げながら、「殺人者の心を探る小説を書くことで心理スリラーへの第一歩を踏み出した」とその歴史的意義を称えています。論文自体の発表年が古く（一九四六年）、素直に首肯できない箇所もありますが、少なくとも『クロイドン』が犯罪心理小説の要素も織り込んだ傑作ミステリであるという点に疑う余地はなさそうです。

法廷ミステリとしての『クロイドン』

さて、解説者のように本書を再読した読者も、初読の方も、一様に驚かれると想像するのが、法廷場面の比重の大きさです。法廷ミステリをどう定義づけるかにもよりますが、物語の大半が法廷シーンで推移する作品といえば、前述のサンドーらが古典として評価しているフランセス・N・ハート『ベラミ裁判』（一九二七年、日本出版共同）を除けば、黄金時代で記憶に残る作品は少なく、パーシヴァル・ワイルド『検死審問』（一九四〇年、創元推理文庫）あたりがかろうじてその範疇に入るかもしれません。長編の一部にでも裁判場面が採用されている作品なら、例えば前出のアイルズ『殺意』やクリスティのデビュー作『スタイルズの怪事件』

（創元推理文庫）が想起されますが、いずれも本書ほどのボリュームはありません。その意味で、『クロイドン』こそが法廷場面を巧みに取り入れた黄金期ミステリの嚆矢といっても言い過ぎではないと思われます。それは、本書の法廷シーンが長編内の単なる飾り物ではなく、密度の濃い論争が描かれている点からも納得できる見方でしょう。特筆すべきは、倒叙形式を採った必然として、裁判の結果が読み手には自明だということです。有罪であることが確実な裁判の行方をこれだけサスペンスフルに描けるのですから、クロフツ作品は退屈だという一部の見方が的外れであることは明白でしょう。

傑作ミステリとしての『クロイドン』

最後にもう一度、何故クロフツが本書で倒叙形式を採用したのかという疑問に立ち返ってみます。クロフツが、作中でいみじくもチャールズに語らせている「オースチン・フリーマンによる二部構成の諸作品」に触発されて『クロイドン』を著したのは確かでしょう。では、そもそもフリーマンが倒叙というスタイルを考案した狙いは何か。この点で解説者は、『フレンチ警部と毒蛇の謎』（創元推理文庫）解説の戸川安宣氏の見解に強く同意します。戸川氏はフリーマンの狙いを、あくまで真相究明に到る経緯を重視し、事件の進行を描写し、推理に係るデータを読者の前にすべて明らかにした実証的なミステリを描くこと、と看破されています。この見方に立てば、本稿の前半で指摘した通り、「緻密な構成と正確かつ現実に立脚した描写およびプロット」を重視するクロフツが、自身の作風を活かし、かつ読者にフェアなミステリを書こうとして、倒叙というスタイルに挑戦したのは意外でも何でもありません。本書における心理スリラー的な要素や読者が法廷場面でチャールズに心情的に肩入れしてしまう展開などは、その挑戦の副次的な効果に過ぎないのです。さらに、クロフツはフリーマンが作り上げたフォーマットを単純になぞるだけで満足してはいません。倒叙形式は、犯人側と捜査側という二重の構成だったり、両者の視点が頻繁に切り替わったりすることで、ともすれば（特に長編の場合）冗長な記述に陥りがちですが、既に指摘した通り、本書では捜査側の動きを圧縮してラストに置くことで、この欠点を克服しています。また注目すべきは本書のオープニングで、本来なら犯人の視点で描かれるはずの犯行場面ではなく、通常のミステリと同じく劇的な死体発見場面から始まるのも巧みな演出です（これはメインのアリバイ・トリックにも繋がっていきます）。

このように『クロイドン』は、倒叙形式を導入し、それに工夫を加え、同時代的な問題意識を物語の背景に据えながら、犯人の心理にも肉薄し、さらには法廷場面を大胆に取り入れるなど、新たな試みに溢れ、それらが悉《ことごと》く成功しているという奇跡的なミステリなのです。

冒頭に記したように、何年もの間、ミステリ史上に残るこの名作が手に入りにくい状況が続いていましたが、今回、霜島義明さんによる新訳刊行と相成りました。『樽』同様、従来よりも各段に読みやすくなった黄金期ミステリの傑作をどうぞ心ゆくまで堪能してください。

検印
廃止

訳者紹介　1958年神奈川県生まれ。早稲田大学第一文学部卒業。英米文学翻訳家。訳書にモール「ハマースミスのうじ虫」、マクドナルド「ライノクス殺人事件」、クロフツ「樽」「フレンチ警部と毒蛇の謎」「フレンチ警視最初の事件」等がある。

クロイドン発12時30分

2019年2月22日　初版

著者　F・W・クロフツ

訳者　霜《しも》島《じま》義《よし》明《あき》

発行所　(株)東京創元社
代表者　長谷川晋一

162-0814/東京都新宿区新小川町1-5
電話　03・3268・8231-営業部
03・3268・8204-編集部
URL　http://www.tsogen.co.jp
精興社・本間製本

乱丁・落丁本は、ご面倒ですが小社までご送付ください。送料小社負担にてお取替えいたします。

ISBN978-4-488-10634-8　C0197

H·M卿、敗色濃厚の裁判に挑む

THE JUDAS WINDOW◆Carter Dickson

ユダの窓

カーター・ディクスン

高沢治訳 創元推理文庫

◆

ジェームズ・アンズウェルは結婚の許しを乞うため
恋人メアリの父親を訪ね、書斎に通された。
話の途中で気を失ったアンズウェルが目を覚ましたとき、
密室内にいたのは胸に矢を突き立てられて事切れた
未来の義父と自分だけだった——。
殺人の被疑者となったアンズウェルは
中央刑事裁判所で裁かれることとなり、
ヘンリ・メリヴェール卿が弁護に当たる。
被告人の立場は圧倒的に不利、十数年ぶりの
法廷に立つH・M卿に勝算はあるのか。
不可能状況と巧みなストーリー展開、
法廷ものとして謎解きとして
間然するところのない本格ミステリの絶品。

車椅子のH·M卿、憎まれ口を叩きつつ推理する

SHE DIED A LADY◆Carter Dickson

貴婦人として死す

カーター・ディクスン
高沢 治 訳　創元推理文庫

◆

戦時下英国の片隅で一大醜聞が村人の耳目を集めた。
海へ真っ逆さまの断崖まで続く足跡を残して
俳優の卵と人妻が姿を消し、
二日後に遺体となって打ち上げられたのだ。
医師ルーク・クロックスリーは心中説を否定、
二人は殺害されたと信じて犯人を捜すべく奮闘し、
得られた情報を手記に綴っていく。
近隣の画家宅に滞在していたヘンリ・メリヴェール卿が
警察に協力を要請され、車椅子で現場に赴く。
ルーク医師はH・Mと行を共にし、
検死審問前夜とうとう核心に迫るが……。
張りめぐらした伏線を見事回収、
本格趣味に満ちた巧緻な逸品。